スマホを落としただけなのに

志駕 晃

JN253038

宝島社
文庫

宝島社

スマホを落としただけなのに

第一章

A

着信音が鞄《かばん》の中から鳴り出した。

それは午前中の静かなネットカフェには、ちょっとうるさすぎる音だった。男は慌てて鞄を抱えて、エレベーターホールまで移動する。同時に鞄の中から泣き叫ぶスマホを取り出して着信ボタンを押そうとしたが、見たことのない待ち受け画像に指が止まる。そこには自分好みの切れ長の眼をした黒髪の美人と、にやついた顔をした見たことのない男とのツーショット画像が表示されていた。

これは一体、誰のスマホだ。

昨晩タクシーに乗った時に、このスマホを鞄にしまったことを思い出した。てっきり自分のスマホかと思っていたが、酔っぱらっていたせいもあり、まったく同じタイプの誰かのスマホを拾ってしまったことに気が付いた。

そんな間にも、何かをせかすように着信音が鳴っている。

はたしてこれに出るべきだろうか。

改めてディスプレイを見ると、稲葉《いなば》麻美《あさみ》と表示されている。

この待ち受け画面に写っているこの黒髪の美人が、稲葉麻美なのだろうか。

そう思うと急に興味が湧いてきた。男は周囲に誰もいないことを確認するとそっとスマホをタッチする。

『もしもし』

やはり、若い女性の声だった。

「……もしもし」

『…………もしもし？』

「もしもし」

『…………………………もしもし？』

「……もしもし」

『あなた、誰ですか？』

最初のやわらかい声から、明らかに警戒感のある硬い声質に変わっていた。さてこの質問に、何と答えるべきだろうか。

「電話を掛けてきて、いきなり名前を訊《たず》ねるというのも失礼な方ですね」

ここはちょっと不快そうにそう言ってみる。

『この電話は、富田誠《とみたまこと》のじゃないんですか』

富田誠？

なるほど、この待ち受け画面のにやついた笑顔の持ち主が富田誠なのか。こんな美人を彼女にして、正直ちょっと妬ましい。

「さあ、このスマホの持ち主の名前はわかりませんが、あなたが稲葉麻美さんだってことはわかりますよ」

別に嫌味で言ったわけではない。今、自分が知り得る情報でこのスマホの持ち主を特定するには、そう答えるしかなかっただけだ。

『な、なんで、私の名前を知ってるんですか』

いきなりフルネームで呼ばれて、稲葉麻美さんはかなり動揺したようだった。

「はは……」

その口調が可愛《かわい》らしくて思わず笑いが出てしまった。

『何がおかしいんですか』

いよいよ声に怒気が籠りだした。明らかに気分を害したようで、今にも喧嘩《けんか》を吹っかけてきそうな勢いだ。

「いや、失礼しました。なぜあなたの名前を知ってるかといえば、このスマホのディスプレイにそう表示されてるからですよ。いや、このスマホをさっき拾いましてね。

交番に届けたほうがいいのかなと、ちょっと考えていたところなんですよ」

咄嗟《とっさ》にそんな嘘《うそ》が出た。

学校でもすぐに辞めてしまった会社でも、男にはその場凌《しの》ぎのもっともらしい嘘を平然とつける才能があった。

『あ、あ、あ、大変、失礼しました。富田のスマホを拾って下さった方なんですね。どうも、ありがとうございます。すいません、先ほどは、色々、大変に失礼なことを言ってしまいまして……』

「ははは、いやいや、いいんですよ。気にしていませんから。つまりこのスマホは、あなたの彼氏のものなんですね?」

『えっ、ええ。そうかも……しれません』

なぜ、『はい、そうです』と答えないのだろうか。

ひょっとして、まだこの稲葉麻美とこのスマホの持ち主は、恋人関係ではないのかもしれない。

「さて、どうしましょうか、このスマホ。交番に届けたほうがいいですよね。でも交番に届けたところで、このスマホが彼氏に届くわけではありませんよね。いっそ、どこかに郵送しましょうか」

『え、さすがにそれでは申し訳なさすぎます』

「そうですか。じゃあこのスマホをすぐに止めてもらってください。新しいのに買い替えるならば、こっちで勝手に処分しますが」

まあ、そんなことはしないだろうと思ったが、一応、提案してみる。新しいスマホ代もかかる上に、何しろそんなことをしたら中のデータが引き継げないからだ。

『いやいや、データもありますし、第一、それではもったいないです』

「ああ、そうですよね。では、どうしましょうか」

『……じゃあ、本当に申し訳ないですが、着払いでいいので送ってもらえますか』

「まあ、いいですよ。乗りかかった船ですから。連絡先を教えてもらえますか」

着払いの宅配便だと、こちらの連絡先を書かなければいけなかっただろうか。それがちょっと気になったが、金をこっちで払えばなんとかなるだろう。そもそもいざとなったら、こんな約束など破ってしまえばいいだけのことだ。

『連絡先がわかったらもう一度電話します。ひょっとしたら本人が、直接受け取りに行くと言うかもしれませんので』

「ああ、そうしてもらえるとありがたいですね」

稲葉麻美ならともかく、このにやついた男には会いたくない。そうとなったらこのスマホは捨ててしまおう。男はそう思いながらスマホを切った。

それにしても自分好みのいい女だ。

再び待ち受けに表示される稲葉麻美の画像を眺めて、男はつくづくそう思った。特にその長くて艶やかな黒髪に魅力を感じた。女の性格は髪の毛に出る。枝毛の多いボサボサの髪は論外だが、長くて美しい髪を維持することは、それなりに努力が必要なはずだ。年齢的には三〇歳前後だろうか。電話ではちょっと気の強そうな感じだったが、実際のところはどうなのだろうか。どんな会社に勤めていて、どんなところに住んでいて、そしてどんな家族構成なのか。

そしてなんとか、この黒髪の美人とお近づきになる方法はないだろうか。

スマホが要求する四桁のパスコードに、試しに「1234」と入れてみる。ある統計によると、この番号がスマホのパスコードとしてもっとも使われているそうだ。ちなみに次に多いのが「1111」だと言われている。

しかしブーという金属音とともに、バイブ機能でスマホが小刻みに震えるだけだった。

このスマホがどういう設定になっているかは知らないが、アイフォンは一〇回パスコードを入れ間違えると、中のデータがすべて消去されてしまう可能性がある。スマホを返したとしても、そんな状態では元も子もない。

その直後、手にしていたそのスマホが鳴り出した。稲葉麻美が折り返してきたかと思ったら、ディスプレイには「営業三部」と表示されている。

　この電話の持ち主がかけてきたのだろうか。それとも「営業三部」の同僚がこのスマホの持ち主にかけてきたのか。一瞬、応答のボタンを押すかどうか迷ったが、稲葉麻美が折り返すと約束してくれた今、何もわざわざこの電話に出て面倒な会話をする必要はない。

　エレベーターホールから店内に戻ると、茶色のエプロンをした受付のバイトが暇そうにスマホをいじっていた。このネットカフェ「レインボー」は独立系の漫画喫茶で、漫画本の品揃《しなぞろ》えも店員の教育も、そして顧客のＩＤチェックもすべてにおいてイマイチだった。

　男はそのバイトの前を横切って、入り口脇のドリンクバーに足を運ぶ。

　コーヒーメーカーのボタンを押すと、湯気を立てた黒い液体が紙コップに注がれていく。もう一度受付に目をやると、大きな欠伸《あくび》をしているバイトと目が合った。バツが悪そうにバイトが目を逸《そ》らすのを眺めながら、男は湯気の立ったイマイチなコーヒーを一口啜《すす》った。そしてそのままコーヒーを片手に個室に戻り、黒いリクライニングチェアーに腰を下ろす。

　もう一度、さっきのスマホのスタートボタンを押してみる。

　10：32という時刻表示とともに、例のツーショット写真が現れる。右にスライドさせると、やはり四桁のパスコードの入力画面が表示される。

普通は自分の誕生日、さもなければ家族や恋人の誕生日を設定している人が多いだろう。

そうか、恋人の誕生日なら……。

男は個室のデスクのパソコンで、「稲葉麻美」と検索してみる。

検索トップに「稲葉麻美のプロフィール／ｆａｃｅｂｏｏｋ」と表示される。さらにそこをクリックすると、稲葉麻美名義のプロフィール写真がズラリと並ぶ。

この中に、さっきの稲葉麻美はいるだろうか。

気合の入った写真をばっちり載せている人、ペットの写真で代用している人、斜め横からの写真しか載せていない人……。プロフィール写真は様々だが、とりあえず今、探している黒髪美人の稲葉麻美らしき写真はない。

逆にここに目指す「稲葉麻美」がいるとすれば、自分の顔を晒《さら》していない何人かに絞られる。その中から「因幡麻美」や「稲葉亜沙美」を除き、さらに地方在住の「稲葉麻美」を除外すると、あっという間に残りは七人に絞られた。

そこで改めて男は自分のフェイスブックページにログインし、その七人の個々のページに載せられたアルバム写真をチェックする。

一人目の「稲葉麻美」は学生のようだった。テニスサークルのような集合写真があるが、年齢的にちょっと違う。それではと二人目の「稲葉麻美」をチェックする。そこにはにこやかに笑う女性の写真がばっちり表示されていたが、かなりぽっちゃり気味で、やはり明らかに男が目指す稲葉麻美ではない。三人目と四人目の稲葉麻美は旧姓が併記されているので、多分、違うだろう。五人目のプロフィールを見ると、東京在住以外にもR大学を卒業していることがわかった。しかしアルバムにはレストランや旅行先の風景写真ばかりで、本人の顔写真はどこにも載っていない。

さらに「基本データ」をチェックしてみると、住所はおろか生年月日すらない。この「稲葉麻美」はSNS上で個人情報を晒すことに関しては、かなり慎重なタイプのようだった。ネットの世界で安全に過ごしたいのならば、彼女のようにするのが正しい。SNS上で個人情報を晒すなんて、自殺行為に等しいと男は思っていた。

確かにこの「稲葉麻美」はセキュリティ感覚に長《た》けた慎重な人物のようだったが、持った「友達」が悪かった。

この「稲葉麻美」には、三五人のフェイスブック上の「友達」がいた。

男はその中に、あのニヤつき顔の富田誠を発見した。

これでこのページは、さっき電話で話したあの「稲葉麻美」のものであることは間違いない。今度はその「富田誠」のページに飛んでみる。富田誠はかなり頻繁にフェイスブックを利用していた。タイムラインには今まで投稿してきた写真がたくさんあり、他のコンテンツもかなり充実している。

すぐに「アルバム」をチェックする。

ツーショットこそなかったが、飲み会や仲間と行った旅行らしき写真の中に稲葉麻美が写ったものがいくつかあった。ピースしながらにっこり微笑《ほほえ》む稲葉麻美は、やはりとても美しい。自分のページならば厳選して綺麗《きれい》に写ったものだけを載せることもできるだろうが、「友達」がアップした写真がこれだけ美しいということは、生で見たらもっと美しいに違いない。それにこの長くて艶やかな黒髪。もはや男はすっかり稲葉麻美のファンになっていた。

そうなると癪《しゃく》に障るのは、その隣でいかにも楽しそうに笑っている富田誠だ。果たしてこの二人は本当に付き合っているのだろうか。

女性に較べると男性は個人情報には無頓着なものだ。

富田の「基本データ」を見てみると、都内のN高校、そしてH大学を卒業し、東京在住、B型、そして一九八五年一二月四日生まれであることがわかった。マイナンバーなど公が個人情報を管理することには異常な警戒心を発する割には、なぜ人はこんな簡単に自らのプロフィールを晒すのだろうか。

男は試しにスマホのパスコードに「１２０４」と入れてみる。

すると実にあっさりと、ロックは解除されてしまった。

B

麻美はスマホを切ると、富田のスマホをどこに送ってもらうべきか考える。自宅かそれとも会社だろうか。どちらも大体の住所は知っているものの、その細かい番地まではわからない。

しかしスマホを拾ってくれた人が親切な人で良かった。

富田のスマホに電話して、いきなりハスキーな声で自分の名前を言われたときは、心臓が止まるほどに驚いた。しかし赤の他人のためにわざわざスマホを送ってくれるなんて、まだまだ麻美は世の中捨てたもんじゃないなと思った。

スマホをどこに送ってもらうにせよ、まずは本人に連絡するのが一番だろうと、麻美は発信履歴の一番上にある富田の名前をタッチした。すぐに画面が切り替わり、スマホは相手先を呼び出しにかかる。

あ、まずい、まずい。

麻美は慌ててスマホを切った。このままではさっきの男性にもう一度電話が繋《つな》がってしまう。間抜けなスマホの落とし主は、その彼女もやっぱり間抜けだった。危うくそんな風に、あのハスキーな声の持ち主に思われてしまうところだった。

そしてその時初めて、麻美は今自分が困った事態に陥っていることに気がついた。

麻美もそうだが、富田は自宅に固定電話は引いていない。そして麻美が手にしているスマホの電話帳には、富田の勤務先の部署直通の電話番号は登録されていない。それならばＬＩＮＥでと思ったが、富田がスマホを持ってなければ麻美のＬＩＮＥのメッセージを見ることはできない。

壁の時計を見ると一〇時三〇分を指していた。

この時間ならばまだ会社にいるだろうか。あまり気は進まないが、富田の会社に電話をするしかないだろう。富田は何千人もの従業員がいる大手家電メーカーに勤めていた。さすがに大企業だけあって、パソコンで検索したら富田の会社の代表番号はすぐにわかった。しかし問題はその部署名だ。麻美は他の独身女性と同様に、独身男性の会社名には興味があったが、その部署名にはあまり関心はない。

再び時計を見ると、針が五分ほど進んでいた。このまま悩んでいてもしょうがないので、麻美は意を決してスマホにその大手家電メーカーの代表番号を打ち込んだ。

『どちらのセクションの富田でしょうか』

まあ、当然、そう訊《き》いてくるだろうとは思ってはいた。

「営業関係なのは間違いないのですが……」

『営業は一部から七部までございまして、他に営業推進部、営業業務部、営業企画部、そして戦略営業部がございますが』

富田はこの四月に人事異動をしたばかりだった。「何とか営業から営業何とかに異動しただけだから」としか聞いていなかったので、そう言われても答えようがない。

「すいません。営業としかわからないのですが。下の名前は誠です。富田誠」

『……そうですか。少々、お待ちください』

スマホから保留音が聞こえてきた。

きっとどこの営業部に富田誠という社員がいるのか調べているのだろう。

『申し訳ありません。ただ今、富田は外出中で席を外しております』

交換が三分かけて探し当てた営業三部に電話が繋がると、気のせいかどことなく刺々《とげとげ》しい女性の声が聞こえてきた。

「あ、そうですか」

『お急ぎのご用件ですか』

「ええ、まあ」

『では富田から連絡させましょうか』

「えっ、そんなことができるんですか」

『はい、富田の携帯に電話をして折り返すように伝えますが』

さすが営業部ということもあり、また大企業だけあって電話の対応も徹底している。

麻美の職場でそんなことを言う社員はいない。

「いやいや、そこまで急ぎの用件ではありませんので」

そんなことをしたらあのハスキーな声の男性に繋がってしまう。そして最悪、富田がスマホをなくしたことが、会社中に広まってしまうかもしれない。

「社に戻ってからで結構ですので、富田さんに稲葉から電話があったことをお伝えください」

『わかりました。それで、どちらの稲葉さんとお伝えすればよろしいですか』

なんと答えるべきか。本来ならば「友人の」と答えるべきだろうが、プライベートな電話だとばれると、富田に何かしら迷惑がかかるかもしれない。

「花山商事《はなやましょうじ》の稲葉と伝えてください」

麻美は派遣先の会社名を口にした。

壁の時計の針は午後五時に迫っていた。

その後、何度もスマホをチェックしたが、富田から電話はかかってこなかった。

麻美は電話を切った直後から、ちょっと不安にはなっていた。ひょっとすると富田には花山商事という会社が麻美の派遣先だという認識がないのかもしれない。なぜなら麻美はこのちょっと時代遅れの派遣先の会社名を、あまり富田に話したことがなかったからだ。

　しかしそれ以上に考えられるのは、花山商事の稲葉が自分の彼女の稲葉麻美だと気付いたところで、その花山商事の電話番号がわからなければかけられない。だったら麻美個人のスマホにかければいいのだが、この時間まで麻美のスマホが鳴らないところを見ると、富田は麻美の電話番号を覚えたり控えたりはしていない。そしてそれが唯一登録されているスマホが手許《てもと》にないということは、どんなに麻美に連絡を取りたくてもお手上げだということなのだろう。

　もう一度壁の時計に目をやると、まさに午後五時を指すところだった。

　さすがにこれ以上、放置するわけにはいかない。

　折り返し電話をするといったのは他ならぬ麻美だったし、連絡がなければあのハスキーボイスの男も気が変わって、どこかにスマホを捨ててしまうかもしれない。その一方で富田自身が自分のスマホに電話をして、あの男性と話がついている可能性もあると思った。

　麻美は机の上を整理すると、スマホを持って立ち上がった。

　廊下の突き当たりに移動しながら、発信履歴から富田の番号をタッチする。周囲を気にしながらもスマホを耳に押し当てると、呼び出し音が聞こえてくる。

『もしもし』

今朝耳にした、あのハスキーな男性の声がした。

「もしもし、稲葉ですが」

『ああ、稲葉さん。やっとかけていただけましたね』

今、この男性と話ができるということは、まだ富田はこのスマホを止めていないということだった。それはそれで良かったと思ったが、セキュリティという面ではどうなのだろうか。

「すいません。結局、そのスマホの持ち主と連絡がつかなくて……」

『そうですか。それは残念でしたね』

「そちらに富田から連絡はありませんでしたか」

『さあ、何度か電話は鳴ったんですけど。どこからの電話だかわからなかったので出ませんでした。それに稲葉さんが、折り返し連絡をくださるとおっしゃっていたので……』

その電話は富田からだったのかもしれない。それに出てさえくれればこんな面倒なことにならないのにと麻美は思ったが、それを口にするわけにもいかない。

「そうですか」

『それでどうしましょうか、どこにこのスマホを送りましょうか』

「そうですね……」

富田の会社の住所は控えてあった。そこに送ってもらえばいいのだが、今から送ったのでは本人に届くのがさらに数日遅れてしまう。

「今、どちらにいらっしゃいますか。私は今、丸《まる》の内《うち》ですが、もしもお近くならばこれから取りにうかがいますが」

麻美は思い切ってそう言った。この男性からスマホを直接受け取って富田のマンションに届ける。郵便受けに手紙とともにスマホを投げ込んでおけば一件落着だ。そのほうがこの親切な人にお礼も言えるし、富田もすぐにスマホが使える。やはりこれが一番だろう。

『丸の内ですか……。私は、今、横浜《よこはま》なんですよね』

「横浜ですか。……東京でスマホを拾ったんじゃないんですか」

『そうなんですが、今日は移動しながら仕事をしていたので……、稲葉さん、お住まいはどちら方面ですか。私はこれから東京に戻りますので、方角が合えばそちら経由で戻っても構いませんが』

麻美は一瞬躊躇《ちゅうちょ》した。麻美は東横線《とうよこせん》沿線の祐天寺《ゆうてんじ》に住んでいた。この男性が今横浜にいて、東京に帰るのならば、東横線のどこかの駅で落ち合うのがちょうど良い。なるべく自宅に近い駅で落ち合えば、時間も節約できて都合もいい。

しかし見ず知らずの男性に、自宅に関する情報を話してもいいものだろうか。

こんなに親切な人に限って、その心配は杞憂《きゆう》だろうか。

「それでは……、私は東横線方面なので、例えば自由《じゆう》が丘《おか》でお会いできますか」

沿線だけならば、他人に知られても大丈夫だろうと麻美は思った。

まさかそれだけの情報で、麻美の最寄り駅である祐天寺がばれるはずもない。あの辺に暮らす一人暮らしの女性は山のようにいるはずだ。もしも自宅の住所がもっとマイナーな場所だったら躊躇もするが、やはり東横線沿線はイメージがいいので人に話しても恥ずかしくない。

『どこか待ち合わせに良い所はありますかね。私はあの辺は土地勘がないもので……』

麻美は駅前のコーヒーチェーン店の名前を告げた。時間は一時間後としたが、やらなくてはいけないことを逆算すると、結構、ギリギリの時間だった。

A

本当に稲葉麻美に会えるとなると、男は急に考え出した。

このままスマホを渡して「善意の人」で終わっていいものだろうか。男は富田誠のスマホの待ち受けの稲葉麻美の写真を見ながら、どうにもそれだけでは惜しい気がしてきた。

パスコードで突破された富田のスマホは、今や裸同然だった。電話帳、写真、各種アプリ、そしてSNSの通信内容まで、何から何まで見ることができた。当然その中には、稲葉麻美とのLINEのやりとりもある。それは非常に興味深かったので、男はその二人のやりとりを一つひとつ読んでいった。

そうすると面白いもので、二人の交際の軌跡がおぼろげながらわかってくる。稲葉麻美は今でこそ違う会社に派遣されているが、二年前に富田と一緒の超有名企業で働いていた。二人は付き合いだして一年ぐらいになるが、軽井沢《かるいざわ》や沖縄、箱根《はこね》などに二人っきりで旅行をしていた。普段は土曜日に会うことが多く、そのまま週末は富田の家で過ごす。まあ典型的な付き合って一年目のカップルと言えた。

写真アプリも調べてみた。

写真は文字とはまた違う情報をもたらしてくれる。

スマホで撮った写真は設定をし直さない限り、勝手にその位置情報が紐付《ひもづ》けされてしまう。それを知らずにSNSに投稿して自宅がばれるなどの問題が生じて、最近はSNS側で自動的に位置情報を削除する傾向にある。しかしスマホのカメラ設定がそのままになっていれば、スマホ内の写真には相変わらず位置情報は紐付いている。ジオタグと呼ばれるこの緯度と経度の数値は、ピンポイントでその撮影場所を教えてくれる。

室内の写真が集中している都内のポイントがいくつかあった。そこでは二人のツーショットをはじめ、友人との集合写真などが撮影されている。おそらくここが富田の自宅だろう。場所は東横線沿線の都立大学駅《とりつだいがく》と目黒線の大岡山駅《おおおかやま》の間あたりだ。渋谷《しぶや》、代官山《だいかんやま》、中目黒《なかめぐろ》、祐天寺、自由が丘……、稲葉麻美が写った写真は、比較的東横線沿線が多かった。ずばり稲葉麻美の自宅らしい写真はなかったが、麻美が「東横線沿線に住んでいる」と言っていたのはまず信じていいだろう。

写真アプリには、時系列的に富田がスマホで撮った写真が残されていた。男はふと思いついて昨年の夏の写真をチェックすると、沖縄で撮られたらしい稲葉麻美の黒い水着姿を発見した。くびれたウエスト、形のよいお臍《へそ》、小ぶりながらも程よく盛り上がったバスト、そして美しくて長い黒髪。男だったら誰だって、この体を手に入れたいと思うはずだ。

さらに驚いたことに、スマホの中には稲葉麻美のもっと生々しい写真もあった。バストトップはおろか、きれいに手入れされたアンダーヘヤー、さらにはもっと大事な部分まで見えてしまっているものもある。しかも撮影された彼女は嫌がる風もなく、にっこりとカメラに向かって微笑んでいる。その黒髪から清楚《せいそ》で保守的な女だと思っていたが、結構、性に関してはオープンな考えの持ち主なのかもしれない。透けるような麻美の白い肌。それと対照的な黒いアンダーヘヤー。それは黒髪フェチのこの男のどす黒い欲情に火を付けた。その黒い茂みを自分のこの手で触れてみたい。

この写真を撮った後に二人は愛を確かめ合ったのか。それとも情事の後の記念撮影なのか。いよいよこうなると、この二人の間に肉体関係があることは認めざるを得ない。

これほどの美人がこんな男に。

今までにも多くの美人を知ってはいるが、この稲葉麻美の美しさは別格だと思った。なんとか二人の関係にひびを入れて、自分に振り向かせることはできないものだろうか。

既に稲葉麻美の電話番号は控えていた。

ＬＩＮＥのアカウントもわかったし、フェイスブックも特定できているので、それとなく日々の行動を監視することはできる。しかしそれでは遠くから眺めるだけで、指一本触れることはできない。

しかしこの後、自由が丘で稲葉麻美と落ち合っても、そう簡単には彼女と仲良くはなれないだろう。少なくとも稲葉麻美はＲ大学卒業の才媛だ。相手の富田だって大学を出て一流企業に勤めるエリートサラリーマンだ。自分みたいな引きこもり癖のあるオタクとはそもそものが違う。

やはり、……あれを使ってみるか。

男は自分のパソコンを起動させると、あるアプリのアイコンをクリックする。

それはスマホの解析ソフトだった。アイフォンはクラウドなどに自分のバックアップデータを保存できるが、その中身をユーザー自身が見ることはできない。アンドロイドはそもそもそういう機能がないので、バックアップデータは自分で保存しなければならない。しかしこのソフトを使うと、自分のパソコンにスマホのバックアップデータを保存でき、かつそのデータを自分自身で見ることができる。

さらにLINEなどのSNS上で交わされたメッセージまで保存し、それらを見ることができるところにこのアプリのセールスポイントがあった。自分のスマホのLINEのメッセージを自分で見ても意味はない。このソフトは実際のところ、スマホに残された浮気の痕跡を見つけ出すために使われているようだ。

事実このスマホの解析ソフトは、某人気タレントのLINEが流出した時にネット上で話題になったものだった。確かにいくつかの条件が重なれば、いつでもどこでもそのスマホのSNSの会話が見放題となる。さらにその位置情報も取得できるし、撮った写真を別のデバイスで見ることすらできてしまう。だからといってこのソフトは違法なものではない。子供が危険なＳＮＳに接触しないように、徘徊《はいかい》老人のいざという時のために……、なんともそれらしいキャッチフレーズで、ネット上で普通に販売されている。

それでもスマホのパスコードを複雑なものに設定しておけば、このアプリを埋め込まれる心配はない。しかし普通の人間が考えるパスコードなど、一緒に生活している家族や恋人が本気になれば、案外簡単に突破できてしまうものらしい。

男は富田誠のスマホをパソコンに繋ぎ、「１２０４」のパスコードを入力する。そして解析ソフトアプリを起動させると、そのバックアップデータをすべて自分のパソコンに保存した。

Ｂ

本当にあのハスキーボイスの持ち主はこのお店に現れるのだろうか。

約束の時間から既に一〇分経っていた。そういう麻美も五分ほど遅れて、自分が指定したこのコーヒーチェーン店に到着した。てっきりハスキーボイスの男を待たせてしまったと思っていたが、店内を見渡したがそれらしい人物はいなかった。しょうがないのでアイスラテをカウンターで頼み、入口がよく見える席に腰を下ろした。たった五分の麻美の遅刻に、腹を立てて帰ってしまったのだろうか。それとも急用ができて、来られなくなってしまったのか。

いや、そもそもスマホを返すということ自体が、質《たち》の悪い悪戯《いたずら》だったということはないだろうか。

アイスラテを一口啜り冷静に考えを巡らせると、麻美はちょっと不安な気持ちになってきた。見ず知らずの他人のために、人はそこまで親切になれるものだろうか。開かない入口のドアを見詰めていると、そんな考えも脳裏を過《よ》ぎる。

「すいません。稲葉麻美さんですね」

いきなり自分の名前を呼ばれて、麻美は驚いて振り返った。声をかけてきたのは、緑色のエプロンをしたそのコーヒーチェーンの男性店員だった。

「はい。……そうですが」

なぜこの店員が自分のフルネームを知っているのか。

「お電話が入っています」

その店員はそう告げるとカウンターの向こう側を指差した。どうやら麻美宛の電話が、この店の直通電話にかかっているらしい。

やはりあのハスキーボイスの男性が、急に来られなくなってしまったのだろうか。

麻美は立ち上がると、店員に促されるままカウンターの奥に招き入れられた。そこには食器や段ボールが雑然と置かれていて、それらに埋もれるようにして茶色い固定電話が一台置かれていた。

「もしもし、稲葉ですが……」

麻美は手渡された受話器に向かってしゃべり始めるが応答はない。受話器からは通話が切れた後の機械音しか聞こえてこなかった。

「すいません。これ、切れてますけど」

「えっ、あれ、おかしいな。ついさっきまで、繋がってたんですけどね」

店員は何度か自分で受話器を耳に当て、怪訝《けげん》な表情を浮かべながらもその事実を確認する。

「誰からでしたか」

「いや、特に名乗られはしなかったのですが」

どういうことだろうか。麻美は首をひねった。しかしこの時間に麻美がここにいることを知っているのは、あのハスキーな声の持ち主しか考えられない。

「あと、このスマホを赤いセーターを着た稲葉麻美さんに渡して欲しいって言われたんですけど、あなたが稲葉麻美さんですよね」

そう言うと、その男性店員は麻美に見覚えのある黒いスマホを手渡した。

すぐにスマホのスタートボタンを押すと、麻美と満面の笑みの富田とのツーショット写真が現れた。こんな写真を待ち受けに使っていたとは、麻美は今の今まで知らなかった。

「このスマホは、あなたのお知り合いのものですか」

口元を歪《ゆが》ませながらその店員はそう言った。

「あ、はい」

この店員はこの待ち受け写真を見ただろうか。だとするとちょっと間抜けで気恥ずかしい。

「ど、どうも、ありがとうございました」

俯《うつむ》き加減にその店員にお礼を言うと、麻美は急いで席に戻る。でも本当にお礼を言わなければならない、あのハスキーボイスの男性はどうしたのだろうか。

どうしてここに現れなかったのだろうか。

急用ができてさらに麻美が遅れたので、待ちきれなかったのだろうか。

いや、電話口にまで呼び出して、確実に渡そうとしていたところを見ると、別の意図がありそうだった。ひょっとするとお礼とかされるのが嫌で、わざと店員にスマホを渡して先に出たのかもしれない。麻美は有楽町の駅前で買った洋菓子の紙袋を見ながらそう思った。これを買っていたために、約束の時間より少しだけ遅れてしまった。

そんなことまで気にする、本当にいい人だったのかもしれない。恵まれない子供たちに多額な寄付をしておきながら、決して自分の名前は出さない。そんな伝説のような人物が時々いるが、あのハスキーボイスの男性はそんな篤志家《とくしか》だったのではと、麻美は勝手にイメージしてみる。

そう思うと一目でもどんな人物か見ておきたかったと、ちょっと残念な気もする。

しかし今日一日何かとヤキモキさせられたが、なんとか無事にスマホが戻ってきて本当に良かった。麻美は肩の荷が下りたように、急に気が楽になってきた。

さてそうなると、この菓子折りをどうするか。一人で食べるには多すぎるが、これを富田に食べさせるのは癪だと思った。しかしいずれにせよ、どこかで富田にこのスマホを返さなければならない。気は進まないがもう一度、富田の会社に電話をしてみよう。そして富田のマンションの郵便受けに投げ込むか、または麻美の自宅に取りに来させるか。

その時だった。耳慣れない間抜けな着信音が麻美のすぐ近くから聞こえてきた。

自分のスマホの着信音ではないので軽く混乱したが、ふと目をやると机の上で富田のスマホが震えていた。発信履歴を見ると「営業三部」と表示されている。

『もしもし』

スマホから聞き馴染《なじ》みのある甲高い声が聞こえてきた。

「もしもし」

『……もしもし？』

スマホの主は、今ひとつこの状況が理解できていないらしい。

「もしもし」

『もしもし』

「もしもし」

『もしもし、ひょっとして、あさみん？』

「そうよ」

『ななな、なんであさみんが俺のスマホ持ってるの。俺、てっきり朝慌ててたんで、部屋に置き忘れたもんだと思ってたけど』

A

麻美に指定されたコーヒーチェーン店に入り、カフェラテを席で一口啜ると、男は空いていた隣の椅子に富田のスマホをそっと置いた。そして自分のスマホに電話がかかってきたふりをしておもむろに立ち上がると、ゆっくりと店の外に出る。そして事前に調べておいたこのコーヒーチェーン店の固定電話の番号をタッチする。

「すいません。奥の席の椅子にスマホを忘れてしまったのですが」

『今、確認しますので、少々お待ちください』

店員がスマホを取りに行く背中を店の外から見守りながら、男は時計をちらりと見る。もうすぐ約束の時間だった。今、この瞬間に稲葉麻美に来られたら、せっかくの計画が台無しになってしまう。

『ありました。黒いスマホですよね』

「はい。そうです。後で取りに行きますので預かっておいてもらえますか」

『はい。わかりました』

そう言った店員のすぐ前を通って男は再び店内に戻り、カフェラテが置かれたさっきの席に座りなおす。

その瞬間、長い黒髪をなびかせながら稲葉麻美が颯爽《さっそう》と現れた。

静止画像の彼女は何度も見たが、生で動くその姿を見るのは初めてだ。赤いサマーセーターにジーンズというごくシンプルな恰好《かっこう》だったが、あんなに細いジーンズが似合う日本人は珍しい。脚が長くてスリムなので、モデルといっても通用しそうだ。

暫《しばら》くその美しさに目を奪われていたが、麻美が店内を見渡したので慌てて新聞を読んでいる振りをする。その後もちらちらと麻美を盗み見たが、想像以上の美しさに目が釘付けになる。しかしいつまでも見とれているわけにもいかない。男はわれに返って再びスマホを取り出した。

「さきほどスマホを忘れて電話をしたものですけど、ちょっと忙しくて取りに行けなくなりました。代わりのものが取りに行きますので渡してもらえますか」

『はい。いいですよ。何て言う方がいらっしゃいますか』

「長い黒髪で赤いセーターを着ている女性です。名前は稲葉麻美と言います。ひょっとしたら、もうお店にいるかもしれません」

電話を片手に店員が周囲を見渡すさまが見える。

『ああ、あの人がそうかもしれません』

「そうですか。じゃあ、ちょっと電話口まで呼び出してもらえますか」

やがて店員が稲葉麻美に声をかけたのを確認して男はスマホを切ると、新聞越しにその様子を窺《うかが》った。

やがて怪訝な表情をしながら稲葉麻美は自分の席に戻ってきた。その手には、しっかりあの黒いスマホがあった。計画通りに無事スマホを返すことは出来たようだ。男はまずはほっとして、ぬるくなったカフェラテを一口飲んだ。

その時、稲葉麻美のテーブルの上のスマホが着信音を店内に響かせた。

慌てて彼女はスマホに出ると、最初こそ周囲を気にして口元を手で押さえてはいたが、やがて楽しげに笑いだした。もはや周囲を気にする素振りもないので、男は新聞を読むふりを止《や》めて、稲葉麻美の美しい横顔をガン見する。長い黒髪を搔《か》きあげながらしゃべる仕草は、ちょっとした映画の一シーンを見るようだった。

その後稲葉麻美はスマホを切ると、アイスラテを飲み干してそそくさと立ち上がった。そしてそのまま店内を振り返ることもなく、足早に駅へと消えていった。男はその後ろ姿を見送るとおもむろに立ち上がり、ついさっきまで稲葉麻美が座っていた座席に移動する。腰かけると稲葉麻美の尻のぬくもりがまだ十分に残っていた。

富田誠のスマホは稲葉麻美に返してしまったが、その中にしっかりとＳＮＳ監視ソフトを埋め込んだ。男はタブレットパソコンを取り出して電源を入れる。パソコンが立ち上がると、その壁紙として設定した稲葉麻美の水着の画像が現れた。そのセクシー画像を眺めながら大きく腕を組んで考える。

さてこれから、どうやればこの壁紙の女に接近できるだろうか。

富田のスマホにあったデータや情報は全てこのパソコンに保存されている。そのデータを改めて表示してみる。そしてもう一度、麻美をはじめとした富田の「友達」とのＬＩＮＥのやりとりを読んでいく。一つひとつは確かに他愛もないやりとりだが、全体を見てみるとそこからおぼろげながらも富田誠の人間関係が見えてくる。何かこの男に秘密はないのか。浮気とか、出会い系とか、風俗とか、男だったら少なからず疚《やま》しいところがあるはずだ。

そして稲葉麻美本人にも、何か弱みはないだろうか。

ちょっと前になぜか富田が鳥取に行きたいと言い出したことがあった。その時のLINEのやり取りから、稲葉麻美の実家が鳥取であることがわかった。どうやら彼女は大学入学と同時に東京に出てきたが、ほとんど実家には戻っていないらしい。それというのも、父親はもう他界していて、田舎に残る母親とはあまり仲良くはないようだった。

稲葉麻美の自宅は、おそらく祐天寺か中目黒だろうと思っていた。

富田が撮った稲葉麻美の写真の分布でなんとなくそれは予測できたが、何よりもLINEの履歴を調べてみたら、二人が祐天寺と中目黒の駅前のコーヒーチェーンをよく待ち合わせ場所にしていたからだった。

そして今度はスマホ解析ソフトを立ち上げて、今現在の富田のスマホ、つまり稲葉麻美の位置情報を取得してみる。稲葉麻美が手にしているはずのそのスマホは、予想通り東横線を渋谷に向かって移動していた。彼女はこのまま自宅に帰るのか。それとも富田の自宅に向かうのか。

その結論が出るまでには、まだ少し時間がかかりそうだった。周囲を見渡して特に自分の背後に誰もいないことを確認すると、男はデスクトップにあるピクチャーのアイコンをクリックした。そして富田のスマホからコピーした稲葉麻美の写真フォルダを開き、さらにその中の特にお気に入りの画像をクリックする。

小ぶりながら形の良いバスト。そしてその先にツンと上を向いたピンクの突起が無防備に写っている。黒い髪の毛をかきあげながら腰に手を置いた画像からは、見事なウエストのくびれが強調されている。そして片膝をついている画像からは、黒いアンダーヘアとその周辺をはっきりと見ることができる。ちなみに彼女の長くて美しい脚のつけねには、少々大きめのほくろがあった。

何度見てもいい女だ。

いっそこのヌード画像を、ネット上にばら撒《ま》いてやろうか。

ふとそんな衝動に駆られるが、そんなことをしても何の得にもならないと自制する。

そろそろかと思い、男はもう一度富田のスマホの位置情報を取得する。富田のスマホは祐天寺駅の近くで静止していた。写真のジオタグなどから富田の自宅は都立大学駅と大岡山駅の間と想定していたので、この今、位置情報が示している祐天寺からはちょっと離れる。

おそらくここが、稲葉麻美の自宅だろう。

男は一人ほくそ笑むと、すっかり冷たくなったカフェラテを飲み干した。

そしてふと、彼女の長い黒髪が近くに落ちていないかと思い付き、テーブルの周囲を探してみたが、残念ながらそれらしきものは見つからなかった。

C

「それで死体の第一発見者は誰だったんだ？」

神奈川県警刑事部の毒島徹《ぶすじまとおる》は、一足早く現場に駆けつけた部下の加賀谷学《かがやまなぶ》にそう訊《たず》ねた。

「山菜を取りに来た近所の七〇代の女性です。林道から谷を降りてざっと八〇〇メートルは下っていますから、誰もわざわざこんなところにまで降りてはきません。ただ山菜はこんなところに生えているのかもしれませんね」

わらびにぜんまい、そんな山菜が豊富に取れる季節だった。加賀谷みたいな若者から見ればここは草木が生い茂るただの山だろうが、七〇代の女性にとっては逆に宝の山だったのかもしれない。

「痛っ」

「どうした、加賀谷」

「いや、何でもありません。ちょっとこの草の棘《とげ》に引っかかっただけです」

毒島が後ろを振り返ると、加賀谷が痛そうに手を振っている。

「ホソエノアザミだ。このアザミの棘はバカにならない。ズボンの上から刺さっても痛いぐらいだから、とにかく触れないように気をつけろ」

「わかりました」

神奈川県の山だからといってバカにしてはいけない。林道を外れてこんな山奥に踏み入ってくれば、その自然が牙《きば》を剝《む》いて挑んでくる。

「死体は地中に埋められていたそうだな」

「ええ。三〇センチ程度の穴を掘って埋められていたそうです。頭蓋骨以外はすべてあそこに埋まっていたそうです」

加賀谷が指を差した先には、立ち入り禁止の黄色いテープが張られていた。そこでせわしなく作業している鑑識の背中が見える。毒島と加賀谷の二人は遺留品でも落ちていないかと、現場周辺の道なき道を歩いていた。

「でも半分白骨化した頭蓋骨だけを、なんでそのおばあさんは発見できたんだ」

「どうやら野生動物が掘り起こしたようです。全身はとても無理だったんで、頭蓋骨だけ咥《くわ》えて移動したみたいです。その頭蓋骨が発見されたのはここから五〇メートルほど谷を下った所です」

「衣服や遺留品など身元がわかりそうなものは」

「捜索中ですが今のところ見つかっていません。死体は全裸で埋められていたそうです」

「全裸？」

「はい、そうです」

「それで、死体の推定年齢は」

「二〇～三〇歳。身長は一五〇センチから一六〇センチほど。死後三ヶ月から一年というところだそうです」

加賀谷は黒い手帳を見ながらそう言った。

「性別は女だったよな」

「はい、そうです」

「行方不明者との照合は」

「既に始めています」

ガイシャが若い女性ならば、捜索願が出ているかもしれないと毒島は思った。身元さえわかれば、捜査はだいぶやりやすい。被害者の恋人や家族、そしてその交友関係を辿《たど》っていけば、意外と早く事件は解決するかもしれない。

「毒島さん。当然これは、殺しですよね」

刑事課に配属されて間もない加賀谷が、神妙な表情で毒島に訊ねる。

「ただの死体遺棄なら、わざわざ穴を掘って全裸にしてまで埋めないだろうからな。ここは比較的掘りやすそうだが、それでも木の根や草があって三〇センチも穴を掘るのは大変だ。そこまでして死体を捨てるのだから、やはりそれなりの理由はあるだろう」

そう言いながら毒島は足元の土を足で削ってみる。あたり一面に樹木や雑草が生い茂っているというわけではなかったが、黒い土の下には確かに木の根がびっしりと張っていて、スコップや鍬《くわ》など本格的な道具がなければとても掘れそうもない。

「それにあの下腹部を見ただろ」

「はい」

マスコミには伏せられたが、死体は下腹部を滅多刺しにされていた。

「おそらく性的なことがからむ犯行だろうな。犯人はある種の変質者だろう」

「犯人はここまで車で死体を運んだんでしょうね」

「まあ、そうだろうな」

「林道に車を駐車して死体をここまで運んで埋めた。穴もその時に掘ったとしたら相当な時間がかかったはずだ。そんなに交通量のない道路だ。一年ぐらい前かもしれないが、誰かが不審な車を見ているかもしれない。まずはその車の目撃情報を探すことだな」

「そうですね」

「しかしまさか、地中に埋めた死体を野生動物が掘り起こすとは思わなかったんだろうな」

神奈川県とはいえ丹沢《たんざわ》の奥に来てしまえば野生動物は普通に生息する。鹿や猪《いのしし》、ハクビシンはもちろん、猿や熊もこの山には住んでいる。実際、この森に足を踏み入れてからも、鳥やら何だかわからない野生動物の鳴き声を絶えず耳にしていた。さらに蚊なのか蠅《はえ》なのか、小さな虫がまとわりつくのを毒島は右手で追い払う。

「あ、毒島さん。ちょっと動かないでください」

そう言いながら加賀谷は毒島の背後に回り、首の後ろを強く叩《たた》いた。

「なんだ」

「蛭《ひる》が毒島さんの襟元に食いついていました。さっきの樹の上から落ちてきたのかもしれません。でももう大丈夫です。今、取りましたから」

毒島は身をよじりながら、両手で顔や首筋、両手、両足など、体中を触って他に蛭に食いつかれていないかチェックする。

「ちくしょう。さっきチクリときたような気がしたが蛭だったのか。加賀谷、おまえは大丈夫なのか」

「ええ、大丈夫だと思いますよ。後ろになんかついてますか」

そう言いながら毒島に背中を見せる。

「後ろにはついてないが、ちょっとズボンの裾を上げてみろ」

そう言われた加賀谷がズボンの裾をまくってみると、三匹のぷっくりと太った蛭が足首からぶらさがっていた。

「う、うわあー」

白かった加賀谷の靴下が血で真っ赤に染まっていた。

「蛭は口から痛みを感じさせない麻薬のような成分を出す。だから血を吸われていても全然気が付かないんだ。そして血を吸って丸々と太ったら自分で勝手にポトリと落ちる」

「こいつらを相手にしたら、靴下なんか何の防備にもなりませんね」

「ああ。薄手のものならばズボンの上からでも吸ってくるからな。今度来る時は、蛭よけの薬を塗ってこないとな」

「そうですね」

「こんな蛭が出る山奥だ。死体を捨てるには悪くない場所だと思うが、もっと深く掘っておくべきだったな。そうすれば野生動物が掘り起こすこともなく、まず見つかることはなかったはずだ。犯人の目の付け所はよかったんだが、ツメがちょっと甘かったな」

「ああ。加賀谷、俺たち警察にとって、一番捜査しにくい事件はなんだかわかるか」

加賀谷は歩きながらも小首を傾げて考える。

「目の付け所？」

「さあ？」

「死体が発見されない事件だよ。死体が発見されなければ、事件そのものが存在しない。そうなれば俺たち警察は手の出しようもない」

「そうですね。死体がなければ捜査本部も敷かれないわけですから」

「そうだ。なあ、加賀谷。世の中に警察に届けられただけで、年間何人の行方不明者が出ているか知っているか」

「七万人でしたっけ」

「八万人だ。毎年八万人を超える捜索願が警察に提出される。大概は徘徊老人や、恋愛や家庭の事情が原因の家出人など事件性がないものだが、しかしその中の五パーセントぐらいは、明快な理由がわからない未解決の行方不明者だ」

「五パーセントといえば四千人ですね」

「その年間四千人ぐらいの未解決の行方不明者のうち、死体が発見されない殺人事件に巻き込まれた人間が何人いたか」

「そう考えると、ちょっと怖い話ですね」

「死体さえ発見されなければ、何人殺そうとまず捕まることはない。死体の隠し場所として地中深くに埋めてしまうというのは、古典的ながらもっとも確実な方法だ。あと一〇～二〇センチも深く埋めてあったら、野生動物だって掘り起こせない。そうすれば山菜取りのおばあちゃんに見つかることもなかったし、俺達警察がわざわざこんな山奥に来ることもなかった」

「確かにそうですね」

「近年、殺人事件が年間で一〇〇〇件を下回ったと話題になったが、逆に考えれば単に死体が発見されづらくなっただけっていう考え方もできるからな」

毒島は独り言のようにそう言うと、胸ポケットから煙草《たばこ》を取り出した。最近はどこもかしこも禁煙だが、さすがにこんな山奥で喫煙を咎《とが》める奴はいない。

「全裸で埋められたっていうのがちょっと気になるな」

毒島は口元に手をやり風よけにしながら、ライターで素早く火をつける。

「というと？」

「これがただの変質者の衝動的な犯罪だったらそんなに問題はない。どこかでボロが出て、きっとホシも見つかるだろう」

「変質者、じゃなかったとしたら？」

「だとしたら身元がわからないように画策した計画的な犯行かもしれない。全裸で埋められていたぐらいなんだから、わざわざこの辺にガイシャの遺留品を残すようなミスはしないだろう」

「今のところそれらしいものは見つかっていません」

「そうなると、結構、厄介な山になるかもしれないな」

毒島は大きく紫煙を吐き出した。森を吹き抜ける風があっという間にその煙をはるか後方に運んでいく。ブナの巨木が立ち枯れになっている向こう側に、相模湾《さがみわん》の水面が光っているのが見えた。

「加賀谷。ガイシャの髪の毛は見つかったか」

「はい、もちろん」

「そうか。じゃあ、DNA鑑定はできるわけだな」

「ええ。ちなみにガイシャは、長くて綺麗な黒髪の持ち主だったらしいです」

第二章

A

『レディー・ガガのチケットなんとかならないの』

『色んな知り合いに聞いたんだけどさ、さすがにもう無理だって。あさみんのほうで誰かチケット買えた人いないの？』

『こっちは全然ダメ。やっぱり難しいかなー。富田君の知り合いでマスコミ関係の人いない？　関東テレビが主催らしいよ』

　パソコンで富田誠のＬＩＮＥのメッセージを見ていた男は、二人のそんなやり取りが気になった。すぐにインターネットのオークションサイトを調べてみると、公演間近ということもあり定価の一〇倍はしてしまうが、チケットそのものは買うことはできるようだった。

　さらに遡《さかのぼ》って過去の富田のＬＩＮＥを見ても、確かにほうぼう手を尽くしてチケットを手に入れようとしている様子がわかる。

しかもコンサートに本当に行きたいのは稲葉麻美の方らしい。

『関東テレビに就職した大学の同期の山田宏《やまだひろし》の連絡先しらない？　関東テレビ主催のレディー・ガガのチケットがどうしても欲しいんだけど』

富田はそんなメッセージもＬＩＮＥでしていた。しかし残念ながら、誰も山田宏の連絡先は知らないようだった。

これは使えるかもしれない。

男はフェイスブックにログインして富田のページをチェックする。

ズラリと並んだ「友達」の中に、関東テレビの山田がいないことを改めて確認する。そしてフェイスブック内の検索窓に、「山田　関東テレビ」と入力する。ヤフーやグーグルで検索されるのを嫌う人でも、フェイスブック内の検索まで制限する人は少ない。それすら拒否する設定もできるが、そうなると「友達」にならない限り、フェイスブックをやっていることは誰にもわからない。

どうやら関東テレビの山田宏はフェイスブックを利用していないようだった。

男は一人ほくそ笑むと、さっそく山田宏のなりすましページの制作にとりかかった。なりすましといっても、特に技術的に難しいことがあるわけではない。普通にフェイスブックの登録ページに行ってそこに名前とメールアドレス、そしてパスワードを設定すればいいだけだ。しかし男はそれらしく、hiro_ktv_yamadaという文字列の入ったフリーメールを新たに取得した。さらにプロフィール写真も関東テレビのサイトに行き、局のマスコットキャラクターの写真をコピペする。後は細かいプロフィールだが、H大学卒、関東テレビ勤務とだけ入力する。

そして富田に向けて「友達」申請を出した。

ここまで作業したところで、ふとカフェラテが飲みたくなった。冷蔵庫からパックの牛乳を取り出し、花柄のコーヒーカップにインスタントコーヒーを入れようと蓋を開ける。しかしジャンボサイズのそのインスタントコーヒーの瓶の中には、あんなにあったはずのコーヒーが残り僅《わず》かとなっていた。

この部屋に住みだしてから、もう何ヶ月経っただろうか。

電子レンジでカフェラテを温めている間は特にすることもないので、まずは部屋のテレビのスイッチを入れた。軽く伸びをすると、花柄の簡易クローゼットが目に入る。

そしてその下の引き出しを開けてみる。

そこには、白、赤、ベージュ、そして黒、様々なショーツが小さく折り畳んでしまわれていた。男はその中からお気に入りのベージュの一枚を取り出すとそっと自分の顔に当ててみる。微《かす》かに西野真奈美《にしのまなみ》の良い匂いがする。

この部屋のもともとの住人だった真奈美の私物は、一切処分せずにいた。

この小さく折り畳んだショーツはもちろん、フリルの付いたブラジャー、そして簡易クローゼットがパンパンに膨れるまで押し込んだ女物の洋服、下駄箱に入りきらないパンプス、ブランド品のバッグ、そのすべてがこの男のお気に入りであり大切なコレクションだった。

男は西野真奈美の下着や服を身に着けるのが好きだった。

それを着て外に出ていきたいとは思わなかったが、西野真奈美の下着や服を身に着けると、真奈美と一体になったような気がして性的に猛烈に興奮した。自分には女装癖があるのかと思ったが、気に入った女の下着や洋服にしか関心が湧かなかった。試しに市販されている下着を買って穿《は》いてみたことがあったが、まったく興奮しなかったのですぐに捨ててしまった。

ベッドも大切な戦利品だった。花柄のベッドに横になるとまるで真奈美と一緒に寝ているようで、何とも言えない幸せな気分になることができた。キッチンにあった調理道具や皿も同様だった。

テレビは情報収集という意味で欠かせなかった。

『昨日、神奈川県の丹沢山中で、若い女性と見られる半白骨死体が発見されました。年齢は二〇～三〇歳ぐらい。身長は一五〇センチから一六〇センチ。警察の調べでは死後三ヶ月から一年と見られています。死体は地中に埋められていましたが、野生動物が掘り起こし、その頭蓋骨部分を山菜を取りに来た近所の住人が発見して警察に通報しました。警察では現在、殺人事件の可能性も含めて捜査しています』

そんなニュースが流れていた。

最初は耳を疑った。どうして野生動物があの死体を掘り起こすことができたのだろうか。しかし見つかってしまったならばしょうがない。何かと都合のいい山だったが、これでもうあの山は使えないなと男は思った。

そしてこの部屋も、近いうちに引き払わなければならないだろう。もったいないが西野真奈美の家具や生活用品はすべて処分する。そうすれば引越し業者を雇う必要もないし、敷金を諦めれば管理人と顔を合わせずにここから出ていくことができる。安全を考えれば今すぐにでもそうするべきで、その後はじっと田舎の自分の家で大人しくしているべきだろう。

しかしできれば素敵なコレクションに囲まれた都心の女性の部屋で暮らしたい。男はまるで同棲でもしているような今の生活環境が大好きだった。それに木を隠すなら森の中。自分みたいなタイプの人間は、人が少ない田舎よりも都会のほうが隠れやすい。それに女の部屋に住んでいれば郵便物が手に入る。いくらネットを駆使しても、リアルに動くモノだけはそこに住んでいなければゲットできない。

電子レンジがチンとなった。

『友達申請ありがとう。友達になったばかりで恐縮ですけど、関東テレビの主催のレディー・ガガのチケットって、何とかなりませんか』

熱いマグカップを手にパソコンの前に座ると、富田からの「友達」承認メッセージが届いていた。男は釣りをしたことはなかったが、魚が餌《えさ》に食いついた瞬間、釣り人は今と同じような快感を得るのだろうと想像した。そしてあとはゆっくり慎重に、食いついた魚を釣り上げるだけのことだった。

『ちょっと事業部に聞いてみます』

『よろしくお願いします』

間髪をいれずに返ってくるそのメッセージに、富田の必死さを感じる。

ここですぐに返信をしたらさすがにリアリティがない。男はなりすましの山田宏のフェイスブックページから、まずは一回ログアウトする。

自分自身のフェイスブックページこそなかったが、男はかなりの数のなりすましページを持っていた。あまりに長い期間放置しておくといざという時に怪しまれる。メンテナンスのために、男はそれぞれのなりすましページから、「いいね！」を適当に押して回った。さらにいくつかに当たり障りのない投稿をしてそれらしく偽装していると、あっという間に時間が過ぎた。

軽く伸びをしてスマホの時計を確認する。さっき富田にメッセージを送ってから、もう一時間ぐらいは経っただろう。ちょうどいい頃合だと思い、男は関東テレビの山田宏のなりすましページにログインし、新しいメッセージを書き込みはじめる。

『レディー・ガガですが、今日、機材席が開放になって、主催社優先で二枚だけならば取れるかもしれません。押さえますか？』

『本当ですか。是非ともお願いします』

メッセージ送信して一分も経たずに返信があった。

『了解しました。すぐにチケットを仮押さえしますので、クレジットカードの番号とセキュリティコード、そして有効期間を教えてください。決定優先なので、先に申し込みがあったら諦めてください』

するとすぐに富田のカード情報が送られてきた。

これで当初の目的は達成したのでこのままチケットを送らずに無視してもよかったが、男はネットオークションでチケットを入札して富田に送ってあげることにした。サイバー犯罪の鉄則は、侵入した形跡を相手に気付かせないことだった。コンピューターウィルスやワームなどのマルウェアでも、一番ばれない方法はこっそりとターゲットの周辺に罠《わな》を仕掛けて、それでいてすぐには発動させないことだった。そのためにはこのような初期投資も必要だったが、まあ、このぐらいの金額ならばすぐに回収できる。

富田にチケットが手に入ったら郵送する旨を告げ、同時に自宅の住所も送るようにメールした。もちろん富田はすぐに自宅の住所とスマホの電話番号を送ってきた。

B

「やっぱり、リアルガガ様は凄《すご》かったね」

「うん、凄かった。しかし、何回コスチューム変えたんだろうね。しかもどうやって着替えたのかしら」

「そうだよねー。最後はおっぱいが見えそうな衣装だったし。激しい動きをしたらやばいんじゃないかと思って、もう気が気じゃなくて歌を聴いているどころじゃなかったよ」

「もう、この変態」

東京ドームでコンサートを観た麻美と富田は、その興奮が覚めやらぬうちにと近くの居酒屋で乾杯することにした。

「しかしそれもこれも富田君がチケットを取ってくれたからだよね。本当にありがとう。富田誠、良くやった」

麻美に久しぶりに褒められた富田は、まるで子犬のように喜んだ。

「へへー、まあ他ならぬあさみん様のためですから。しかし、フェイスブックって本当に便利だよね。あんなに色んな所にお願いしていたのに、たまたま関東テレビの奴から友達申請があって、それでとんとん拍子でチケットが取れちゃったからね」

「へー、フェイスブックって、そんなに便利なんだ」

麻美はお通しの小魚を頰張りながらそう言った。

「うん。まあまあの知り合いなんだけどLINEでやり取りをするほど親しくはない、でもいざって時は何かをお願いしたい。そんな関係の人たちと薄く繫がっておく分には、なかなか便利なSNSなんじゃないのかな」

「そうなんだ。わたしはしばらく放置状態だから、よくわからないけど」

「あさみんも、もう少しちゃんとフェイスブックやったほうがいいと思うよ。それなりに便利だから」

「ふーん、そうなんだ」

「だって今日のチケットだって、結局、定価で手に入ったんだよ。ネットオークションで買ったら一〇倍はするからね」

「へー、それは凄い。やっぱりわたしもやろうかな」

ビールと枝豆を乱暴にテーブルに置いて、すぐに店員が立ち去ろうとする。麻美は一瞬の間合いでその店員を呼び止める。

「オーダーいいですか。焼き鳥、ねぎま、もも、つくね、はつ、うずら卵、手羽、それを全部二本ずつ、それにイカの丸焼き、あと富田君も何か食べる」

店員が慌ててメモを取り出し鉛筆を走らす。

「じゃあ、ポテトサラダを」

男女逆転。二人でいる時は完全に麻美のペースだった。こうやって自分が仕切ったほうが麻美は楽だし、どうやら富田もそのほうが性にあっているようだった。

「とりあえず以上で。あ、あと、灰皿一つもらえますか」

「いやー、しかしあさみん、この間は本当にありがとう。あのままスマホのデータがなくなってたら、大事な得意先を一つなくすところだったよ」

富田は両手を合わせて麻美を拝んだ。麻美は半分忘れかけていた「富田誠スマホ紛失事件」を思い出す。

「ほんと、感謝して欲しいわよね。なんでわたしがあなたのスマホを受け取りに行かなきゃいけないのよ。結局、渡せなかったけどわざわざ菓子折りまで買ったのよ」

「いや、ありがとう。このお礼は次の誕生日の時に必ずするからさ」

「十倍返しでね。だけどさー、今回、何が一番がっかりしたかっていうと、富田君がわたしの電話番号を、覚えていなかったってことだよね」

麻美のその一言で、富田の表情がみるみるうちに曇っていく。

喜怒哀楽の表情が豊かな富田だったが、麻美は富田の困った顔を見るのが大好きだった。だから一緒にいるとついつい苛《いじ》めたくなってしまう。実際、嫌味や我がままを言って、富田が本気でドギマギするのは面白かったし、額に汗して必死に弁明なんかされると、もう怒りより可笑《おか》しさが勝ってしまって笑いを堪《こら》えるのが大変だった。ひょっとして自分はSの素質があるのかと思ったが、むしろ富田が典型的なM体質のようだった。

「いやいや、それは本当に面目ない。俺もスマホに頼りすぎていると反省したよ。でももう大丈夫。あさみんの携帯番号は、ほら、ちゃんとここにメモしたから。もう、絶対に連絡がつかないなんてことはありえないから」

そう言って富田は自分の運転免許証を差し出した。なんとその裏に、麻美のスマホの番号が書かれていた。

「なにこれ？　こんなところにいたずら書きしちゃっていいの」

「あんまり良くないと思うけど、免許証はいつも必ず携帯しているから、もしまたスマホをなくしてもこれで絶対あさみんと連絡取れるじゃん」

「それはそうだけどさー。だけど今度はこの免許証をなくしちゃったらどうするの。またわたしのところに拾い主から電話がかかってきちゃうじゃないの」

「あ、そーか。でも、それはそれでありじゃない。ほら、免許証って住所まで書いてあるのに電話番号は書いてないでしょ。でもそれが俺自身の電話番号だと何かと悪用されそうで怖いけど、あさみんの番号なら声を聞いただけで本人じゃないとわかるから。それに今回も、男の俺じゃなくて女のあさみんから電話がかかってきたから、スマホも無事に戻ってきたと思うんだよね」

頭がいいのかバカなのか、麻美は時々、目の前の男がわからなくなる。この時になって、やっと和服を着た店員がテーブルに料理を運んできた。

「そうかな? あ、このポテトサラダおいしい。あ、お姉さん、焼酎《しょうちゅう》って何がありますか。富田君はまだビールでいいの?」

一応、富田に気を遣っているような言い方ではあるが、それは麻美と一緒に焼酎を飲めという命令に近かった。

「ああ。じゃあ俺も」

「じゃあ、お姉さん焼酎ボトルで。飲み方は水割りでお願いします」

相変わらず忙しそうな店員が、焼き鳥と一緒に焼酎のボトルセットを運んできた。手際よく麻美がグラスに氷を入れると、すぐに富田が並々と焼酎を注ぎ込む。

「ちょっと多すぎない? 最近、酒量増えてるわよ。そんなに飲むと、またスマホなくしちゃうんじゃないの」

自分の酒量の多さは棚に上げて、麻美は富田にそう言った。

「いやー、スマホをなくすだけならまだしも、この間は記憶もなくしちゃったからね。結局、あのスマホ、どこで拾われたんだっけ」

「さあ？　拾った人とは会えなかったから、富田君のスマホがどこに落ちていたかもわからないのよね」

「やっぱり、タクシーの中かな」

「最後にスマホを使った時じゃないの。覚えてないの？」

「うん。結構泥酔していたんで、その時の記憶が全然ないんだ」

富田はあっけらかんとそう言った。

やっぱりこの男はバカに違いない。

「いや、だから俺も反省してね。スマホ追跡アプリに登録したんだ」

「なにそれ？」

「ほらこのアプリ」

富田は自分のスマホを取り出して、画面上にずらっと出ているアイコンの中から緑色の一つを指差してタップした。

「あさみんのスマホにも入っているかもしれないけど、スマホをなくした時のために、GPS機能を使ってスマホを探してくれるアプリがあるんだよ」

「へぇ、そうなんだ」

富田がそのアプリを開くと地図が表れ、確かに今自分たちがいる水道橋界隈を示している。

「でもこれがちょっと間が抜けていてね。このアプリは初期設定でこのスマホにプリインストールされているんだけど、このままだと、このスマホからしかこのスマホの位置情報はわからないんだ」

「え、どういうこと？」

「つまり仮にこのスマホをなくしてその在処《ありか》を探そうと思っても、この追跡アプリが見られる肝心のスマホが自分の手許にない。だから、せっかく位置情報を登録しても何の意味もないんだよ」

「確かに、それは間が抜けてるわね」

「多分、徘徊老人や子供が持っているスマホを追跡するために作られたものなんだろうけど、自分自身のスマホを探すには役に立たない。だから俺はこれを自分のパソコンでも見られるようにしたんだ。これでもしもまたスマホをなくしてしまっても、パソコンを見ればバッチリその在処がわかるからね。しかもこれはアイフォンにもアンドロイドにも、両方ともに対応しているんだ」

この目の前の男は、ただのバカではないのかもしれないと麻美は思った。

「それはいいわね。今度、わたしのスマホも登録しといてよ」

「いいの？」

「なんで」

「そうするとあさみんがどこにいるか、ずーっと俺のパソコンで監視できちゃうことになるけど」

「あ、そうか。それじゃあ、わたしのパソコンに設定してよ」

「うん、わかった。今度、あさみんのパソコンに設定しておくよ」

「ありがとう。そしてついでにその時に、富田君のスマホの位置情報も見られるようにしておいてよ。そうすればまたなくしても安心でしょ」

「いや、それはちょっと……」

「どうして？　疚しいことしてなければできるでしょ」

「いやいやいやいやいやいや……」

富田が真剣に困った顔をするもので、麻美は思わず吹き出した。

店員が焼き鳥の盛り合わせを運んできた。

「あ、すいません。もつ煮を追加でください」

麻美がオーダーしている間に、空になったグラスにまた富田がどぼどぼと焼酎を注ぎ込む。気が付くとボトルは早くも半分に減っていた。確かにこのペースで飲んでいれば、スマホも記憶もなくしてしまうに違いない。

「富田君。もう少しお酒のペースを……」

少しは富田をたしなめようと思った麻美の声を隣の客の喚声が遮った。いつの間にか店内は満員で、どのテーブルも競うように盛り上がっている。

「ところであさみん、例のこと考えてくれた」

「例のこと？」

麻美はそう言いながら富田に耳を近づける。

「結婚だよ。一ヶ月前ぐらいにプロポーズしたじゃん。結婚してくださいって」

「あ、あー」

「あ、あーって、何、そのリアクションの薄さ。ショックだなー」

麻美は机の上にあった富田の煙草を手に取って、その中の一本を引き出した。

「一本もらっていい？」

首を縦に振りながら、富田が百円ライターで火をつけてくれる。

「いやいや、あの時は、ほら。富田君も酔っ払っていたから、きっと勢いで言ってるんだろうなーと思って」

そう言って誤魔化したものの、麻美の心臓がちょっと高鳴った。

「……ったくもう」

「だって、スマホも記憶もなくしちゃうんだから、きっとプロポーズしたことも忘れている可能性は高いかなと思って。もしも富田君が忘れているのに、わたしが返事だけしたらおかしなことになっちゃうでしょ」

「そんなことないよ。あれはちゃんと覚えています」

珍しくやけになって富田はそう反駁《はんばく》する。

しかし麻美も女である以上、結婚という言葉には特別な響きを感じていた。目の前のこの男はどことなく頼りないが、それ以外は問題なかった。実際一緒にいれば楽しいし、体の相性も悪くはない。勤務先や出身大学などのステイタスも、上の下、いや、ひょっとしたら上の中ぐらいには入るだろう。

「いや、別に富田君と結婚したくないわけじゃないんだよ。でもわたし結婚って、一回しかしたくないんだよね」

「当たり前じゃない。俺だって離婚を前提にプロポーズしてるわけじゃないよ」

「いやいやいやいや、そういうことじゃなくてさー。結婚って人生最大の選択だから、もう少し慎重に考えたいんだよね」

「まあ、そりゃそうだけどさ」

富田誠と付き合いだしてちょうど一年だった。

たった一年でそんな大事なことを決めてしまっていいものだろうか。出逢《であ》って一週間で結婚を決めたとかいうカップルもいるが、どちらかというと付き合ってすぐに結婚したカップルは離婚する確率が高いような気がしていた。だからといって四年、五年と経ってしまうと、逆にきっかけを失って結婚できなくなってしまうようだ。

しかしそもそも麻美は、自分は結婚しないタイプの女だと思っていた。

結婚願望がないわけではないが、一人で生きていくのが苦にならないタイプだった。少なくとも今は、別に一生独身でもいいと思っているし、富田と出会うまでは、当然、そうなるものと覚悟していた。

「じゃあ、結婚するかどうかは別にして、一度、うちの両親に会ってもらえないかな」

「え、富田君の両親と」

「うん」

富田は屈託なくそう言うが、正直、麻美は重いと思った。

もし仮にその場で結婚という言葉が出なかったとしても、それは事実上の結婚の挨拶みたいなものだ。まして向こうの両親に会ってしまえば、とんとん拍子で話が進んでしまうかもしれない。もはや事態はそこまで切迫したものになっているのだろうか。

「富田君の両親って、どこに住んでるんだっけ」

「赤羽」

「近いね」

「うん、だから気軽な気持ちで来ればいいじゃん」

「いや、近いからって、気軽になれるというわけでもないと思いますが」

「あさみんの実家は鳥取だよね」

「うん」

「なんなら俺が先にあさみんの実家に行ってもいいよ」

「いやいや、そんなことをされても困ります」

麻美の両親はいないようなものだった。だからあまり親族のことなどは気にすることはなかった。しかし富田の家はそうでもない。そこそこ由緒のある家らしく、親類付き合いもそれなりにあるようだった。麻美には富田の親類を前にして、「誠の嫁」を演ずることなんてとても想像ができなかった。

「富田君って一人っ子だっけ」

「うん」

「ご両親っていくつ？」

「オヤジが六〇でおふくろが五六」

「二人ともお元気」

「それがさー、おふくろが心臓に持病があってさ、そんなこともあって彼女を家に連れて来いってうるさくて」

「早く孫の顔が見たいと」

人の子としてそう思う気持ちはわかるし、できることならば麻美も協力してあげたいとは思う。しかしこのまま結婚してしまうのは、絶対、何かが違うような気がした。

さっきオーダーした焼き鳥が運ばれてきた。麻美はねぎまを一本摘《つま》むと黙ってそれに嚙《か》み付いた。その一方で富田が箸《はし》で焼き鳥を串から丁寧に外している。

「まあね」

「うーん、富田君、それ、いつまでに返事すればいい」

「それって？」

「富田君の実家に挨拶にいくかどうか」

「そうだなー、まあ、一ヶ月後ぐらいかな」

「一ヶ月ね。うん、わかった」

C

二人目の遺体が発見されたのは、一人目から三〇〇メートルほど離れた場所だった。

昨日降った大雨で大量の土砂が流れ落ちた場所があった。一人目が発見されてから遺留品がないかと周辺を捜索していた捜査員が、その土砂の流出に不審を感じ、その場を掘ってみたら、なんとそこから新しい遺体の一部が発見された。

「どうやら、鹿が原因らしいな」

「鹿？　ですか」

何を言い出すのかと、加賀谷は怪訝な表情で毒島を見る。

「この間、丹沢の自然に詳しい人物に聞き込みをして知ったんだが、丹沢の自然っていうのは、今、危機的な状況にあるらしい」

「危機的な状況？」

「酸性雨とか無計画な植林とかが原因らしいが、里山の生態系とかが根本的に崩れてしまったそうだ。ほら、このブナの樹を見てみろ」

そう言われて加賀谷が見上げたそのブナの巨木は、哀れに枯れ果てていた。

「京浜《けいひん》工業地帯の排気ガスが、遠い丹沢の木をこんな風に枯らしてしまうそうだ。丹沢の南側の斜面のブナはもうほとんどが立ち枯れてしまって、相当深刻な事態に陥っているそうだ」

「そうだったんですか。全然、知りませんでした」

「そしてそこに鹿問題が加わった」

「鹿、ですか？」

加賀谷は毒島が何を言おうとしているのかわからなかった。平凡な中年刑事のように見えて、毒島という男は何を考えているかわからない捉えどころがない一面があった。

「そうだ、鹿だ。一時は絶滅するかもしれないと思われていた丹沢の鹿が、近年異常に増えてしまったんだ」

「そうだったんですか。確かにこの山に入って何回も鹿を見かけたんで、随分いるなーとは思ってはいましたが」

「俺もこの前ここに来た時に、山の中なのに随分歩きやすいんで変だなとは思っていたんだ。本来、この辺にはササクサやスズタケが生い茂っていて、一歩、足を踏み入れるのも大変なはずなんだそうだ」

「つまり、そのササクサとかを鹿が全部食べてしまったんですね」

「そうだ。もう爆食いと言っていいほど食べ尽くした。今、この辺に生えている草は、すべて鹿の嫌いな草だけだ」

加賀谷の足下には名前のわからない雑草が生えていた。丸くて葉っぱの大きいもの、背の高いギザギザの葉のものなど、何種類かの草が生えてはいたが、確かにササのような柔らかそうな葉の植物は見当たらない。

「へー、そうだったんですか」

「森林の下草が喪失すると、こんな風に裸地になる。歩く分にはいいんだが、ここに大量の雨が降ると、昨日みたいに土砂が流出する。そうなるともう森としては手の施しようがないらしい」

改めて加賀谷が周囲を見渡す。確かに本来あるはずの下草はほとんど生えていない。大きなブナの根元では、土砂がすっかり流されてしまい根っこが地上に露出している。

「もっともそれで第二の死体が発見できたんだから、我々としては鹿に感謝しなくちゃいけないけどな」

「なるほど、そういうことだったんですか」

「一人目の死体も鹿の爆食いが原因で、表面の土が流出して野生動物に掘り起こされてしまったんだろう。犯人としては、もう少し深く埋めたと思っているはずだ」

薄暗い森の奥から、何かの野生動物の声が聞こえてきた。雨に濡《ぬ》れた木の根っこに足を置き、毒島と加賀谷は一歩一歩道なき森を登っていく。

「加賀谷、鑑識の結果は出たのか」

「やはり死体は半白骨状態で、一年から半年ぐらい前に殺害されたのではと言っていました。年齢は比較的若く一〇代の可能性もあると」

「前の遺体より先に殺されたのか」

「鑑識でもその辺はわからないそうです。毒島さん、これは同一犯の犯行ですよね」

「下腹部が滅多刺しにされていたんだろ」

「はい」

「じゃあ、同一犯だろうな。その手口はマスコミに発表されていないから、模倣犯の可能性もない。やはり全裸で埋められて、遺留品は一切なしか」

「そのようです」

「林道に駐車していた車の目撃情報があったらしいな」

「ええ。既に数件寄せられていると、今朝の会議で本部長が言ってました」

「それで、一人目の死体の身元はわかりそうなのか」

「まだ過去の行方不明者と照合中ですが、何分、遺留品がないですからね。歯の治療痕とかで照会していますが」

その時、毒島の木の根に乗せた足がツルリと滑り、後ろにいた加賀谷が慌てて支える。つられて加賀谷もひっくり返りそうになるが、体育会出身の体力で何とか踏みとどまった。

「悪い悪い」

ばつ悪そうに毒島はそう言うと、今度は一歩一歩慎重に足を運ぶ。

「なあ、加賀谷。やはり今回のガイシャも髪の毛は長かったんだよな」

「はい。黒のストレートヘアーです」

やっと坂を上りきった毒島は、大きく息を呑《の》むと急にその場で足を止めてしまった。

勢いよく後ろから駆け上ってきた加賀谷は、危うく毒島の背中にぶつかりそうになる。

「ちょっと。急に止まんないでください、毒島さん」

加賀谷がそう文句を言ったが、毒島はそんな声など聞こえないように真剣な表情をして前方を見つめていた。

「毒島さん？ どうかしたんですか」

「なあ、加賀谷。これは何だと思う」

加賀谷は毒島が凝視するその前方を見た。

「穴、ですかね」

そこにはこんもりとした土の固まりと、細長い形の穴が掘られていた。

「やはり、そう思うよな。これは、穴、だよな」

毒島はその穴の周囲を注意深く調べてみる。

「自然にこんな穴が空くものかな」

「いや、いくら大雨が降ったって、自然にこんな穴はできませんね」

穴の底にも雑草などが生えてはいるが、その垂直な壁面が自然にできたとは考えにくい。

「多分、誰かが掘ったんでしょうね」

「そうだよな。でも誰が、しかもこんな山奥に」

毒島はその穴の中に下りてみる。深さは五〇センチ程度で幅は六〇センチ、縦は一メートル八〇センチぐらいだろうか。

「そんなに前に掘られたものではないですね」

その雑草の生え方からして、おそらく一年ぐらい前に掘られたものだろう。

「何のために、ここにこんな穴があるんでしょうかね」

毒島はそこに仰向けになって横たわってみる。ちょっと身を縮めれば、男の毒島でもすっぽりとそこに納まった。

茶色い土の壁の先に青い空が見えた。白い雲がゆっくりとそこを通り過ぎようとしていたが、その毒島の視界の中に不思議そうな加賀谷の顔がにゅうっと入ってきた。加賀谷の足下から零《こぼ》れ落ちた土が、毒島の顔に降りかかる。このまま上から土をかけられたら、どんな気持ちがするのだろうか。

「人を埋めるとしたら、ちょうどいいサイズですね」

何気なく呟《つぶや》いた加賀谷の一言が、毒島の背筋を寒くさせる。

「やっぱりおまえもそう思うか」

「そういえば……、俺、同じような穴を他の場所でも見かけましたよ」

毒島は慌てて起き上がり加賀谷の顔を真っ直ぐに見た。

「加賀谷、それは本当か」

「ええ。確かこの反対側の谷のほうだったと思います」

B

「それで、結局どうするの。富田君のプロポーズ受けるの、それとも受けないの」

加奈子《かなこ》に単刀直入にそう言われて、思わず麻美は口籠った。

「麻美は美人だから売り惜しむのもわからなくはないけど、私たち派遣は契約が終われば、またイチからやり直しだからね。安定という意味ではいいと思うけどな。富田くんは会社も大企業だし、性格も悪くないと思うけど……」

加奈子とは同じR大学の同期だったが、学生時代はほとんど接点はなかった。しかしかつて同じ派遣先の会社に勤務したことがあり、そこで数年ぶりに再会し急速に仲良くなった。結婚して早々に家庭に収まったり、一流企業に正社員で就職した友人とは縁遠くなる一方で、同じような境遇の加奈子とは自然体で話ができた。しかも麻美は鳥取出身、一方の加奈子は秋田出身という地方出身者同士のコンプレックスもあった。それはともにその薄給で東京の一人暮らしを賄わなければならないということでもあったが、月に一度ぐらいは今日みたいに小洒落《こじゃれ》たレストランで食事をすることもあった。

「だけどねぇ……、結婚となると、富田君ってなんか頼りないのよね。こないだだってスマホをなくしちゃって。結局、わたしが回収したから良かったものの、なんかどうにも危なっかしい感じなのよね」

「確かにね。でもその辺はさ、麻美がビシビシと管理すればいいじゃない。とにかく真面目でやさしいっていうのが一番よ」

加奈子には富田を紹介済みで、その人となりは見てもらっていた。

「確かに性格が良いと思ったから付き合っているわけだけど、だけどいよいよ結婚となるとね。さすがにちょっと考えちゃうのよね」

「まあ、麻美の言わんとするところもわからなくはないけどね。結婚となると、頼りがいとか経済力だからね。そもそも女子って男子に較べると、結婚するメリットって少ないわよね。結婚したらこんな風に遊べなくなっちゃうし、なんだかんだ言っても家事って女の仕事だからね」

「そうなのよ。向こうの両親との付き合いとかもあるからね。派遣とはいえ、仕事も別に嫌いじゃないし……」

「まあ、焦ることは全然ないと思うけど。でもね、やっぱりアラサー女子としては、そろそろ現実的に結婚も考えたほうがいいんじゃない。まあ、麻美だったらまだ何とでもなるとは思うけど」

そう言われると確かに不安はあった。

実際に付き合うかどうかは別にして、派遣先が変われば新しい出会いは必ずあった。だから仮に富田と別れてしまったとしても、今後ぱったりと彼氏ができなくなるとは思えなかった。しかし肝心の派遣先の企業が、不景気のせいかそれとも自分の年齢のせいか、どんどんしょぼくなっているのは否めなかった。

その時、麻美のスマホが小さく鳴った。画面を見るとＬＩＮＥに新しいメッセージが着信していた。

『今週末の予定はどう？』

まさに今、話題になっていた富田からだった。

麻美はテーブルの下で、返信のメッセージを打ち込もうかとも思ったが、加奈子に悪いと思いスルーした。その時注文したパスタが二人のテーブルに運ばれてきて、小さな歓声が起こった。加奈子はオマール海老やイカ、あさりなどの魚介をふんだんに使ったイカスミソースのパスタ、そして麻美は鴨《かも》のモモ肉と白インゲン豆の煮込みソースのペンネをオーダーしていた。

「うわ、すごい。さすがにそのイカスミはインパクトあるわね」

「そうなのよ。ネットで見てどうしてもこれを食べたくなっちゃって」

そう言いながら加奈子はスマホを取り出して、真っ黒なパスタを撮影する。

「またフェイスブックに上げるの」

「そうよ」

加奈子は慣れた手つきでスマホをいじり、あっという間に今撮った写真をフェイスブックに投稿したようだった。

「加奈子のフェイスブックは充実しているからね。わたし暇な時は、結構、加奈子のフェイスブック見てるわよ。加奈子がどこに行って何を食べたか、色々わかって楽しいけど、でもどうしてそんなにまめに更新してるの」

「やっぱり人に見られているというのは張り合いがあるからね」

「そうなんだ。『いいね！』とかもらうとやっぱり嬉《うれ》しいの」

「うん、嬉しいよ。コメントなんか書かれるとぐっと親近感が増したりするし。多分、ただのブログだったら、ここまで頑張らなかったと思うな」

麻美は仕事中、暇になるとちょくちょく加奈子のフェイスブックを見ていた。どこそこに遊びに行ったとか、美味しいお料理を食べたとか、加奈子のフェイスブックには、一日に数回は新しい写真が上がっていた。しかしなんのメリットがあってそんなことをやっているのか、麻美にはまったく理解できなかった。

「後で麻美とのツーショットも撮らせてね」

いきなりそう言われて、麻美はちょっと戸惑った。今まで加奈子と一緒にレストランに行き、そこで加奈子はさんざん料理の写真を撮ってはいたが、麻美の写真を投稿されたことはなかったからだ。

「どうして」

「最近、気になる人がいるのよ」

「どこに」

「フェイスブックに」

「え、どういうこと？」

「うちの大学からM商事に入った武井《たけい》さんって知ってる」

「う、うん。R大学からでもM商事に就職するなんてそうそうないから、当時、ちょっと話題になったよね」

久しぶりにその名前を聞いて、麻美は平静なふりをするのに苦労した。

「そう、その武井さん。わたしはずーっと前から武井さんとはフェイスブック上の友達だったんだけど、その武井さんの友達が、ちょくちょく私のフェイスブックにコメントを書き込んでくるのよ」

麻美の動揺にはまったく気付かず、加奈子は真っ黒いパスタを頬張りながらそう言った。

「ふ、ふーん」

「最初は気持ち悪いなーと思ったけど、ちょっと興味が湧いてきてその彼のプロフィールをチェックしてみたの」

「それで」

「そしたら結構ルックスも悪くなくて、しかも、東京大学出身って書いてあるのよ」

「へー。でもプロフィールなんて、自分で何とでも書けちゃうんじゃないの」

「その通り。だからさりげなく武井さんに、フェイスブックでその彼のことを聞いてみたのよ」

「うん、それで」

「そうしたら、どうもその人は以前M商事に勤めていた人で、武井さんと同じ職場の先輩だった人なんだって。今は辞めて売れない弁護士をやっているらしいんだけど、確かに東大を卒業しているって教えてくれたの」

「へー、そうなんだ」

やっぱり東大出身というのは気になった。麻美たちのR大学も偏差値的にはもちろん高いが、東大に較べたらやはり落ちる。ちなみに富田のH大学は、そのR大学よりもさらに一段劣っていた。

「武井さんいわく、ちょっと変わり者だけど悪い人じゃないっていうんで、今度、二人で食事をすることにしたの」

「えっ、まじで」

「うん。まじで」

ペンネを突き刺したままの麻美のフォークが静止していた。フェイスブックで昔の恋人と元の鞘《さや》に収まったなんて話を聞いたことはあったが、こんな身近でそんな出会い系まがいのことが行われているとは思わなかった。

「へえー、そんな出会いの場でもあるんだ。フェイスブックって」

そもそもフェイスブックは、学生だったザッカーバーグがハーバード大学限定の出会いサイトを作ろうと思って始めたサービスだった。本名でしか登録を認めず、出身大学、高校、そして何より独身や既婚、さらには交際ステータスなどがプロフィールに書き込めるところが、他のＳＮＳと決定的に違うところだと加奈子は説明してくれた。

「だからその彼が変に勘ぐらないように、麻美とのツーショットも載せとくのよ。ほら、こんなデートで行きそうなお店の写真とか載せちゃうと、恋人がいるんじゃないかと思われちゃうから」

「え、そんなことまで気にするの」

「まあ、今、恋愛に発展するかどうかの微妙な時期だからね。わたしだってその彼のページをくまなくチェックして、どんな人物か推測しているんだから、当然、向こうも気にはするでしょう」

加奈子はイカスミで黒くなった歯でニヤリと笑った。

「SNSは誰が見てるかわからないからね。同じ料理の写真を同時にフェイスブックに上げてしまって、不倫がばれたっていうバカップルもいるぐらいだから」

「見る人が見るとわかっちゃうのね」

麻美はペンネを口に運びながらそう言った。ソースがしみ込んだ歯ごたえのいいペンネの弾力と、クリーミーな鴨肉の食感が絶妙だった。さすがに評判になるだけのことはある。

「特にフェイスブックはタグっていう機能があるから、顔の写った写真は注意しないといけないんだけど、今一つその辺のことに気付いていない無邪気な人も多いのよね」

「どういうこと」

「例えば麻美が、富田君に内緒で合コンに参加したとするじゃない」

麻美は鴨肉を頬張りながら大きく肯《うなず》く。

「それでその中の誰かがスマホで記念に写真を撮って、しかもそれを勝手にタグ付けしてフェイスブックに投稿してしまったりすると、なんと勝手にその写真が麻美のページにも上がっちゃうのよ」

「わたしのページにまで？」

「そう。だから麻美のページを覗きに来た富田君に、麻美が合コンしたことがばれてしまうのよ。もしもその日大事な用事があるからとか言って残業を断っていたりしたら、今度は職場の人間関係にもひびが入っちゃうわけ」

「うーん、そうなるとこれはちょっとしたテロだわね。フェイスブック無差別テロ」

「一番厄介なことは写真をアップした張本人が、自分がそんな悪いことをしたっていう自覚がないところなのよね。ＳＮＳってやってる本人は、その影響力をよくわかっていないことが多いからね」

「だからよく炎上したりするわけね」

「そうなのよ。特に写真なんか、一度アップされてしまえばどこで誰に見られるかわからないものなのよ。他人に上げられてしまった写真なんか、削除するのも相当手間がかかって大変だからね」

「そうなんだ」

「まあ、ツーショット写真をフェイスブックに上げるというのは、事実上の交際宣言だと思ったほうがいいわね。逆にわたしの彼氏に手を出すなっていう抑止力という意味で、どんどん彼氏とのツーショットを上げるっていう手はあるわよ。なにしろフェイスブックのプロフィールには、今、恋人がいますっていう意味の交際中っていうステイタスも選べるぐらいなんだから」

「なにそれ、なんか中学生みたいで、かっこ悪くない?」

「そうね。もちろんわたしはそんなみっともないことはしないけどね。でも麻美、もしも富田君と結婚しないのならば、もっとまじめにフェイスブックとかやったほうがいいよ」

加奈子はスマホを鞄にしまうとそう言った。

「でもなんか面倒くさくない？　いちいち写真を撮ってそれをフェイスブックに上げるなんて」

「そんなことはないわよ。麻美、ちょっとスマホ貸して」

麻美はロックを解除すると、その花柄のケースごとスマホを加奈子に手渡した。

「このカメラのアプリを立ち上げるじゃない」

加奈子は慣れた手つきでスマホをタップする。

「はい、チーズ」

麻美が反射的に笑顔を作るとフラッシュが光り、麻美の笑顔とペンネのツーショット写真ができあがる。

「今撮った写真をアプリから選択して、左下のこの四角いマークをタップすれば、ほら、すぐにフェイスブックに投稿できるようになってるの」

「あ、ほんとだ」

「コメントが書きたければここに入れてみて」

加奈子から返されたスマホの画面には『タイムラインに投稿』と書かれていて、すぐその下に何やら文字を入力するスペースがある。

「なんて書けばいいの？　銀座イタ飯ナウとか？」

「それはツイッターでしょ。そんな面白いこと狙わなくても大丈夫よ。わたしと食事中とか、ペンネ超美味しいとか書いとけば」

別にギャグで言ったつもりはなかったが、麻美はSNSは見るばかりで投稿などしたこともない。何をどう書くか真剣に考える。『銀座のイタリア料理屋で加奈子と食事中。ペンネが絶品』と書き込んで、加奈子に促されるまま投稿した。

「これで本当に投稿できちゃったの」

「うん。確かめてみる？」

そうは言われたが、麻美はなんか面倒くさいかなと思って首を横に振った。

「家に帰った時にパソコンで見てみるからいいや」

「あ、そう」

加奈子は最後の黒いパスタを頬張りながらそう言った。

「でも確かに、すごく簡単なんだね」

「でしょ。わたしも最初は難しいかなと思ってたんだけど、やりだすとこれが結構、嵌《はま》っちゃうのよ」

空になった二人の皿を店員が下げに来て、デザートをオーダーしようとした時だった。麻美のスマホが小さく震えた。

『内藤正《ないとうただし》さんほか五名が、あなたの投稿に『いいね！』と言っています』

何だと思ったら、そんなメッセージがスマホ上に浮かんでいた。

「加奈子、何かわかんないけどもう五個も『いいね！』が来たんだって」

「そうよ。フェイスブックは投稿するとすぐにリアクションがあるから」

『どこのお店ですか』

『麻美さんお久しぶりです。今度、食事に行きましょう』

『おいしそー　しかし麻美さん変わらないですね』

中にはそんなコメントをくれた人もいた。

生まれて初めて「いいね！」をもらい、麻美が嬉しいような恥ずかしいような不思議な気分に浸っている間に、さらにその「いいね！」は増えていった。しかもここ数年会ったこともない人や、海外に住む友人からのものもある。

「なるほど。フェイスブックってこうやって繋がっているわけね」

あっという間に二桁を超えた「いいね！」を見て、目の前の加奈子がこれに嵌るのもわからなくもないと思えてきた。

最後にもう一度ダメ押しのようにスマホが震える。

『美味しそうだね。加奈子さんによろしく』

それは富田からの「いいね！」だった。

麻美はその時やっと、富田のＬＩＮＥを既読スルーしていたのを思い出した。


加奈子と別れて家に帰ってくると、時計の針は夜の一一時を指していた。

メイクを落としてすぐにでも寝てしまおうかと思ったが、ちょっと気になってパソコンを立ち上げて自分のフェイスブックページにログインする。

なんと「いいね！」は一五個に増えていた。

麻美は数年前にフェイスブックに登録したが、加奈子をはじめ人のページを見ることはあっても、自分で投稿したことは一回もなかった。自分の誕生日にはみんながメッセージをくれるので、そのお返しにと親しい「友達」の誕生日にはメッセージを返すようにしてはいたが、せいぜいその程度の利用しかしたことはなかった。

そんな麻美がいきなり写真を投稿したから、みんな気を遣って「いいね！」をしてくれたのだろうか。

それとも加奈子の話ではないが、この「いいね！」をくれた男性の何人かは、この料理やレストランではなく、他ならぬ麻美自身に興味を持って「いいね!」をくれたのではないだろうか。実際、さりげなく食事に誘うメッセージや、麻美の容姿を褒めてくれる書き込みもある。最近、低迷気味だと思っていたので、久しぶりにちやほやされているようで悪い気分はしない。

麻美はちょっと興味が出てきて、自分の「友達」のページを閲覧してみる。

リアルに仲の良かった人が、「友達」として登録されているかというとそうでもない。フェイスブックが流行り出した当初、「友達」を申請されるとわけもわからず嬉しくなって、「申請」されるがままに「承認」していたことを思い出す。

しかしいまだに活発に利用している人は、少なからずいるようだった。

料理や飲み会の写真ばかり上げている人、子供と一緒の家族のイベント写真をアップする人、仕事の宣伝ツールとして利用している人、そしてとにかく「いいね!」がいっぱい欲しいがために、受け狙いの面白いネタを苦労して見つけている人もいた。

ふと、フェイスブックって年賀状に似ていると麻美は思った。

家族の写真や旅行先の様子、あとは干支《えと》にまつわる扮装をする人など、もらった人に「元気でやってます」という報告をしたいあの心理に近いものがあると思った。年賀状は年に一回しか出せないし、宛名書きとかが大変だけど、フェイスブックなら簡単にアップできる。今まで何となく避けていたが、そう思うともっと気楽に利用すべきだったかもしれない。

酔っ払った勢いもあり、麻美はもう一度、何かの投稿をしてみようと思いだした。

しかしこの薄い「友達」たちに向けて、何を発信すればいいのだろうか。参考までにその「友達」たちのフェイスブックをチェックしてみる。

『来日したあのミュージシャンのドームライブに行ってきました。さすがにもうこれで見納めかも……』

『この本とっても良かったです。泣けました』

『新宿末廣亭《しんじゅくすえひろてい》に行ってきました』

なるほど。こういうパターンもあるのか。何も食べた料理や旅行先を上げなければいけないという決まりがあるわけではない。

そうだ、先週観た単館映画の感想を書こう。実際とても感動したし、まだまだ上映中の作品だから映画好きな人には是非観てもらいたい。写真をどうしようかと思ったが、ポスターの画像がネットで拾えたのでそれをコピペした。

『この映画、凄く良かったです。終わるまでにもう一回行こうと思ってます』

麻美が投稿を終えると、案の定、「いいね！」が麻美のフェイスブックに集まりだした。

時計を確認すると、もう一一時三〇分だ。こんなに遅い時間なのに、このリアクションの良さはなんなのだろうか。

なんだか楽しくなってきた。

麻美は冷蔵庫から冷えた缶ビールを取りだしてきた。プルトップを開けて冷えた液体を喉の奥に流し込むと、アルコールが一気に眠気を遠ざけていく。

せっかくだから、もっとたくさんの人に見てもらったほうがいいのではないだろうか。

「友達」リクエストのページに行くと、「承認」待ちの写真が七つ並んでいた。名前も顔もよく知っている人物だったので、男女を問わず上から順番に「承認」ボタンを押して行った。

そしてさらにその下の「知り合いかも」にも、よく知った顔のプロフィール写真がずらりと並んでいる。懐かしいなと思いながら、上から順番に「友達になる」をクリックしていくが、六人目の人物はどこの誰だかわからない。

プロフィール写真をクリックしてみると、大学も高校も出身地も被っていない。どう考えてもこの人物に会ったことはない。どうやら共通の「友達」が三人いるようで、それだけで「知り合いではありませんか」と送りつけられているようだった。

『最近はなりすましとか多いから、むやみやたらに友達承認はしないほうがいいわよ。知らないうちにフェイスブックを乗っ取られて、詐欺などの片棒を担がされていたなんてこともあるらしいから』

イタ飯屋で加奈子はそんな怖いことも言っていた。

そこで麻美はその人物はスルーして、確実に自分が知っている人でしかも写真が本人と確認できるものだけ「承認」した。

新たに「承認」した人物のタイムラインなどをチェックして、気まぐれに「いいね！」を返しているうちに、結構夜更かしをしてしまっていることに気がついた。麻美は軽く伸びをすると慌ててパソコンの電源をオフにした。

A

『銀座のイタリア料理屋で加奈子と食事中。ペンネが絶品』

男が稲葉麻美のフェイスブックを覗《のぞ》いてみると、珍しく彼女自身が写った写真がアップされていた。どうやら最近行ったイタリアレストランで、加奈子という友人に撮影されたもののようだ。今まではフェイスブックはあまり積極的に利用していなかった稲葉麻美だったが、他にもいくつかの投稿が見られる。やっとその面白さに目覚めたのかもしれない。

そうとなれば好都合だ。

一緒に食事をした加奈子というのはどんな女か。

早速、その加奈子のページを探してみる。目指すページは稲葉麻美の「友達」のところですぐに見つかった。そちらには加奈子と一緒に写った稲葉麻美とのツーショット写真も投稿されていた。加奈子のソバージュがかったその茶髪は男の趣味ではなかったが、彼女もなかなかの美人だった。

加奈子は稲葉麻美のR大学の友人のようだった。

加奈子が東京で働いていて独身だということも、プロフィールですぐにわかった。都会のOLらしい華やかな暮らしぶりが、加奈子のアルバムの沢山の写真から窺える。加奈子はかなり積極的にフェイスブックを利用しているようだった。だから加奈子には三〇〇人もの「友達」がいる。これだけ「友達」がいれば、ちょうど良いのが見つかるかもしれない。

男は加奈子の「友達」の中からR大学出身の「友達」を選別し、かつまだ稲葉麻美と「友達」になっていない人物を探し出した。女性が四人、男性が二人ほどそれに該当したが、そのうち二人のフェイスブックは完全な休眠状態だった。そこで男はその二つのページに貼りついていたプロフィール写真をコピペする。

よく見れば不自然なところが目立つなりすましページだが、プロフィール写真が知っている人物ならば、まず人は疑わない。そして関東テレビの山田宏の時と同様に新しいフリーアドレスを取得し、本物のページにあるプロフィールとまったく同じことを書き込んだ。そして本物のページを参考に、なりすましページから似たような投稿を偽装する。これでぱっと見た目には、本物かなりすましかわからない二つのページができ上がった。

しかしこのままだと、何かのきっかけで名前を検索した時に、同じページが二つあることがばれてしまう。そこで男は「設定」から検索できる範囲を「友達」に限定し、さらに外部リンクを「拒否」とした。これでなりすまされた本人が、直接、稲葉麻美に「友達」申請をしない限り、このページの存在は誰にもわからない。そしてその即席なりすましページを完成させると、早速、稲葉麻美に「友達」申請を出した。

もう二人ぐらい申請しとくか。

そう思った男は、今度は富田のフェイスブックページの「友達」を調べた。稲葉麻美は富田の会社に派遣されていたこともあるから、この中の何人かは顔見知りかもしれない。特に富田がいる会社の社員は、元同僚ということもありガードは緩くなるはずだ。それになんと言っても有名企業だ。その社会的な信用は大きい。その会社名だけで、「友達」になりたいと思う女性だっているはずだ。男は富田の同僚社員の「友達」の中から休眠状態のページを探し出し、同じようになりすましページを作成した。

このまま申請してもよかったが、男はここでさっき作ったR大学出身のなりすましページにログインする。そして念には念を入れて、この二つのなりすましページを、今新しく作った富田の同僚のなりすましページと「友達」で繋ぐ。自分の知人が「友達」にいることで、その人物の信用度がぐっと高まることを男は経験上よく知っていたからだ。そしてその二つの新しいなりすましページからも、立て続けに稲葉麻美に「友達」申請を出した。

C

穴は全部で三つあった。

最初に二人が見つけた坂の上の穴から八〇〇メートル北側の谷の底に、加賀谷が見かけたという穴があった。やはり人がすっぽりと横たわれるぐらいの穴で、五〇センチぐらいの深さで掘られていた。さらにそこから北東一キロメートルのところにも同じように穴があった。

「毒島さん、犯人はまだあと三人殺すつもりだったたってことですかね」

さすがの毒島もその質問には答えられなかった。

「この三つの穴の場所を地図で確認してみよう。この三つの穴は死体が発見された二ヶ所とは、どのぐらい離れているんだ」

毒島は地面にひざまずくと、ポケットの中から丹沢山系の地図を取り出した。それには死体が発見された二ヶ所に赤い印がつけられていた。それに今日発見した三つの穴の場所に青い印をつけてみる。

「何か規則性はありますかね」

毒島と加賀谷は言葉を忘れて、じっとその地図を凝視する。二人の靴に蛭がよじ登ってきたが、全くそれに気が付かない。

「どうだろう。とりあえず言えることは、見つかった三つの穴のほぼ内側に、死体が埋められた二つの穴があるってことかな」

「そうですね。この細長い三角形の中に、二つの死体の穴がありますね」

「この死体が見つかった二つの穴は、比較的斜面に掘られていた。だから土砂が流出して死体の発見に繋がったんだ。死体が埋められていた穴と穴の間は何メートルぐらい離れている？」

「五〇〇メートルぐらいですね」

「そうか。じゃあ犯人は、等間隔で穴を掘ったってわけでもなさそうだな」

毒島は藪蚊《やぶか》に刺された首筋を掻きながらそう呟いた。

「岩が多かったとか、穴を掘るのには適さなかったからじゃないですか」

靴を登りきった蛭はズボンの裾から二人の足首に侵入した。しかしそれにも気付かず、さらに新しい蛭が次々と靴をよじ登りはじめる。

「もちろんそれもあるだろうが、そんなにわかりやすく掘っていたら他の死体もすぐ見つかってしまうからな」

「まあ、そうですよね。じゃあ、まだこの辺には……、まだ発見されていない別の死体が埋まっているってことですか」

森の中に吹いていた風が一瞬止まった。

遠くから猿のような野生動物の鳴き声が聞こえてくる。薄闇の中で加賀谷の両目がギョロリと光っていた。

「加賀谷。この二つ目の死体が発見された穴の東側に行ってみよう。あの辺は斜面ではないし、比較的、穴は掘りやすそうな感じだった」

三つの穴探しで中年の毒島の足腰は相当まいっていたが、最後の力を振り絞って立ち上がった。

「これからですか」

加賀谷にそう言われて空を仰ぐと、太陽がまもなく沈もうとして、東の空には既に月が見えていた。ブナの森が沈みゆく太陽の光を遮って、あたりはどんどん暗くなっていく。かなり歩き回って登山道からは大分山中に入ってしまったので、帰りの道がわかるかどうかちょっと不安になる。

「二人目の死体が発見された穴までここからたったの数百メートルだ。現場の地表を確認してすぐに林道に戻れば、日が暮れても道に迷うことはないだろう」

「でも時間も時間ですし、暗くて現場もよくわからないから、明日、出直したほうが良くないですかね」

登山者としては加賀谷の意見のほうが正しかった。最悪、遭難の可能性もあると思った。しかし目指す現場まではたった数百メートルだ。また明日、ここに来るだけで半日は使ってしまう。

「すぐ先だから行ってみよう」

「わかりました」

二人は再び歩き始めた。ほんの数百メートルの移動だったが、山深い場所なので自分たちが真っ直ぐ進めているのか、ちょっと不安になってくる。

「今度来る時は方位磁石を持ってきたほうがいいな」

「はい」

疲れているにもかかわらず毒島は足早に谷を下りる。

「毒島さん。また蛭です。ちょっと動かないで下さい」

加賀谷はそう言うと、毒島の後頭部のすぐ下に張りついた蛭を指で弾いた。

「またか。さっき足首をやられたが、これで首筋も血が止まらなくなるな」

「せっかくの蛭よけも、もう役に立ちませんね」

湿気は蛭の大好物だった。昨日降った大雨のせいで、その動きが活発になってしまったのだろう。地肌を晒しているところはすべて蛭よけの薬を塗っておいたが、これだけ長い時間歩き回ると、汗で流されてもうすっかりその効果はなくなってしまった。まだ午前中は大丈夫だったが、午後からは何十匹もの蛭が足から這《は》い上がってきた。蛭は血を吸いながら血液が固まらない成分を出す。ズボンを捲《めく》るたびに新しい蛭がいたので、二人の両足首の出血は止まることがなかった。

「そう言うおまえは大丈夫なのか。後ろを歩く奴のほうが被害は酷《ひど》いと言われるが」

「そ、そうなんですか。さっき、首筋を撫《な》でたら一匹張り付いていて、ぞっとしましたが」

「おまえ蛭よけ薬を背中に塗ったか」

「いいえ。背中にまでは塗ってませんよ」

「じゃあ多分、シャツを脱げば、背中に三、四匹はぶら下がっているぞ。まあ、毒はないから気にするな」

それを聞いた加賀谷は全身をよじりながら背中を叩いた。そうしているうちに、いよいよ太陽の光が届かなくなり、すっかり辺りは暗くなってしまった。

「そろそろ目的の地点のはずだが」

二つめの死体が見つかった穴から丁度三〇〇メートルほど東に行ったあたりだった。

「地面が岩だらけってことはなさそうですね」

「でも穴が掘られたような形跡もないな」

その時、背後で獣の鳴く声がした。

思わず振り返ったが、何もいない。気を取り直して足を進めると、また背後の草むらで音がした。風もないのに草むらが動いている。犬や猫のような小さな動物ではない。何か大きな動物がそこにいるのは間違いない。

二人は顔を見合わせたが、特に言葉にはしなかった。

毒島がさらに足を進めると、さらに草むらが揺れた。どうやらその動物がついてきているようだった。人を尾行したことはあったが、動物に尾行されるのはこれが初めての経験だった。

「そういえば……」

急に加賀谷が何かを言いそうになったが、慌てて口をつぐんだ。

「何だ。加賀谷」

「いや、何でもないです」

毒島は背中でその声を聞きながらも、道なき道に足を踏み出す。

「なんだ。気になるから言えよ」

そう言いながらも、毒島は足を動かすのは忘れなかった。夕闇が迫っているということもあったが、動いていないといつ蛭に食いつかれるかわからないからだ。それに本当に陽《ひ》が暮れてしまったら、捜索どころの話ではない。真っ暗になって道がわからなくなり、こんな蛭だらけの山中で一夜を過ごすのは絶対に勘弁だと思った。

「いや、その、丹沢には、熊も住んでいるんだったなと思って」

こいつ嫌なことを言うなと思った。しかしその瞬間、左前方の草むらが激しく揺れた。

二人の足がピタリと止まる。

風もないのに明らかに不自然な揺れ方だった。毒島と加賀谷はその草むらの中の動くものを凝視する。どうやらその草むらの中に、黒くて大きな動物が隠れているようだ。目を凝らすと、その動物の眼が光っているのが見えた。そしてその二つの眼も、毒島と加賀谷の様子をじっと窺っている。

そして次の瞬間、その草むらが大きく動いた。

「う、うわあぅっ」

その加賀谷の大声に驚いたのは毒島だけではなかった。

草むらにいた一匹の鹿が、慌てて森の奥に逃げていった。

「ったく、刑事がそんな情けない声を出すな」

平静を装ってそうは言ったが、毒島も全身に嫌な汗をかいていた。大きく深呼吸をしてみたが、心臓の高鳴りはそのぐらいではとてもおさまらなかった。

「毒島さん、これっておかしくないですか」

今度は何を言い出すのかと毒島が憮然《ぶぜん》として振り返ると、加賀谷がしゃがみこんで落ち葉を払っていた。

「おかしい？」

「だって、今、我々が立っているところだけ、雑草が短いし、ほら、土の感じがおかしくないですか」

確かに加賀谷が言うとおりだった。

辺りは背の高い雑草が生えていたが、二人が立っている一メートル四方には背の低い雑草しか生えていない。毒島は僅かに落ちていた落ち葉を足で払いその地面を踏んでみる。思ったよりも足が沈む。地面を掘り起こしてそこに土をかけたようにも見える。

「何かが、……埋まっていそうな感じだな」

B

点《つ》けっぱなしのテレビから、最新の音楽ランキングが流れていた。

麻美は部屋でインスタントコーヒーを飲みながら、富田との結婚のことを考えていた。

一ヶ月前にプロポーズめいたことを言われた時も、本当は富田が勢いで言っているとは思わなかった。酔っていたとはいえその真剣さは伝わったし、そもそもそんなことを軽く口にできるような器用なタイプではない。

『でもね、やっぱりアラサー女子としては、そろそろ現実的に結婚も考えたほうがいいんじゃない』

加奈子の何気ない一言が忘れられない。

麻美は気分転換にパソコンを開くと、指が勝手に自分のフェイスブックページをチェックする。

あの時加奈子に言われてフェイスブックに投稿して以来、日増しに「友達」の数が増えていた。自分が使いだすことによって、人の投稿にも「いいね！」をするようになり、そうすることによって自分の「いいね！」も相乗的に増えていった。一日のうちでフェイスブックを開く回数も飛躍的に増え、今では「友達」のページをチェックしていればいくらでも暇がつぶせるようになっていた。

『麻美さんが薦めてくれた映画、今日観てきました。すごく怖かったです。特にラストシーンは鳥肌モノでしたね』

先日、投稿した映画の記事を見て実際に行ってくれた人がいたらしい。名前を見ると小柳守《こやなぎまもる》と書いてあった。一瞬誰だろうと思ったが、その名前の人物をつい先日、「友達」承認したことを思いだす。

小柳守は前の派遣先、つまり富田と同じ会社の人事部の社員で、小太りの善良そうな男だった。年齢は富田と同じくらいで、薬指に指輪はしてはいなかった。派遣の面接の時にちょっと話したぐらいなので、どんな趣味の持ち主なのかはわからなかったが、こんなコメントを寄せてくるところをみると結構映画好きなのかもしれない。

『同じ監督の前の作品は観ましたか。あれもかなり怖かったですよ』

コメントがもらえた嬉しさでそんな情報を返信した。

今ではあれこれネタを見つけて、週に二、三回は投稿するようになっていた。投稿は映画やＤＶＤに関することが多かった。世の中映画好きはまだまだいっぱいいるようで、いつも二〇個近くの「いいね！」がよせられた。中にはこの小柳守のように、紹介した映画を実際に観てコメントをくれる人もあった。

何件かの「友達」リクエストが「承認」を待っていた。麻美の「友達」は今や一〇〇人を突破していた。「友達」申請はもちろん、「知り合いかも」でも自分の知った名前と写真があれば「承認」した。今日も麻美は上から順番に、リクエストの「承認」ボタンを押していった。しかしまったく場違いなセクシーな外国人のプロフィール写真のところで指が止まった。

これを「承認」してしまっていいものだろうか。

最初は洋楽アーティストか何かの宣伝かと思った。麻美は洋楽は大好きなので海外のアーティスト情報が見られるのならばと思い「承認」しようかと思ったが、「知り合いかも」にくるならばともかく、「友達」リクエストにくるということは、この相手が麻美のページを選んできているということだった。

どうしてこの外人さんはわたしと「友達」になりたいのだろうか。

ちょっと興味を持ってそのプロフィールを見て驚いた。

そこに唯一あった情報は性別のみで、しかも「男性」だった。

ニューハーフ？　いやいや、このセクシーなお姉さんが男性のはずはない。そしてさらにその「友達」の「友達」たちの写真を見て戦慄《せんりつ》した。そこにはアラビア文字とともに自動小銃を片手に微笑むアラビアの兵士たちの写真があった。長い髭《ひげ》をたくわえ、え た迷彩服姿の若者、重い鎖に繋がれた足首、覆面をして黒い旗を振る男など、海外海外のゲリラと思われるプロフィール写真がズラリと載せられていた。洋楽の宣伝かと思ってうっかりここをクリックしていたら、今頃あの恐ろしい集団と繋がってしまうところだった。

麻美の背筋がゾクリとした。

その「友達」申請が無事に「削除」されたのを確認して、ほっと胸を撫で下ろす。

確かにネットは便利だが、一歩間違えれば底なしの危険が待ち構えている。フェイスブックを使って反政府軍が世界中の若者たちを勧誘していると知ってはいたが、まさか自分のページに「友達」申請が届くとは夢にも思わなかった。

麻美は慌てて他に申請されている「友達」たちをチェックする。

他の「友達」は日本人ばかりで、しかもその大半は自分の知っている人ばかりだった。しかし麻美はちょっと怖くなって、これからは確実に知っている人だけに限定し、さらに「なりすまし」を警戒して、顔写真が載っていないものは「承認」しないようにしようと改めて思った。

『その映画はまだ観ていません。今度、ＤＶＤで借りてみようと思います。貴重な情報、ありがとうございます』

気が付くと新しいコメントが着信していた。

さっきの麻美のメッセージに対する小柳守の返事だった。麻美にはどういう仕組みになっているかはわからなかったが、フェイスブックにメッセージが送られると、すぐにその連絡がスマホに届くことがあった。だからこの小柳守のように、ＬＩＮＥでもやっているような感覚で、メッセージのやりとりができてしまうのだ。

『是非、見てください。あの監督ははずしませんから』

麻美は早速そう書き込んで送信した。

テレビはいつの間にかお笑いタレントが司会する深夜のバラエティ番組に変わっていた。飲みかけの缶ビールをぐいっと飲み干すと、麻美はぼんやりと独身ＯＬの一人暮らしとは思えない地味な自分の部屋を見渡した。

小型のテレビのほかにはシングルベッドがひとつ。今、パソコンが乗っている小型テーブルと簡易クローゼットがあるだけだが、部屋はもうそれだけで足の踏み場がないほど狭かった。その小さな簡易クローゼットはパンパンに膨れてはいるが、その中に全部が納まってしまうほどに洋服の数は少なかった。祐天寺にしては破格の安さのこの物件は、名前こそマンションだったが、誰が見てもその外観はちょっと疲れたアパートだった。

とにかく就活に失敗したのが痛かった。

超一流ではないものの一般に名前の知られたＲ大学なので、女子でも求人はそこそここあった。麻美はその中でも給与面を重視して就職活動を行った。学生時代はバイトでなんとかやり繰りはしたが、生活するのがギリギリで自宅通いの女の子のようにオシャレも満足にできなかった。だから社会人になってお給料をもらえたら、思いっきり都会らしい生活を満喫したい。

しかし麻美が就職した小さな広告代理店は、完全なブラック企業だった。クライアントのためと言われ朝から晩まで働かされたが、勤務表上はある程度までしか残業をしていないことになっていた。先輩が普通にそうしていたので、まあそれはそれでしょうがないと我慢もできたが、何しろセクハラ、パワハラが酷かった。

麻美のような女性営業はクライアントのオヤジに気に入られるため、「とにかくいつも一緒にいろ」と指導された。酒の場では完全にホステス状態だったし、ゴルフの時はわざわざ麻美が自宅までお迎えに行かなければならなかった。上司は見て見ぬふりをするどころか、「もっと短いスカートにしろ」とか「そのメイクじゃクライアントに嫌われる」など、女性であることを武器にして営業させるふしがあった。

そのうち、本当にそのオヤジが麻美を口説きだし、上司に相談したら「いっそ、愛人になっちゃえば。そのほうが仕事も楽になるよ」と言われてしまった。日々のハードスケジュールで心身ともに疲弊していたこともあり、麻美はその日のうちに、退職願を人事部に叩きつけてしまった。

それから派遣会社に登録してまっとうな生活はできるようになったが、収入は激減した。派遣の給料だけで東京で暮らすには一切の贅沢《ぜいたく》は厳禁だった。当時住んでいたマンションから引っ越して、たまたま部屋を探していた学生時代の友人と安い部屋を借りた。食費もその友達と限界まで切り詰め、洋服も美容院も必要最低限で我慢した。それでも知り合いの結婚式や突然の出費があるとすぐに家計は赤字になり、少しだけ消費者金融でお金を借りたこともあった。

そんな時、街で声をかけられたスカウトに言い寄られて、一度だけ話を聞いてしまったことがあった。キャバクラのつもりが「ところでAVに興味ありませんか」と言われて、都会で女性が一人で生きていくことの厳しさを痛感した。

いつも金銭的にはギリギリのところで踏ん張っていた。

その後まとまったお金が入ったのでなんとかなるようにはなったが、それでも今の派遣の給料では、病気をしたり派遣が終了したりしたら、あっという間に窮地に陥ってしまうだろう。

親とは絶縁状態にある麻美としては、金銭面で実家に泣きつくことはできない。だったら富田と結婚したほうがいいのではないかと思うが、ことはそこまで簡単ではない。結婚は自分と富田だけの問題ではないのだ。相手の親もいれば、将来的には生まれてくる子供の問題もある。

A

『富田さん、いつもフェイスブック見させていただいています。もし良かったら友達になっていただけませんか　真奈美』

男はそう書き込むと、富田のフェイスブックに送信した。

数日前からこまめに富田の投稿に「いいね！」を押していたし、富田も普通の男ならば、この西野真奈美の「友達」申請を断るはずがないと思っていた。

なりすましで使っているページの中でも、この西野真奈美のページがもっとも気に入っていた。プロフィール写真には、彼女の長い黒髪の写真が貼られていて、男性を中心に四人以上の「友達」を持っていた。今住んでいるこの部屋も西野真奈美のもので、今でも彼女の名義で部屋は借りられている。

この西野真奈美や稲葉麻美のような美人に生まれれば、自分の人生も随分違ったものになっただろう。例えばフェイスブックの「友達」承認でも、美人なだけで面白いほど簡単に承認してもらえた。

むしろ同じようにイケメンになりすましても、そう簡単にはいかない。

むしろ男の場合は、勤務先や出身大学がものを言った。そういう男になりすまして女性をゲットしようと画策した時期もあったが、女性もその辺は警戒しているので、メッセージをやり取りしているとディテールを追及されてすぐに嘘がばれてしまう。それに一流大卒の一流企業の社員になりすましてチヤホヤされたところで、結局は今の自分とのギャップで惨めになるだけだった。

しかしフェイスブックで美人になりすますと、普段偉そうなことを言っている連中がただのオスに成り下がる。相手が男だとも知らずに必死に求愛の言葉を囁《ささや》く姿は、男にとっては痛快に面白かった。

子供の頃、女に生まれてくれば良かったと思っていた時期があった。

もしも自分が可愛い女の子に生まれていたら、ママも自分を愛してくれたのではないか。子供の頃近所に可愛い女の子が住んでいて、その子は両親に溺愛《できあい》されていて本当にうらやましかった。自分が貧弱な男の子だから、ママに愛されないと思っていたのだ。その子のように可愛い女の子ならば、あのママでも愛してもらえるのではと思っていた。

男の母親はネグレクトだった。

しかも重度のうつ病を併発していた。

死んだとしか聞かされていない父親の記憶は、今も当時もまったくない。

そして実の母親は、男には何の関心も示さなかった。お腹がすいて泣けば泣くほど、母親はどんどん子供に無関心になり自分の殻に閉じこもった。いよいよ助けを求めて縋《すが》りつくと、汚くて面倒な動物を見るような目をして、まだ幼児だった男を激しくぶった。

「ママ、ごめんなさい」

この言葉を何回言っただろうか。

何で母親に愛されないのか、それがわからないまま男はいつも自分を責め続けた。

フェイスブックに新しいメッセージが着信した。

『いつも、『いいね!』をありがとうございます』

予想通り、富田は西野真奈美の「友達」を承認した。

後はじっくり富田を褒め殺してしまえばいい。

今までもこうやって、数々のカップルを破滅させてきた。

愛情とか友情とかいう言葉を、男は理解できなかった。男性はお金とステイタス、女性はルックスとその肉体。恋愛や結婚は自分の手持ちのカードを出し合うカードゲームのようなものだと思っていた。そしてそのカードゲームで負けない秘訣《ひけつ》は、けっしてばれないいいかさまをマスターすることだった。

フェイスブックの西野真奈美の写真をまじまじと眺めた。

もう真奈美はこの世には存在しないが、このフェイスブックの中では真奈美は多くの男性と恋愛をしていた。実際たくさんの男性を誘惑してきたし、今でも真奈美のメッセージに一喜一憂させられている男性がいっぱいいた。

男は真奈美のフェイスブックの写真をまじまじと見つめる。真奈美は長くて真っ直ぐな髪の毛の持ち主だった。

その長い髪の黒さと艶やかさは男の母親のものとそっくりだった。

B

麻美が何気なくスマホをチェックしていると、新しいフェイスブックのメッセージが着信していた。

『ル・シネマの新作観ましたか？　今週で終わっちゃいますけど凄くいいらしいですよ。それから先日、銀座の映画館で麻美さんを見かけました。声をかけようかと思ったけど、男性と一緒だったんで遠慮しました。相変わらず素敵ですね』

麻美はスマホにもフェイスブックが見られるアプリをダウンロードしていたが、それは小柳守からのメッセージだった。フェイスブックは自分が投稿した写真やメッセージを「友達」全員に見てもらえる一方で、個人的なメッセージは伝えたい相手だけに送信できる。

　小柳守はすっかり麻美のファンになってしまったようで、麻美が薦める映画はちょくちょく観てくれているようだった。銀座の映画館ならば一緒にいたのは富田のはずだ。ということは自分と富田が付き合っていることが、同僚の小柳にばれてしまっただろうか。

「ねえ、富田君の会社に、小柳守さんっているじゃない」

「小柳？　……ああ人事の」

「最近、何かしゃべった」

「小柳と？　……いや、別に」

　映画館に一緒にいたところを見られたんで、何か言われたかとも思ったが、どうやらそんなに親しい仲でもないらしい。富田は麻美の言葉を気にする様子もなくバラエティ番組を観ながらアホみたいに笑っている。

『ル・シネマの新作、凄く観たかったんですけど、今週は忙しいんで無理だと思います。もし観るのならば感想を教えて下さい』

　敢《あ》えて一緒にいた男性のことは触れずにそう送信する。

　最初は楽しかったこのやり取りが、最近麻美にはちょっと重く思えていた。

早く返信してあげなければ失礼ではないか。こんな書き方をしたら誤解されてしまうだろうか。このメッセージは返信を期待しているのだろうか。それともただの独り言みたいなものだろうか。最初は思いもしなかったが、今ではそんなことをいちいち気にしてしまう。実際、小柳の言っているそのル・シネマの新作も、本当はそこまで興味はない。それなのに何で『凄く観たかった』なんて書いてしまうのだろうか。

そんなことを考えながら麻美は再びフェイスブックの「友達」ページに戻ったが、そこに表示されている「友達」申請の写真を見て胸に苦いものが込み上げてきた。

そこには「武井雄哉《ゆうや》」という懐かしい名前と笑顔が表示されている。

これを最初に発見したのは昨日の夜だった。

武井は麻美が大学一年の春にサークルで出会ったR大学の先輩だった。麻美は出会った瞬間に恋に落ち、三日後には武井に抱かれていた。麻美にとって武井は初めての男だったが、武井にとって麻美はたくさんいるガールフレンドの一人だった。やがて就活だなんだと忙しくなるにつれ、武井の連絡は途絶えがちになり、三ヶ月も経たないうちに二人の関係は自然消滅してしまった。

先日、加奈子と銀座で食事をした時、急に武井の名前が出たのは驚いた。

武井は学内でも目立つ存在だったが、常に女子に囲まれていたので、当時、まだ田舎くさかった麻美と短い期間とはいえ、まさか男女の関係にあったとは誰も思わなかったことだろう。事実、そのことは同じサークル内でも知られていなかったし、まして当時は麻美と接点がなかった加奈子がそのことを知るはずもない。しかも麻美は今でも男女関係は極力秘密にする主義で、よほど親しい友人でもない限り自分の恋愛のことは語らなかった。

その後、武井は誰もが羨むM商事に就職し、卒業後すぐにニューヨークに行ってしまったと聞いていたが、どうやら今は東京の本社にいるらしい。フェイスブックをよくやる加奈子とは随分前から「友達」だったようだが、最近、麻美がフェイスブックをやるようになって、コンピューターのマッチングで麻美のページを知り、武井は「友達」リクエストをしてきたのだろう。

ページをチェックすると、外国人と写ったニューヨーク時代の写真やら、最近行ったらしい高級フレンチの写真などが載っていた。相変わらず武井らしく派手な日々を送っているようだった。プロフィールには「未婚」と書いてあった。

この武井の「友達」申請に、「お久しぶりです」と気軽に承認すれば良さそうなものの、何かが麻美を躊躇《ためら》わせた。

この「友達」を承認してしまったら、何かが始まってしまうのではないだろうか。

もしも武井が会いたいと言ってきたら、自分はどうするのだろうか。富田のプロポーズに揺れ動く今、武井の存在は大きすぎた。麻美は久しぶりにこの名前を目にしてから、まだあの恋が自分の中では終わっていないことに気が付いた。

もっとも承認したところで、向こうから何のリアクションもないかもしれない。勝手に麻美が心配しているだけで、基本的には何のメッセージもしない人のほうが圧倒的だ。しかもこれだけ気になっているにもかかわらず、一方で麻美は自分のほうからメッセージをすることは絶対にないと思っている。だから麻美がこの「承認」ボタンを押しても、何も始まらないことは十分にありえる。

麻美はカーソルを「承認」に合わせて人差し指の力を入れようとした。しかし……、結局、人差し指は動かなかった。

何が自分を躊躇わせるのか。

富田への罪悪感か。

振られた女の意地なのか。

いずれにせよ、麻美は今、武井と会ってしまったら、何かが大きく変わってしまうような気がしていた。

『麻美隊長、了解しました。後で報告します』

気がつくと小柳からのメッセージが届いていた。相変わらず早いその返信が、麻美をちょっとブルーにさせる。

富田は相変わらずテレビのバラエティ番組に笑い転げていた。

「ねえ、富田君、なんか喉渇かない」

「いや」

「そうかな。きっと喉渇いたと思うよ」

富田はやっと目線をテレビから逸らし麻美を見た。麻美はにっこり微笑んだ。

「わかったよ。コーヒー淹《い》れればいいんだろ。インスタントでいい？」

「やだ」

「……ったくもう」

富田は小さくそう呟くと立ち上がった。

一方麻美はさっきまで富田が座っていた一角を横取りすると、胡坐《あぐら》をかいてテレビを眺めだした。人気の漫才コンビがどうでもいい芸能ニュースで笑いを取っていた。そのあまりの下らなさに麻美も我を忘れて笑っていると、ほのかにコーヒーのいい匂いが漂ってきた。麻美の前に白いコーヒーカップが置かれる。

「砂糖とミルクは」

「いらない」

コーヒーカップを両手で持って口に近づけると芳醇《ほうじゅん》な香りが鼻腔を満たす。

自宅ではインスタントで我慢をしているが、ここに来ると富田がきちんと豆からコーヒーを淹れてくれる。麻美の狭いアパートでは絶対にありえない、極めて贅沢なひと時だった。こんな瞬間には、いっそ目の前のこの男と結婚してしまっても悪くないと思ってしまう。

「ねぇ、あさみん。駄目だったらいいんだけど、ちょっとお金貸してくれない」

「え、なんで」

麻美は耳を疑った。自分が金を借りるならともかく、なんでこの高給取りに金を貸さなければならないのか。

「ボーナス出たらすぐ返すからさ」

「どうして？　あ、また競馬ですっちゃったんだ」

麻美が富田との結婚を躊躇う理由の一つに、その浪費癖があった。相当な高給取りにもかかわらず、この男にはほとんど貯金がなかった。以前もパチンコで大金を失って麻美に泣きついてきたことがあった。まあその辺は結婚して自分が財布を握ればどうにでもなると思っていたが、ギャンブルが止められないとなると問題だ。

「いやいや、もうあれ以来、競馬はやってないよ」

「本当？」

「本当。それより変な請求が来ちゃったんだ」

「変な請求？」

「うん。カード会社から身に覚えのない何十万もの請求が。家電とか時計とか見たこともない商品をいっぱい買ったことになっているらしい」

「何それ」

「どこかで俺のクレジットカードのセキュリティコードが流出したんだ。すぐにカードは止めたけど」

「ええ、それ払わなくちゃいけないの」

「カードの紛失や盗難は警察に届けるから簡単だけど、カード詐欺《さぎ》の場合はちょっと複雑なんだ。どうやら一度は払わなくちゃいけないらしい」

「ええ、そうなの」

「その後、カード会社の調査で詐欺だと認めてもらえればお金は戻ってくるらしいけど、とにかくそれを支払わないと今度は未払いということになって、ブラックリストに載っちゃうらしい」

　クレジットカードが詐欺などで不正利用された場合は、最終的には保険会社がその被害額を保証してくれるが、あくまでそれが不正利用だったという証明がされた場合だった。しかも本当に詐欺にあったのに、その個人しか知りえない四桁の暗証番号が入力されて不正利用された場合は、盗難保険の適用外となるケースもあるらしかった。

「じゃあ、本当に誕生日なんかを暗証番号にしないほうがいいんだね。それでいくら必要なの」

「来週までに八〇万円作らないと」

「八〇万円も。怖っ。どこかでカード落としたりしたの」

「うーん、思い当たるふしがないわけでもないいんだけど、ネットで買い物をすれば当然クレジットカードのセキュリティコードは必要だからね」

「しかし八〇万円は大金だね。二〇～三〇万円だったら貸せないことはないけれど」

「そうだよね。いや、やっぱいいよ。他から借りるから。この話は忘れて」

そう言いながら富田は俯き加減にコーヒーを啜る。

大丈夫だろうか。

どこからも借りられなくて、最後は消費者金融とかに行ってしまうのではないだろうか。

麻美は頼りなさげな富田の横顔を見て急に心配になってきた。

消費者金融は一度でも借りれば、死ぬまでその記録が残ってしまう。返済したとはいえ、麻美には金を借りた過去があり、残念ながらその名前がもうそこに記録されてしまっている。富田と結婚してしまえば、富田の金も麻美の金も関係ない。だとすれば消費者金融に借りた記録が残らないように、一時的に富田に金を貸してあげるべきではないか。確かにボーナスが出れば八〇万円ぐらいの金なら、富田は一括で返済できるだろう。それまでの間、最悪、麻美の名前で消費者金融でその金を借りたほうがいいのではないか。

しかし、まだこの男と結婚すると決まったわけではない。

「富田君、貯金とか全然ないの？」

「五〇万ぐらいはあるよ。だから後の三〇万円をなんとかできれば」

それを聞いて麻美はちょっとがっかりする。人にプロポーズをしておきながら、その貯金の少なさはどうだろうか。

「事情を説明して、会社から貸してもらえば」

「うーん、まあ聞いてみるよ」

C

「毒島さん、そこは樹から蛭が落ちてきますよ。こっちのほうならば大丈夫ですよ」

「お、そうか。ありがとう」

二人が遭難しそうになりながらも発見したポイントを掘り起こしたところ、やはり全裸の黒髪の女性の死体が見つかった。死体は過去の二人と同じように下腹部を滅多刺しにされていた。

「おい。もっと丁寧に扱ってくれ」

鑑識が作業員の一人に注意をする。

毒島をはじめ鑑識や作業員たちは、蛭対策として厚手の長袖長ズボンの下にさらに厚手の下着を着用している。手には手袋、タオルを首に巻きさらに帽子やヘルメットを被っているので、これでほぼ蛭に吸い付かれることはなくなった。しかし登山後の穴掘りという重労働と、初夏の強い日差しに晒されて、全身からは大量の汗が噴き出していた。

さらにそこに死体からの何ともいえない悪臭が漂っている。

気分を悪くした作業員が木陰で吐いていたが、毒島も吐き気を我慢するのが大変だった。

「加賀谷。二人の被害者の身元はわかったのか」

「相変わらず不明です」

「まだわからないのか」

「そうなんです。捜査本部でも首を捻っています」

「それでその後、林道に駐車してあった車の目撃情報はどうなった」

「それが既に二〇件以上、寄せられているそうです」

「二〇件? こんな山奥の林道にそんなに多くの目撃情報があるのか。近くに釣り場でもあるのか」

毒島は持っていた地図を広げて、川が近くに流れていないか確認する。

「その辺のことは調べていますが、とにかく目撃情報が多すぎて困っているそうです。情報ばかり多くて、肝心の車種やナンバー、そして駐車していた日時とか、そのドライバーに繋がるものがないと」

毒島が広げていた地図には、今日死体が発見された新しい三つ目の赤い印が書き込まれている。

「何かわかりましたか」

その地図を覗き込んだ加賀谷がそう言った。

「ここから車が入れる林道までは、歩いて二〇分ぐらいだよな」

「はい」

「つまり重い死体を運んだとしても、男であれば三〇分もあればここまで来られる。しかもこれだけ蛭がうようよ出る山の中だ。道もないこの山奥には滅多に人は立ち寄らない」

「そうですね。ここに来るっていうことは、蛭に血を吸われに来るようなもんですからね。それにここは熊も出ますから」

毒島は『熊出没！　注意』と書かれた看板が林道の脇に立っていたことを思い出し

た。

「掘っただけの穴が三つあったということは、犯人は事前にここに来て穴をいくつも掘っておいた可能性が高いよな」

「そうですね。その辺は犯人も考えたんじゃないんですか。死体を脇に置いて穴を掘っていたらさすがにまずいと。だけど事前に穴を掘っておけば、後は死体を埋めるだけですからそんなに時間はかからない」

突然、二人の間を風がすり抜けて、毒島が首にかけていたタオルがひるがえった。青臭い草の臭いがする風だった。

「やっぱり、そう思うか」

「ええ」

「つまり犯人は衝動的に人を殺して、慌てて穴を掘ったんじゃなくて、事前に穴を掘っておいて、そこに殺した人間を順々に埋めていると」

「まあ、そう考えるのが自然でしょうね」

「これは典型的な秩序型の連続殺人だな」

「秩序型？　プロファイリングですね。ＦＢＩの捜査とかで一時有名になった捜査方法ですよね。毒島さんは、プロファイリングの専門家でもあるんですか？」

「いや、ちょっと本を読んだだけだよ」

そう言いながら毒島は煙草に火をつけると、ライターを入れた袋ごと加賀谷に煙草を放り投げる。

「あ、どうも」

ナイスキャッチした加賀谷が素早く煙草に火をつけると、自動販売機もない山奥に二人の吐いた煙が消えていく。

「今回の事件もやがて専門家がきっちりと分析すると思うが、簡単に言うと犯罪者は大きく分けて、秩序型と無秩序型に分けられるんだ。別に大して難しいことじゃない。感情が爆発して被害者を襲い、死体をそのままにして逃亡するのが無秩序型。一方できっちり計画を立てて、証拠が残らないように犯行を重ねるのが秩序型。連続殺人はその二つのタイプに分けられるという、まあ、当たり前の話さ」

「こんな山奥に周到に穴まで掘って埋めるんですから、相当、準備周到な奴ですね」

「ああ。しかし秩序型の犯行というのは、無秩序型に較べるとなかなか厄介だ。なにしろ秩序型の犯人は計画的に犯行を行なう。だから今回の事件のように、物証は極めて乏しい。多分、周囲をいくら探しても、犯人はおろか被害者を特定できるようなものは何一つ出てこないだろう」

「だからみんな全裸なんですね」

小さな虫が毒島の周りにまとわりつく。それを手で払いながら毒島は言葉を続ける。

「そういう犯人は比較的高い知能を持ち、社会的にも適応していることが多いそうだ。よく逮捕された後に、まさかあの人がっていうのはこの秩序型の犯人のことだ」

「そうなんですか」

「無秩序型が被害者の人間性を破壊攻撃するのに対し、秩序型は被害者を個人的に占有しようとするそうだ」

「占有？」

加賀谷はちょっと首を傾げる。

「身も心も屈服させて、完全に自分のものにしたいと思うことだ。だから被害者をすぐには殺さず、まずは監禁拘束することも多い。そしてたっぷり陵辱《りょうじょく》して楽しんだ後に殺す。中には被害者が着ていた服を着たり、その部屋に住んだりすることに喜びを感じたりする犯人もいる」

「そんなことまでわかるんですか」

「ああ。このタイプの犯人は、準備から実行までじっくり時間をかけて犯行を行う。単純にガイシャをレイプして殺すことよりも、色々な方法でいたぶって彼女たちが恐怖のどん底に陥っていくのを眺めるのが好きなんだ」

「だから衝動的な殺人はしないわけですね」

「そしておそらく今回のこの犯人は、それと性的興奮が直結している」

「性的興奮？」

「全裸にするのは証拠隠滅の目的もあるが、何か性的な問題が原因だろう。そして何よりこの下腹部の滅多刺しだ」

「そこにも何かプロファイリングのヒントがあるんですか」

「専門的なことはわからないが、その程度なら俺にもわかる。こんな殺し方をする人間が性的に正常なはずがない」

毒島は持っていた煙草を大きく吸った。煙草が焼ける音が微かに聞こえる。

「事前に掘られた穴が三つ。死体が埋まっていた穴が三つ。なあ、加賀谷。犯人はここにいくつの穴を掘ったと思う」

二人は今一度、地面に置かれた地図を覗き込んだ。そこには青い印が三つ。そして赤い印が三つ書き込まれている。

「岩のところや急斜面には掘れませんから、最初に見つけた穴の周辺とか、それに例えばこの辺とか、さらにこの谷沿いに死体が埋まっている可能性はありませんかね」

「俺もそう思っていたところだ。そもそも最初に発見された穴は、林道から二〇分ぐらい歩かないと辿り着かない。最初の死体を埋めるのならば、もっと手前でと考えるのが自然だろう」

「そうですよね」

「それでなくてもこの蛭山だ。よっぽどのマゾでもなければ、さっさとこんな作業はすませたいはずだ。だったらこの林道のもっと手前の、この辺りから死体が埋まっていると考えたんだが、加賀谷はどう思う？」

「俺もそう思っていたところです」

「加賀谷。覚悟はいいか」

「何の覚悟ですか」

毒島は樹の幹に煙草をこすりつけて火を消すと、その吸殻をポケットに入れた。

「蛭に食われる覚悟だよ。この辺一帯を調べて回れば、どれだけ蛭よけを塗ったところで無傷ではいられないだろう」

「了解しました。蛭はいいけど、熊はちょっと困りますね」

加賀谷もそう言い終わると煙草の火を靴底ですり消した。

「そんな時のためのこれだろう」

毒島は腰につけたピストルを触るとニヤリと笑った。

「熊相手にぶっ放しても、始末書っているんですかね」

毒島は大きく手を広げて首を捻った。

「でも、もしも毒島さんの読みが当たっているとすれば、結局、この一帯には全部で何人の死体が埋められているってことになるんですか」

「もしも全部当たっていれば？　そうだな。一、二、三、四、五……」毒島は地図を見ながら小声で何かを数え始める。二度、三度、同じ計算をやり直した毒島は、誰に言うともなく呟いた。

「ざっと見積もって……、一〇人ぐらいかな」

第三章

A

日本人はセキュリティに対する意識が低い。

殆どが単一民族で四方を海で守られ、さらに世界一優秀な警察がいるのだから、今までは、多少、油断しても良かったが、インターネットの世界ではそうはいかない。

例えば自分の誕生日を銀行のパスワードに設定するのは、泥酔した女性の深夜の一人歩きぐらい危険だ。誕生日以外でも、電話番号、住所、車のナンバー……、数字だけで作られたパスワードなど、本気で突破しようと思えば簡単だ。そもそも四桁のパスワードなら、0000から9999まで順番に一つ一秒で入力すれば一〇〇〇〇秒、つまり、三時間足らずで突破できてしまう。しかもこれを機械的にやる方法もあるのだから、あとは本当に時間の問題でしかない。

フェイスブックは、メールアドレスか電話番号のいずれかでログインできる。男は稲葉麻美のスマホの番号をログインページに入力する。

問題はパスワードだった。

今でも結構な人たちが、１２３４５６やａｂｃｄｅｆという単純なパスワードを使用している。一番最初にフェイスブックを乗っ取られてしまうのは、そんな単純なパスワードを使用している人たちだ。

大概のパスワード管理者は、数字だけのパスワードではなく、これに文字を組み入れるように推奨する。１から９までしかない数字と違って、アルファベットなら二六文字。大文字、小文字を組み合わせれば五二文字、さらにそれに絵記号まで加えればそう簡単には特定できない。確かにこれでかなり突破されにくくなりはするが、逆に人はそうそう違う文字列をパスワードとして使わない。いちいち覚えていられないからだ。そうなると人の考えるパスワードの文字列は、いくつかのパターンに限定されてくる。

asamin1987@yahoo.co.jp
彼女のメールアドレスは、富田のスマホのデータから入手できた。

麻美だからａｓａｍｉｎなのは間違いない。１９８７は彼女の生まれた年だと推測した。麻美の誕生日は一月一八日だった。これは富田のＬＩＮＥにそれらしき書き込みがあり、さらにその日の写真をチェックしたら、一月一八日にケーキを前にしたツーショット写真があったのでこれも間違いない。

スカーレット・ヨハンソンという女優を筆頭に、有名ハリウッド女優のヌードが次々とネットに流出した事件があった。この犯人は女優たちのSNSに公開された趣味、好きなスポーツチーム、家族、そしてペットの名前から、女優たちのパスワードを特定したと証言した。このような本人を特定する文字列を使ってパスワードを突破する方法を「辞書攻撃」といい、ハッカーやクラッカーの常套《じょうとう》手段となっている。

asamin
asami
inaba
isshy
ina
ine

男は最初、この辺の文字列が稲葉麻美のキーワードに使われていると推定した。
これがセキュリティ関連の仕事をしている人間ならば、

password
pass
admin
user

などが候補になるのだが、ただの派遣社員の稲葉麻美がそんなものは使わないだろうと除外した。

文字列と数字を組み合わせるのが、普通の人が考えるパスワードだ。男はさらに稲葉麻美の誕生日や電話番号、住所などを組み合わせて入力した。ちなみに住所の特定にはいくつかの方法があるのだが、今回はピザ屋を使った。稲葉麻美が祐天寺に住んでいると推測し、そのエリア内のピザ屋に出前を注文した。利用履歴があれば住所は登録されているので、名前を言うと、ピザ屋が丁寧に稲葉麻美の住所を復唱してくれた。

大概の女性はこのぐらいの「辞書攻撃」で、パスワードを突破することができた。実際男は、今までこの方法で何人もの女のフェイスブックにログインすることができた。そうすれば「友達」同士の秘密のメッセージも見ることができるし、さらには本人になりすまして、「友達」にメッセージを送ることもできる。場合によっては何かを投稿して、「友達」たちに披露することまでできてしまう。もちろん本人がそのページを見れば気が付いてしまうが、一度ログインしてパスワードを変更してしまえば、もはや本人でもそのページにはアクセスできない。

しかし稲葉麻美のパスワードは、何度やっても突破できなかった。

今まで男は、稲葉麻美の趣味や出身地、出身大学、派遣先の会社名など、富田のスマホのデータから盗み得た情報で、考えられる限りの文字列でパスワードの突破を試みた。ちなみに彼女は、スマホメールのアドレスにはmina0709という文字列を使っていた。minaは一体どういう人物で0709はどういう数字か。家族や友人の誕生日なのかもしれないが、とりあえずそれも入力してみた。

しかしやっぱりヒットしない。

どうしてだろうか。

たかがフェイスブックに、そこまで凝ったパスワードを設定する必要があるのだろうか。それとも稲葉麻美は、単に人一倍セキュリティに敏感な女なのか。男はキーボードを叩きながらも、ここさえ突破できればもはやあの女を裸にしたも同然なのにと思っていた。

B

『あなたが普段使用しないデバイスから、誰かがあなたのページにアクセスを試みた形跡があります。もしも心当たりがないのならば、以下のリンクから再ログインして異常がないか確認してください。パスワードがわからない場合はこちら』

フェイスブックからそんなメールが届いていた。

麻美は、今目の前にある会社のパソコン、または自宅のパソコン、そして自分のスマホ以外でフェイスブックを利用したことはない。ということは、誰かが麻美に代わって自分のパスワードを入力しようとしたことになる。

誰が？

何の目的で？

麻美は急に怖くなって午後二時の花山商事のオフィスを見渡した。自分の行動をじっと監視している誰かがいたりしないだろうか。同僚の派遣の女の子は暇そうにスマホをいじっている。窓際では部長がパソコンに向かって忙しげに指を動かしていた。しかし誰かが麻美を監視しているような気配はない。

麻美は気を取り直してパスワード欄にsayuri0709と入力して、フェイスブックにログインする。自分のタイムラインを見てみるが、一番最近に投稿した映画の写真のまだった。過去のメッセージも特に変わったところはない。

アクセスしようとしただけで、ヒットしなかったのだろうか。自分に似たアドレスを持つ誰かが間違えてアクセスしようとしただけではないか。

まあきっと、そんなことだろう。

そうは思ったが、麻美は念のためにパスワードを変更することにした。

ログインしたままのページから、「アカウント設定」から「一般」そして「パスワード」へ行き新しいパスワードを設定する。

sayuri0709

麻美にはこの文字列が特定されるとは思えなかった。しかし万が一、この文字列が本人の誕生日である0709とともに特定されることがあったら、とんでもないことになってしまう。

だからちょっとだけこのパスワードを変更することにした。

sayuriはそのままにして、数字の部分だけを変えればいいと思った。しかしここに電話番号や住所を使うのは、リアルな自分の個人情報が漏洩《ろうえい》するようで怖かった。そこでsayuriという名前と関係のない誕生日、つまり稲葉麻美自身の誕生日の0118を組み合わせることにした。

これなら絶対にばれることはないだろう。

もっともネット銀行の暗証番号じゃあるまいし、たかがフェイスブックのパスワードにそこまでナーバスになることもないだろう。麻美は小さく深呼吸をすると、首を左右に軽く捻った。その新しいパスワードが問題なく変更できたのを確認すると、すぐにフェイスブックのページを閉じた。

『ちょっと大事な話があるんだけど、お盆に鳥取に帰ってこられますか』

そんなことよりも憂鬱なのは、麻美の母親、稲葉洋子《ようこ》からのショートメールだった。今朝、久しぶりにスマホにそんなメールが着信していた。この稲葉洋子と稲葉麻美は血の繋がった母子ではない。そんなこともあり稲葉麻美は母親とそりが合わず、それが嫌で東京に出てきたようなものだった。母親と血の繋がっている妹は、地元で早々に結婚して幸せに暮らしていた。妹には二人も子供がいて、そんなこともあり母親から麻美に連絡が来ることは滅多になかった。

一体、何の用だろうか。

『お正月はともかく、夏は忙しくて予定が立ちません』

正月も帰らないだろうと思いながら、麻美はそう返信する。

向かいの席の内線が鳴っていた。麻美はメールに気を取られてタッチの差で別の派遣社員に電話を取られてしまった。しょうがないので再びパソコンに向かい、伝票処理をしているふりをする。

花山商事で麻美は営業庶務の仕事をしていた。社員の交通費や伝票を処理したり、手土産や備品を買いに行ったりと、まあ瑣末《さまつ》で面白みのない仕事ではあったが、社内の空気は家庭的で居心地としては悪くなかった。制服などの堅苦しい規則もなく、契約社員やバイトの年齢が比較的若いので、妙に気を遣ったりしなくていいのも楽だった。

壁の時計を見ると午後三時をちょっとだけ過ぎていた。

特に社員が出払っている午後のこの時間など、営業庶務にとっては特にやることもなく暇だった。二〇人ほどの営業マンのデスクがあるが、社内にいるのは部長だけだった。その部長は相変わらずパソコンに向かって真面目に作業をしているが、意外とゲームをやっていたりすることもあった。

C

「毒島さん、やっとそれらしい車の目撃情報が絞られたそうです」

毒島が捜査本部で考え事をしていると、加賀谷が駆け込んできてそう言った。

「本当か」

思った以上に捜査は難航していた。

ど田舎で捜査に協力的な土地柄なので、車の目撃情報自体は数多く寄せられた。しかしかえってそれが多すぎて、作業を煩雑にさせていた。そもそも行方不明者の大半が徘徊老人で、振込み詐欺の抑止が最大の懸案になっているこの所轄では、本当にあの山でそんな凶悪犯罪が起こったのか、毒島自身も時々信じられなくなってしまう。

「昨年の一二月に現場近くの林道に、赤い車が長時間駐車していたという目撃情報が取れました」

「車種は?」

林道に車が駐車されている情報は数多く寄せられた。しかしその車を特定する情報が皆無だった。白い車や青い車と言われたところで、それを犯人と結びつける術《すべ》がなかった。なにしろどの死体も捨てられてから相当な日にちが過ぎている。人々の記憶も曖昧で決定的な証言は得られていなかった。

「小型車であるのは間違いないのですが、車種まではちょっと」

「それじゃあ、絞られたとは言えないだろう。小型の赤い車だけでは探しようがない」

「しかし目撃者が二人もいるので、駐車していた日時が絞られたそうです」

「二人?」

「ええ、一人は近くに住む男性で毎日その道を通って職場に行っています。一二月の上旬に、そこにその赤い車が駐《と》まっているのを出勤前に気付いたそうです。もう一人は介護ケアのスタッフで、その近所の一人ぐらしの老人を訪ねる時に、やはり同じ場所でその赤い車を見かけたそうです」

「それでその日時は?」

「一二月の三日か一〇日だと思われます」

「どうしてその日だと特定できる」

「介護ケアのスタッフは毎週木曜日に、現場近くの老人を訪ねるからです」

「なるほど。それで車のナンバーは」

「さすがにそこまではわかりませんが、少なくとも地元のナンバーではなかったそうです。地元のナンバーでもない車がそんなところに駐まっていたので、よく覚えているると、その近隣の男性は証言しています。東京のナンバー、おそらく品川ナンバーだったと二人とも言っているそうです」

毒島は黙ってちょっと考えたが、すぐに近くにあった地図を広げだした。そして丹沢の現場の周辺を注意深く見つめだした。

「もしもその赤い車にガイシャの死体が載せられていて、その車が東京からやってきたとすれば、この、一番近い高速の出口の鮎沢《あゆさわ》で下りたはずだ。その鮎沢から現場までは一本道だ。だとすればここところにあるNシステムの映像にその赤い車が映っているはずだ」

毒島はそう言うと、Nシステムのある地点を赤丸でマークした。

Nシステムとは警察が導入した「自動車ナンバー自動読取装置」のことだった。一般国道や県境、それに原子力発電所などの重要施設にも設置されていて、カーナビを装填していると頻繁にそのレーダーを察知するので、存在自体は一般にもよく知られている。

　高速や一般道の路上にトラスを組み、そこに設置された小さな四角いカメラでそこを通る全部の車のナンバーを自動的に撮影する。ちなみにスピード違反の検挙を目的としたオービスとは違い、このシステムは盗難車や指名手配された犯人の車を追跡したりすることを目的としている。

「はい。小さな脇道もありますが、地元の人間でもなければそんな道は知りません」

「一二月三日、一〇日、それらしい車が通らなかったか、行きも帰りも徹底的に調べるように本部長に提言しよう」

「よろしくお願いします」

「すぐに周辺のコンビニを虱潰《しらみつぶ》しに、赤い車が立ち寄らなかったか聞き込みをしよう。ひょっとしたら、監視カメラにその両日の記録が残っているかもしれない」

「了解しました」

「あと加賀谷、被害者と一致する行方不明者はまだ出ていないのか」

「はい。今朝の会議で本部長も言ってましたが、同時期に失踪して捜索願が出されている女性は数多くいます。さらに何件もの新しい問い合わせも来てはいますが、被害者と一致するものはまだないそうです」

　何よりこの事件をわからなくしているのがそこだった。

昨日、さらにもう一人の遺体が見つかり、被害者は四人に増えていた。しかしやはり全裸で埋められていたため、その身元はわからなかった。最初の死体が発見されて、もう二週間が経とうとしているが、死体に該当するそれらしき行方不明者はまだ特定されていなかった。

「歯の治療痕やDNA判定でもわからないということか」

「ええ。年齢を広げて、とにかく女性の行方不明者の情報を精査していますが、今のところ一人も……」

それを聞いて、毒島はわずかに呻《うめ》きながら左右の腕を大きく組んだ。

死体が全裸で発見されたと聞いて嫌な予感はしてはいたが、被害者の身元がここまでわからないとは思わなかった。

この事件は、今まで自分が経験したものとは何かが決定的に違うと思いはじめた。

B

『麻美隊長、ル・シネマの新作観てきましたよ。評判どおり最後の大どんでん返しには、びっくりしました。ネタバレになるから言いませんが、DVDになったら必見ですよ』

自宅で夕飯を食べていると、小柳守からのメッセージが届いた。

彼もよっぽどやることがないらしい。昨日、メッセージを送ったばかりなのに、どうやらその日のうちに観てきたようだ。

間違いなく小柳守にカノジョはいないだろう。

麻美は小柳守とリアルに会話をしたことなど、数えるほどしかなかった。人事担当だったので、面接や契約更新時に事務的な会話を交わしただけで、その人となりはわからない。真面目というかむしろ目立たない感じの男だったし、派遣仲間の女子の間でも特に話題になるような人物ではなかった。しかしＳＮＳの世界では張り切るタイプの男のようだ。もっとリアルの世界でも頑張ればいいのにと麻美は思った。

『そうですか。ＤＶＤになったら観てみます』

そっけないメッセージをすぐに返す。

小柳は一日に一回、多い時は複数回、麻美にメッセージを寄越すようになっていた。

『映画ツウの麻美さんならわかってもらえる』とか、『なかなかこういう話ができる人っていませんから』とか言われるが、そこまで麻美は小柳と趣味嗜好《しゅみしこう》が近いとは思っていない。しかし小柳は、映画館はもちろん最近では麻美が行ったレストランなんかにも立ち寄っているようで、正直言って少し気持ちが悪くなってきた。

富田の会社の人事部員だから、変なことをして迷惑がかかるのは避けたい。しかしこのままズルズルと、メッセージのやり取りをするのはまずいと思っていた。

『僕はDVDはTSUTAYAで借りるんですが、麻美隊長はどこですか?』

こうやって少しずつ、麻美のプライバシーを侵食してくるのだ。いつの日か、近所のレンタル店でばったり出会うなんてこともありえないとは言えない。

一番厄介なのは、この小柳が今引越しを考えていると言うことだった。

麻美はつい自分が東横線沿線に住んでいることを漏らしてしまった。すると小柳から東横線の何駅がいいか訊ねてきた。無難に自由が丘とか答えておいたが、小柳は祐天寺に引っ越してきそうな気がしていた。

『最近はオンラインばかりなので、実際のお店に行くことはありません』

そんなメッセージを小柳に送る。

昔はあんなに嬉しかったメッセージのやり取りが、最近かなり苦痛に思うようになっていた。今度加奈子に会ったら、何か上手い方法がないか相談してみよう。

そして目線をページの上にあげると、今日もまた「武井雄哉」の笑顔が飛び込んでくる。

いい加減に彼を「承認」しないと、いつまでも麻美のフェイスブックの一番目立つところに、この笑顔が表示され続けてしまう。いつまでも悩んでいるのは麻美らしくない。さっさと「承認」するか、それともいっそ「削除」してしまえばいい。しかし「削除」すると相手に何か通知されてしまうのだろうか。それで気分を害されるのも本意ではない。今度加奈子に会った時、そのことも聞いてみようと麻美は思った。

「確かにフェイスブックって便利だけど、何かと面倒なことってあるわよね。そういうのをＳＮＳ疲れっていうんだって。気を遣う女子は特になりやすいらしいよ。でも、麻美なら大丈夫でしょ」

麻美の会社の近くのコーヒーチェーンで、久しぶりに加奈子とお茶をした。店内は会社終わりのＯＬたちで満員で、大忙しの店員が引きつった笑顔で接客をしていた。麻美がマグカップの中身を啜ると、コーヒーとミルクのいい香りがとても幸せな気分にさせてくれる。

「失礼な。いやでもね、まあ疲れるぐらいならいいんだけど、なんかネットストーカーになりそうな人がいて、ちょっと心配なの。ねえ加奈子、いっそその人とは友達をやめちゃったほうがいいのかな」

「うーん、友達をブロックしてページを見えなくしてしまうことはできるけど、それって本当に最終手段だからね。それで逆上した人が、殺人事件を起こしたこともあるぐらいだから」

「え、本当に」

加奈子の何気ないその一言に、麻美は思わずぞっとする。

「SNSってリアルな人間関係がない分、こじれると大変なのよ。まあ、なるべく刺激しないようにフェイドアウトすることを考えたほうがいいと思うよ」

「そうかな」

「そうよ。そもそもストーカーされるのなんか、自分のいいところしか見せてないからよ。ノーメイクで鼻くそほじっている写真かなんかを送ってあげればいいのよ」

言っていることは滅茶苦茶だったが、加奈子の言い分にも一理あった。

SNSは自分の本音を発信しているようでいて、実は強烈に他人の視線を気にしている。「いいね！」をもらえそうなセンスのある投稿、他人にちょっと自慢したいような出来事を発信するのだから、当然イメージの良い情報しか出しはしない。

「鼻くそはちょっと嫌だけど、なんか良い方法はないかな」

「そうね。まずはカレシとラブラブなところを見せつけることかな」

「なるほど」

「麻美のことだから、そのストーカーになりそうな人にも、まだ恋人がいることを言ってないんでしょ」

確かに加奈子の言うとおりだった。

「ところで加奈子。結局、例の東大卒の人とはデートしたの」

加奈子の質問には答えずに麻美はいきなり話題を変えた。今日、加奈子に会いたかった理由の一つはこれだった。前回銀座で食事をしてから二週間ぐらい経ったので、デートをしたならばそれなりの話が聞けるはずだ。

「した」

「ひえー、で、どうだった？」

「噂《うわさ》どおりの変人だった」

加奈子はコーヒーを一口飲むとそう言った。

「え、どういうこと」

「ねえ麻美、アスペルガー症候群って、知ってる」

「アスペルガー？」

どこかで聞いたような気はしたが、それが何かは思い出せない。

「その人、会った瞬間にこう言ったのよ。僕は、多分、アスペルガー症候群なので、これから失礼なことも言ってしまうかもしれませんが、気にしないでください」

「何、それ」

「ほら、東大とか京大とかすっごい頭の良い大学出ているのに、何か会話が嚙み合わない人っているじゃない。そういう人たちって実はそういう病気で、思ったことを素直に口にしてしまったり、上手く人付き合いができなかったり、そもそも相手の気持ちがよくわからない人たちなんだって」

「ああ、何となくわかる。高校の同級生で東大に行った人がそんな感じだった。確かにそういう人っているよね」

「別に知能に問題があるわけじゃないのよ。むしろ天才に多いらしいの。アインシュタインとかレオナルド・ダ・ヴィンチなんかもそうだったと言われているの」

「へー、ひょっとして映画のレインマンとかもそうだっけ」

「いや、あれはサヴァン症候群。レインマンは異常に記憶力の良い人だったけど、アスペはもっと普通なの。でもやっぱり社会性というか、とにかく人付き合いが異常に不器用な人たちなの」

すっかりアスペルガー通になった加奈子は、その後も懇切丁寧に、麻美にアスペルガー症候群について教えてくれた。その病気は一説によると三〇〇〜四〇〇人に一人の割合で発生し、圧倒的に男性に多い症状なのだそうだ。スティーブン・スピルバーグは自らアスペルガーであることを公表しているらしく、他にもいま現役で活躍中の何人かの有名スポーツ選手や芸能人もそうじゃないかと加奈子は言った。

「それで結局、その人とはどうなったの」

延々とアスペを解説されてもそこまで興味のない麻美としては、適当なところでそう訊いた。本当に知りたいのはその部分だ。

「その人、食事が終わった後にこう言ったのよ。僕はあなたと結婚を前提にお付き合いしたいのですが、そのためにもこれからホテルに行きませんか」

「えっ、キモ。そっか、なるほど。そういうことを言っちゃう人たちなんだ。もちろん加奈子は断ったよね」

「そう言われてね、わたしはこう訊き返したの」

麻美は興味津々に加奈子の次の言葉を待った。

「なんで、あなたはそう思ったのって」

「うん。それでそれで？」

「それはあなたがきれいだからです、って」

微笑みながら加奈子は言った。その笑顔を見た瞬間、割とクールに見える目の前の加奈子が、既に恋に落ちていることに麻美は気付いた。

「じゃあ、ホテルに行ったんだ」

「いや、さすがにそれは無理だと思って、だから普通の大人は会ったその日にホテルになんか誘わないものだって、言ってあげたの。そしたらなんて答えたと思う？」

「さあ」

「じゃあ、何回会ったらホテルに誘ってもいいんですかって」

麻美は思わず吹き出した。

「何それ。それでなんて答えたの」

「まあ、三回ぐらいじゃないのって」

「うーん、おもしろい。それでもう三回デートしたの」

「いや、もうめんどくさいんで、次のデートで寝てあげたわよ」

「ええ、そうなの。じゃあ、今付き合ってるの」

「まあね」

加奈子は幸せそうな笑みを浮かべた。

そんな加奈子を眺めながら麻美はマグカップを手に取り一口飲んだ。あまりに話に熱中しすぎて、せっかくのカフェラテがすっかり冷めてしまっていた。

「それじゃあ、加奈子とその東大の人が付き合っていることって、もう、あの、武井さんに報告したの」

「武井さんに？　どうして」

「だって、その東大の人って武井さんのフェイスブック上の友達なんでしょ。なんかこの前、そんなこと言ってたような気がしたけど」

「あ、そうそう、そうだった。でも、わたしからわざわざそんなことは報告しないわよ。アスペの彼もそこまで武井さんと親しいわけじゃないと思うし」

「ふーん、そうなんだ。ねえ、加奈子は時々武井さんにフェイスブックでメール送ったりするの」

「うーん、誕生日にメッセージを送り合うぐらいかな。あとはこの前その彼のことで相談したぐらい。友達って言ってもあくまでSNS上の友達だからね。よほどのことでもなければメッセージなんか送らないわよ。どうしたの？　なんか武井さんに用でもあるの」

「いや、別に」

麻美は平静を装って冷めたカフェラテを一気に飲んだ。

「お手洗い行ってくるね」と加奈子が席を立ってくれたので、麻美は内心ほっとした。本当は武井からの「友達」申請を削除すべきか聞こうと思っていたが、よく考えたらその理由が説明できないことに気が付いた。

麻美と武井が付き合っていたことは、加奈子はもちろん知らない。まあそれを言ったところで一〇年も前のことだから特に問題にもならないが、加奈子だったら「そんなの気にせず、友達になっちゃえばいいじゃない」と言うような気がした。しかし自分と武井はそこまで簡単な関係ではない。

「それで麻美のほうはどうなのよ。富田君との結婚話は進展したの」

トイレから帰ってきた加奈子は、今度はわたしの番とばかりにそう切り出した。麻美は向こうの親に会うまで一ヶ月の猶予をもらったこと、しかし富田がカード詐欺にあってしまって今やそれどころではないことを手短に説明した。

「それは酷い目にあったわね。もしもその八〇万を富田くんが払わなければいけないとしたら、結婚資金がなくなっちゃうわけね。結婚式をしないわけにもいかないしね」

「まあ、式はどうでもいいけど、新婚旅行とか色々お金は必要だからね」

加奈子には困ったような口調で言ったが、麻美は何か宿題の提出が延期になったような、どことなく軽い気持ちになっていた。

「しかし、どこでカード情報が盗まれたんだろうね」

「うーん、結構ネット通販とか利用するから、悪いサイトにひっかかったのかも」

「麻美。そう言えば、ちょっと前に富田君がスマホをなくしたとか言ってたわよね。その時に、データを盗まれたんじゃないの?」

「そうかなー。いや、だってあの時は親切な人がわざわざ返してくれたから。それに盗まれたのはカード番号でスマホとは関係ないから」

そう言いながら麻美はあのハスキーボイスを思い出した。

「あ、そっか。じゃあ、やっぱりネット通販かなー?」

「うん。富田君もそうじゃないかなーって言ってたし」

あの日、『エッチなサイトで変なものでも買ったんじゃないの』と突っ込んだら、わかりやすく富田が動揺してしまい、本当にがっかりしたことを思い出した。あんな単純な性格だから、詐欺なんかにひっかかってしまうのだろう。

その時、メールの着信音らしき音がした。

「ちょっとごめん」

そう言いながら加奈子がスマホの画面をタップする。

麻美は冷たくなったカフェラテを一口飲んで、加奈子の様子を窺った。誰からのメールだろうか。加奈子はスマホを見つめたままで小さく首を傾げていた。

「ねえ、富田君の下の名前って何だっけ？」

加奈子が唐突にそんなことを訊いてきた。

「誠だけど、なんで？」

「誠。誠富田。ＭＴか……」

「どうしたの」

「うーん……」

珍しく加奈子が口籠った。加奈子が話し出すまでしばらく待ったが、どうにもこうにも歯切れが悪い。

「何か、富田君の名前に問題があるの」

先に麻美がそう切り出した。

「いや、ただの悪戯だとは思うんだけどね」

いかにも言い辛そうに加奈子が重い口を開く。

「今、こんなメールが届いたの」

加奈子は躊躇《ちゅうちょ》しながらも、そのショートメールを麻美に見せた。

『あなたの友人ＡＩのカレシＭＴを信じてはいけない』

「何、これ？」

「わたしの友人でＡＩって、麻美稲葉、あなたぐらいしか思いつかないのよね」

二人のテーブルにだけ一瞬静寂が訪れた。

「それにどういう意味だろう。信じてはいけないって」

「富田君って、そんなタイプだっけ」

「いや、どっちかって言うと、嘘がすぐにばれる単純バカタイプなんですけど」

根っからのＭ気質もあり、富田は隠し事が下手だった。些細な嘘がばれて麻美に叱《しっ》責《せき》されることもざらにあった。

「なんでこんなメールが来たのかしら。しかもタイミングが良すぎるわよね。まるでわたしと麻美が会っているのを、どこかで見ているみたいに……」

二人は周囲を見回した。午後六時のコーヒーチェーン店はほぼ全席が埋まっていて、店員がせわしなく動き回っている。サラリーマン、ＯＬ、学生……、様々な客がそこにはいたが、二人のことを気にしていそうな客はいない。

「でもなんで加奈子のスマホに？　わたしのならまだわかるけど……」

麻美は自分のスマホを確認してみたが、やはり何も着信していない。

「間違いメールかな？」

加奈子がスマホをいじりながらそう言った。

「誰から送られてきたの」

「それが全然、知らない番号。麻美、この番号に見覚えある？」

０９０ではじまる番号を見せられたが、心当たりのある番号ではない。

「いやー、番号なんていちいち覚えていないから」

「そうよね。じゃあ思い切って、かけてみよっか」

加奈子はそう言うと、「通話」ボタンをタップしようとする。

「いや、怖い怖い怖い怖い、やめとこうよ」

「そうだよね。じゃあ気持ち悪いんで削除しとくよ」

「うん。そうして」

それをきっかけに急に会話が弾まなくなり、二人はそそくさと店を出た。誰が何のためにに加奈子にそんなメールを送ったのか、考えれば考えるほどわからなかった。

A

sayuri0709

そのパスワードを眼にして、男はその意味を理解しかねた。

ｓａｙｕｒｉとは一体誰のことだろうか。

そして０７０９は何の数字だったのか。

『あなたが普段使用しないデバイスから、誰かがあなたのページにアクセスを試みた形跡があります。もしも心当たりがないのならば、以下のリンクから再ログインして異常がないか確認してください。パスワードがわからない場合はこちら』

男が送ったそのフィッシングメールには、用心深かった稲葉麻美もさすがにひっかかった。素直に自分のパスワードをこのパソコンに教えてくれた。

ハッカーやクラッカーというと、コンピューターに関する難しい専門知識が必要かと思われるが、実はいまだに「ソーシャルエンジニアリング」というＩＴ技術を使わない方法が主流だった。「ソーシャルエンジニアリング」という言葉が難しくてさらに誤解を生みやすいが、要は上手く「社会的」な方法を使って相手を騙《だま》して、パスワードなどの重要情報を盗みだすことだった。

つまりこの麻美に送りつけられた偽装メールのように、自分のページが狙われていると脅したり、フェイスブック本体からの公式のメールだと安心させたりして、人々の思い込みを利用して情報を盗みだすことである。

例えば情報の取り扱いのマニュアルがある組織でも、上司の命令だと言われれば部下はやっぱり断りづらい。だから上司になりすまして「緊急事態だから、特例ですぐにパスワードを教えろ」などと命令されてしまえば、ついついパスワードを教えてしまったりもする。

ハッカーやクラッカーはそんな人間の根本的な心理を利用する。

ちなみにハッカーとクラッカーの違いは、ともにコンピューター技術に詳しい人々という意味があり、その中でその知識や技術を善い方向に利用するのがハッカーで、それを不正に利用するものがクラッカーとされていた。しかしマスコミが「ハッカー＝コンピューターシステムに忍び込む悪い人たち」というイメージを誤って植えつけてしまったため、未だにその言葉の捉え方は曖昧なままだった。

男はさっそくフェイスブックのログインページを開くと、新しく入手したsayuri0709というパスワードを入力する。

『ＩＤまたはパスワードが正しくありません』

そんなメッセージが返ってきた。

もう一度、稲葉麻美から送られてきたパスワードを確認して入力する。しかしやはりフェイスブックはログインを拒んできた。

あのメールがフィッシングメールだということに、気付いてしまったのだろうか。

一瞬そうも考えたが、それならばこのパスワードを送ってくることはないだろう。

おそらく、誰かが自分のページにアクセスしようとしたのを気味悪がって、早速、パスワードを変更したのに違いない。

なんて用心深い女なんだ。

そうは思ったが、それはそれで魅力的だと男は思った。

世の中にはだらしのない女が多すぎる。黒いストレートヘアーを丁寧にケアするように、稲葉麻美はパスワードの管理も生真面目に気を遣っているということだ。

ますますあの女を自分のものにしてみたい。

sayuri0709

そう思いながらも、男はもう一度送られてきたパスワードを見直した。

ここに何かヒントがないだろうか。

そもそもこのｓａｙｕｒｉというのは、一体誰のことなのだろうか。家族か友達か、それとも自分の好きな有名人か？

人間がパスワードを考える方法にはある一定の法則があり、一番やりがちなのは、自分や家族などの知人のニックネームとその人の誕生日を紐付けるパターンだった。逆に趣味やスポーツなど自分と直接関係ないものでパスワードを作る人は、誕生日よりはもう少し自分から離れたもの、例えば社員番号や学生番号と紐付ける傾向が強いと、男は思っていた。

稲葉麻美のスマホメールのアドレスがmina0709だったので、てっきり今までは、０７０９はｍｉｎａという人物の誕生日だと思っていた。

だからｓａｙｕｒｉと紐付いていたことで、０７０９が誰かの誕生日だという仮説は捨てなければならない。

何かの記念日だろうか。

すぐにネットで七月九日を調べてみたが、特別稲葉麻美と繫がりそうな情報はない。

こうなったら稲葉麻美の社員番号まで調べる必要があるかもしれない。

そもそもハッキングやクラッキングの第一段階は、相手のことを徹底的に調べ上げることだった。住所や家族構成はもちろん、その人間・恋愛関係、経済状況、行動範囲、趣味、よく見るサイトやアプリの情報、調べられる限りの情報を収集する。そうやって相手のことを真っ裸にしたところで、クラッカーは巧妙に罠を仕掛ける。もしもその相手に返済不能な借金があったり、不倫や浮気をしているなどの弱みがあれば、成功する確率はかなり高まる。

しかも今や、稲葉麻美はただのハッキングの対象以上のものになっていた。それでなくても一度興味を持ち出すと、その対象を徹底的に調べたくなるのがこの男の性癖だった。女子中学生が好きなアイドルの個人情報を知りたいように、男は稲葉麻美が使っているシャンプーや歯磨き粉の銘柄まで知りたかった。

B

麻美のスマホにメールが転送されていた。

晩ご飯の食材を入れた駅前のスーパーのレジ袋を持ちながら、とぼとぼと自宅に戻る途中に、麻美はスマホをチェックしていた。

発信元を見ると見覚えのない電話番号が表示されている。そのメールには表題を含め何のメッセージも書かれていなかった。何かの間違いメールだろうか。メールには添付ファイルが付いていた。麻美はとにかくそのファイルを開いてみる。

スマホいっぱいに富田と知らない女のツーショット写真が表示された。

何、これ？

そしてこの女は一体誰だろう？

麻美はしばらくその画像を見つめて考えを巡らせたが、やはりその女の記憶は全くない。画像の中の富田は、その彼女の肩に手を廻《まわ》し嬉しそうに笑っている。

麻美よりもちょっと年齢は上のようだ。

まあ可愛い顔立ちをしてはいるが、自分のほうが勝っていると思った。ただ、胸は麻美など比較にならないほど大きく、ベージュのセーターの上からもそのボリュームは明らかだった。しかもわざわざVネックを選んでその谷間を見せているのがいやらしい。

むかっ腹を立てながらも、もう一度この女のことを思い出そうとする。しかしどう考えても記憶にない。着ている服の感じだと、おそらく冬、しかもそんな昔に撮ったものではないだろう。

なぜ、この写真が自分に送られてきたのだろうか。

もう一度発信元の電話番号を見る。090ではじまっているので、知らない誰かの携帯番号であるのは間違いない。麻美の電話帳にある番号ならば、自動的にその名前が表示されるからだ。やはり麻美とは関係ない人物のものだろう。

富田がこの女と浮気をしているのだろうか。そしてこの写真の女がこのメールの送り主だろうか。『わたしのカレシを取らないで！』ということなのか。自分という存在がありながら、富田はこんな下衆《げす》な女とも同時に付き合っていたのだろうか。

連想ゲームのように、勝手に悪い想像が浮かび上がる。ここは冷静になって、もう一度その写真を見直してみる。

場所は何かの飲み会のようだ。富田は私服だから休日に行われた飲み会だろう。富田が着ているセーターには見覚えがある。つい最近も着ていたし、髪型や全体の雰囲気から判断しても、やはりそんなに古い写真ではない。

アルコールのせいで富田の顔がかなり赤い。女の肩に手を廻している富田も富田だが、この女も富田の体にその巨乳を押し付けてしな垂れかかっている。

麻美はもう一度、送られてきた番号を見直した。ここにかけてみてもしも向こうが出れば、その真相はすぐにわかる。やはりここはこの下品な女に電話をかけて、こっちから白黒はっきりさせてやろう。そう思うと怒りとともに勇気が込み上げてきた。

麻美は躊躇わずに通話ボタンをタップする。

発信音が鳴り始めると、遠くに東横線の銀色の電車がホームに滑り込んでくるのが見えた。七回、八回、九回、十回……、十二回まで発信音を聞いたが、相手は出ないどころか、留守番電話にも切り替わらない。

こんな写真を送りつけてきたくせに、電話にも出ないということはどういうことか。

ホームで乗客を降ろした東横線の上り電車が再び動き出した。麻美は一回電話を切り、そして改めてもう一度その番号に電話をする。今度は下りの快速電車がホームを通過していく。

何度呼び出しても電話に出る気配はない。そうなると一度点いてしまった麻美の怒りの炎は、今度はいよいよ富田に向かった。

『このオンナ、ダレ？』

麻美は送られてきた画像を、その簡潔なメッセージとともに、富田に転送した。

C

「毒島さん、Nシステムでそれらしい赤い小型車が絞られたそうです」

「本当か」

加賀谷の報告に、思わず毒島は身を乗り出した。

インターから現場までのコンビニに片っ端から聞き込みをしたが、コンビニの防犯カメラが捕らえた映像はとっくの昔に上書きされていた。また当然ながら、半年前の赤い車だけでは手がかりになるようなことを覚えている人もいなかった。

「本部長に提言したのも、まんざら無駄ではなかったというわけか」

Nシステムはあくまでナンバーがわかっている車を追跡するためのシステムで、今回のように、一二月三日と一〇日にNシステムを通過した赤い小型車というだけでは、そのすべてを網羅することはできても特定することはできない。本部長にはその両日にそこを通った全ての赤い小型車を当たるべきと提言したが、大海の中の一滴を探すようなもので、現実的な方法ではないと却下された。

「新しい証言が出てきてよかったですね」

「ああ、まだ俺たちにはツキがあるのかもしれないな」

一二月上旬に現場付近で赤い国産車を見たという新たな目撃者が現れた。その三〇代の男性は、その車のナンバープレートが、「わ」ナンバーだったと明確に証言した。なぜその目撃者が「わ」ナンバーだと明確に覚えていたかというと、彼はレンタカー会社に勤務していたからだった。北海道や一部の例外を除き、日本のレンタカーは基本的に「わ」ナンバーで登録されている。「こんな山奥に『わ』ナンバーのレンタカーが駐車されているが、一体どこの会社の車だろう」とその時不思議に思った彼は、現場付近に立てられた警察の看板を見てその事実を思い出した。

一二月三日か一〇日に現場付近のNシステムを通過した「わ」ナンバーの赤い車。そこまで絞られれば車はかなり限定される。その両日で合計五一台の「わ」ナンバーの車が通過していたが、赤い小型車に限定すると五台にまで絞られた。

「この五台のどれかに犯人が乗っているんでしょうか」

Nシステムに搭載されるカメラは導入時には一台一億円もしたが、近年急速に小型化され、同時に解析度も格段にアップした。しかしそれにより個人のプライバシーの問題がクローズアップされ、警察はその実体や実際の運用に口を硬く閉ざすようになった。Nシステムの下を通る車はそのナンバーだけでなく、運転手はもちろんその助手席の同乗者の顔までも撮影される。さらにそのデータは、故意に消さない限り永遠に残すことができる。

五台の「わ」ナンバーの車の内、三台は若い男が一人でハンドルを握っていた。後の一台は若い女性で、もう一台は同乗者を乗せたかなり年配の男性だった。

「今、本部でこれらの車を所有しているレンタカー会社を調べています」

「やはり東京か」

「多分、そうだと思います」

毒島は現場周辺の大きな地図を広げると、腕を組んでそれを見つめる。

「だけど、どこかに抜け道があったりしないだろうか」

「Nシステムを掻い潜《くぐ》って抜け道だけで現場に行ったとすれば、相当土地勘のある人物となりますが」

「ま、そういうことになるな」

「東京のナンバーのレンタカーに乗っている人物が、そんな抜け道を知っているとは思えません。きっとこの五人の中に犯人がいるはずです。まずは本部のレンタカー会社の調査を待ちましょう」

加賀谷のその一言に肯くと、毒島はもう一度地図に目をやった。

「しかし加賀谷。二人目、三人目、そして三日前に発見された四人目の死体に関しても、やはり一致する捜索願は出ていないのか」

「はい、ありません。歯の治療痕も県内の歯医者に見てもらっていますが、まだ確たる情報はないそうです」

「そうか。一人や二人ならばともかく、四人もの女が殺された。それなのに半年以上もの間に、その捜索願が出ていないというのは明らかにおかしいよな」

「はい。俺もそう思います」

被害者が特定できれば、その人間関係から事件の全体像や犯人の目星もつく。しかし最初の死体発見から三週間が経つのにそれができていない。

どうしてだ？

行方不明者と被害者が一致しないということは、届けが出ていないということだ。このぐらいの年齢の女性が失踪して、警察に届けが出ないのはなぜだろう。この殺された女の家族や恋人は一体どうしているのだろうか。

B

『何であさみんがこの写真を持ってるの？』

富田から麻美のスマホに電話がかかってきたのは、麻美が怒りのメールを送りつけてから四時間以上も経過した夜の一一時だった。何度もこちらからかけてやろうかと思ったが、それでは効果が薄れると麻美はなんとかその衝動を我慢した。

「その前にわたしの質問に答えなさいよ。この写真の女は誰なの。そしてあなたとどういう関係があるの」

怒りを溜めに溜めてきたので、麻美の怒りは今マックスに達していた。

『彼女は高校の同級生だよ。去年の冬に同窓会があって、その時に撮った写真だよ』

「わたしそんなこと、全然聞いてなかった」

『同窓会なんて、いちいち報告するもんでもないだろう』

「で、その女は誰。昔の彼女」

『いやいや、別に疚しい関係ではないよ。今じゃあ、全然、連絡もしていないし』

ちょっと口籠る富田に腹が立った。写真のあのにやついた笑顔が脳裏に蘇《よみがえ》る。

「今じゃあ？　それじゃあ、この写真を撮った頃は連絡してたのね。それってわたしと付き合っていた時とダブるよね」

『いやいや、連絡って言ったって、LINEで二、三回やり取りしただけだよ。別に直接二人で会ったわけでもないし』

「LINEで？　でも、じゃあなんでその女の写真がわたしに送られてくるの」

『だから一体誰がこれを送ってきたの？』

「その女じゃないの。他に誰がいるっていうのよ？」

『彼女が？　なんでそんなことをする必要があるの？』

「そんなことわたしは知らないわよ」

今ひとつ嚙み合わない会話が麻美をいっそう苛立《いらだ》たせた。今、聞きたいのはそんな話ではない。少なくともこの女の肩に手を廻した事実だけで、富田の重大な裏切り行為だと麻美は思っていた。

『彼女はそんなことはしないと思うよ。なにしろ半年前に、しかも久しぶりに同窓会で会っただけなんだから』

「じゃあなんで、あんたは肩に手を廻してるのよ。どう見てもその女と仲良さそうじゃない。わたしは絶対に許さないからね。あんたなんかおっぱいの大きいだけの女と仲良くやってればいいのよ」

謝る訳でもなく、まるで他人事のように淡々と語る富田の口調が癪に障る。まるで麻美が勝手に嫉妬の炎を燃やしているだけで、自分には責任がないかのような口ぶりだった。まったくもって納得いかない。富田が泣いて土下座をするぐらい徹底的に謝らなければ、麻美の気がすまなかった。

『まあとにかく週末までに彼女に電話して、ことの事実を確認しておくよ』

「週末？　あ、わたし急用が入ったから、この週末は会えなくなった」

『え、本当？』

いつものように富田から、『今週末の予定はどう？』というLINEが入っていたが、麻美はその返事を保留していた。本当は何の用事もなかったが、こんな気分で富田に会うわけにはいかない。会ったところで喧嘩になるのは目に見えている。

「とにかくまずその女と話をつけてよ。人にプロポーズするならば、まずは自分の身辺をきれいにしてからにしてよね」

『いや、だから彼女とは何の関係もないんだって』

「とにかくその写真の女とよく話し合ってちょーだい。きちんと説明ができるようになったならその時に話は聞くから。じゃあね」

麻美はそう言い放つと一方的に電話を切った。

すぐにスマホが鳴ったが、麻美はそれを無視して冷蔵庫から缶ビールを取り出した。

何でこんなに腹が立つのか。

あの女のおっぱいが、麻美のよりもかなり大きいからだろうか。今まで恋人に浮気をされたことはあったが、悲しみこそすれここまで腹が立ったことは無かった。むしろダメージを受けるのは自分のほうで、相手を問い質したりすることもできなかった。

きっと富田のことを軽く見ていたんだと麻美は気付いた。

富田のほうが自分にぞっこんで、わたしが付き合ってあげているものだと思っていた。事実その通りの関係だったが、その富田がまさかあんな女と浮気をしていたなんて。実際に浮気をしていたかどうかはわからないが、逆にわからないが故にあの写真が意味を持ちすぎる。

麻美はプルトップを開けると、中の冷たい液体を一気に喉の奥に流し込んだ。

そしてオヤジのような大きなため息をつくと、いつのまにかスマホが鳴り止んでいるのに気が付いた。

その富田の諦めのよさにも腹が立つ。

テレビを付けてお気に入りのバラエティ番組を観てみるが、全く頭に入ってこない。

さらにもう一口ビールを飲むと、ほのかに頬が温まってくるのを感じた。

この後、富田はどうするだろうか。

あの女と連絡を取り合って、ことの真実を訊ねるのだろうか。

もしもその女がこの写真を麻美に送りつけた張本人だとしたら、まさに術中に嵌ったことになる。富田のことだから上手く言いくるめられて、その女と本当に付き合ってしまうかもしれない。

ちょっと感情に走りすぎて、富田にきつく当たりすぎただろうか。

スマホの着信を確認すると、富田は二回折り返していた。さっきはちょっと感情的になりすぎていたから、こちらから電話をしてみようか。麻美はちょっと考える。

『あなたの友人ＡＩのカレシＭＴを信じてはいけない』

ふと加奈子に送られた謎のメールを思い出した。

あのメールはこのことを言っていたのだろうか。富田の浮気を知っていた誰かが、加奈子のスマホを通じて麻美に警告をしてくれた。そうは考えられないだろうか。あんなふうに見えて、実は富田は随分前からあの女と付き合っていたのではないか。

しかし、それがどうしたというのだ。

一缶目のビールを飲み干したあたりで、だんだんどうでもいいことのように思えてきた。

富田があの女と付き合っていてもいなくても、富田にとって麻美という存在がその程度のものならば、それはそれまでのことだ。麻美よりもあの安い女を富田が選ぶのならば、その選択を尊重して別れてあげればいいだけのことだった。そもそも富田にプロポーズされて、今ひとつその気になれなかったのは、他ならぬ麻美自身だったではないか。

『来週、一緒にル・シネマに行きませんか。今度のも相当面白いらしいですよ』

フェイスブックに小柳守のメッセージが着信していた。

富田とこうなってしまうと、この小柳の誘いもまんざら無視できないかもしれない。小柳も一応、富田と同じ一流企業のサラリーマンだ。

一方的に毛嫌いをしているが、実はきちんと話をしたこともない。映画が趣味ならば話は合うだろう。おそらく女性経験は少ないだろうから、麻美の言うことは何でも聞いてくれるかもしれない。

麻美はもう一度、小柳守のプロフィール写真を見直した。

いや、でもやっぱり無理だろう。とても生理的に受け入れられるとは思えない。ではこの小柳守の誘いをどうやって断ればいいのだろう。はっきり迷惑だと伝えるべきだろうか。加奈子にはラブラブなところを見せつけろとは言われていたが、今のこの状態ではそんなメッセージを書く気にはなれない。

『今週、来週は仕事が忙しくて、ちょっと行けそうもありません。また観たら報告してください』

派遣の仕事が忙しいはずがない。人事部の人間ならばこれでなんとなく察するだろう。

それともやはり小柳を「友達」から削除して、すべてのメッセージをブロックしてしまおうか。

『友達をブロックしてページを見えなくしてしまうことはできるけど、それって本当に最終手段だからね。それで逆上した人が、殺人事件を起こしたこともあるぐらいだから』

そんな加奈子の言葉を思い出す。

SNS上でもリアルでも、急激な拒絶はかえって事をこじらせる。恋愛は感情のぶつかりあいだ。相手が好きだというエネルギーがあればあるほど、それを拒絶すればそのエネルギーは違う形で暴走する。ここは加奈子が言うとおり、少しずつ向こうの熱を冷まし勝手に諦めてくれるのを待つに限る。たとえブロックするとしても、今すぐは絶対に逆効果だ。何回か誘いを断ることで、向こうが諦めてくれるだろう。

いつの間にかバラエティ番組も終わってしまったが、まだ今ひとつ眠る気になれない。麻美は二缶目のビールを開けると、もう一度フェイスブックを眺めだした。

すぐに「友達」申請のトップにあった「武井雄哉」の写真が目に入る。

麻美は缶ビールをぐいっと呷《あお》ると、武井の五〇〇人近い「友達」の写真を表示させた。

自分は何を今まで躊躇っていたのだろうか。

たかがフェイスブックの「友達」申請ではないか。加奈子をはじめ自分よりもずっと親しくなかったはずのR大学時代の「友達」も、既に沢山登録されている。その中の一人に自分が加わるだけで、それ以上でもそれ以下でもない。

麻美は自分にそう言い聞かせると、マウスを「承認」ボタンに移動させ人差し指に力を込めた。

第四章

A

今や老若男女、誰でもインターネットに触れる時代となった。

わからないことがあれば、ヤフーやグーグルで簡単に検索するが、実はその同じインターネットの世界に、ダークウェブという闇の世界が広がっていることを知っている人は意外と少ない。

ヤフー、グーグル、アマゾン、楽天など、一般に人々がインターネットで見ることができるネットの世界はサーフェス（表層）ウェブと言われている。それに対して鍵がかかっていてアクセスできなかったり、外部とは繋がっていないサーバーで管理されている階層はディープ（深層）ウェブと呼ばれている。

同じパソコンからアクセスできるにもかかわらず、一般の人々に見えているそのずっと深い部分まで、ネットの世界は広がっている。しかも実はこのディープウェブと言われる階層のほうが、サーフェスウェブよりも何倍も大きい。そこには個人情報から国家機密まで、ありとあらゆるデータが集積されている。ハッカーとかクラッカーとか言われている連中は、そのディープウェブに侵入しようとする輩《やから》のことだとも言える。彼らはディープウェブに繋がるネットワークの鍵を見つけたり、外付けUSBなどで独立サーバーに侵入し機密情報を盗みだす。

そしてそのディープウェブの中でも、極めて違法性の高い闇の世界がダークウェブという階層だった。

ここ数年、日本でもハッキング技術を使った犯罪は急増している。

一匹狼的なクラッカーや、暴力団の下部組織のネットマフィア、さらには海外に拠点を置く国際的なネット犯罪集団が、日本のサイバー犯罪マーケットに次々と参入している。最近はネットバンキングを狙った犯罪が急増中で、年間の被害総額は数千億円にも及んでいる。

そんな犯罪者たちが潜んでいるのが、そのダークウェブの世界だった。

そしてそのダークウェブの住人たちの拠り所となっているのが、「Ｔｏｒ」というソフトウェアだ。このソフトウェアが広く一般に知られるようになったのは、二〇一二年の「パソコン遠隔操作事件」だった。犯人はこの「Ｔｏｒ」を使って自分のアクセス経路を秘匿し、数々の冤罪《えんざい》事件を誘発させた。

「Ｔｏｒ」は自分のＩＰアドレスやログを誰にも知られることなく、ネットに接続することができる特殊なソフトだ。そもそもこの「Ｔｏｒ」はアメリカ海軍がスパイの連絡方法のために開発したものだった。スパイが使っているソフトだから、国家レベルの防諜《ぼうちょう》でもそのアドレスは特定されない。やがてそれがウィキリークスで使用されるようになったのは皮肉な話だが、日本の警察が「Ｔｏｒ」を使った「パソコン遠隔操作事件」の犯人に、まんまとやられてしまったのも無理はない話だった。

もっともこの「Ｔｏｒ」を使う人すべてが、スパイや犯罪などのやばい行為をしているわけではない。研究者などにも広く使われているソフトであり、普通にパソコンからダウンロードすることもできる。

男は駅前のコンビニで買ったおにぎりを頬張りながら、ペットボトルのお茶を一口飲んだ。するとベッドルームに置いてあったボストンバッグの中から、スマホの着信音が聞こえてきた。

男はほとんどのやり取りをＳＮＳやメールですませていた。そもそも知人が少ないので電話をする必要はほとんどなかったし、男のような引きこもり癖のある人間にとって、直接人と話すのはできるだけ避けたかった。個人的によく使うスマホはポケットの中に入れてあるので、今、鳴っているのは着信専用で出る必要のないスマホだった。男は数多くのスマホや携帯電話を持っていて、今、鳴っているのもその中の一つだった。ひょっとすると、この部屋の住人だった西野真奈美のものかもしれない。

泣き声を上げるそのスマホには一切かまわず、男はいつも使っているのとは違う別のパソコンを操作していた。

そこには「Ｔｏｒ」がインストールされていた。

それまではただのパソコンオタクに過ぎなかったこの男が、この「Ｔｏｒ」ソフトを使うようになって、その闇の世界にすっかり魅了されてしまった。

ダークウェブの入口は普通の人にはわからない。

しかし「Ｔｏｒ」ネットワークや一部のクラッカーが運営している闇のサイトの入口は、隠語やその手の技術のある人にはわかるようになっている。そしてダークウェブの世界にも「2ちゃんねる」のような掲示板があった。

そこで得られる情報が何よりも刺激的だった。

偽造免許証にパスポート、麻薬、人身売買、児童ポルノ、そしてさらには兵器まで、そこには合法も非合法も関係なくありとあらゆるものが流通していた。中にはロシアで殺人を一〇〇〇ドルで請け負った連中もいた。

男は一気に闇の住人たちと親しくなった。

リアルな学生生活よりも、ダークウェブの世界のほうがはるかに刺激的だった。

最初は愉快犯的なクラッカー行為に加担した。何回やっても自分の身元が割れることがなかったので、それが違法であるという認識はありながらも、やがてネットを使った詐欺行為をやりはじめた。それをするための違法ソフトも、それを購入するためのビットコインも、やはりダークウェブの中に転がっていた。

トロイの木馬、ワーム、スパイウェア……、流行りのマルウェアを次々と試してみた。ちなみにマルウェアとは、malicious software（悪意のあるソフトウェア）から付けられた混成語である。

自分が特定されないとわかってしまえば、どんな違法な行為も怖くはなかった。そもそも法律というのは国が定めたものであって、インターネットのような国境のない世界ではどの国の何の法律が適用されるのか。もしも自分が誰かに捕まるとしたら、それは日本の警察ではなくＦＢＩだと思っていた。

だから唯一、絶対の価値観は、捕まらないということだった。

激しいネグレクトの末、世の中とは所詮そんなものだと思うようになっていた。幼い頃こそ母親の愛情に飢えてはいたが、それがどんなに望んでも得られないものだとわかると、男はもはや何かを期待するということを諦めるようになっていた。

アフェクションレス・キャラクター。

心理学用語でそういう言葉がある。

一見愛想がよく打ち解け合えそうに見られるが、実は他人に対する愛情を抱くことができない。猜疑《さいぎ》心が強く、盗癖、嘘、そして最終的には残忍な行動で人間関係を崩壊させてしまう。そしてこのキャラクターは、母親にネグレクトされた子供たちがなりやすい。自分はまさにこれそのものだと思っていた。

母親が自殺してしまってからは、天涯孤独の生活を送るようになった。しかし金はあったし、ルックスも悪いほうではなかったので、表面的には普通の社会生活を送ることができた。アフェクションレス・キャラクターは、薄い人間関係の中ならばむしろ好感を持たれるような性格だからだ。

そんな男が本当に共感できたのは、ダークネットの住人たちだった。

リアルな住人達からは奇異な眼で見られる自分の考え方も、その世界では当たり前だった。二進法的な「YES」「NO」の判断は、感情的でなく、明快だと思った。

違法行為の材料はダークネットに山のように転がっていた。そして自分程度の技術でも、それらを使えば簡単に大金をせしめることができた。あとはそれが発覚して塀の向こう側に落ちるか、このままこちら側で暮らせるかの違いにすぎない。

この「Tor」のおかげで、男はパソコン一つで大金を手に入れることができたが、一度たりとも警察に疑われたことはなかった。「悪いことをやると神様が見ていて、いつかきっと罰《ばち》が当たります」そんなことを言われ続けて育ってきたが、一体、神様はどうしたのか。どうしてこれだけ悪いことをやってきたのに、罰が当たらないのはなぜだろうか。

捕まりさえしなければ、人は何をやっても許される。

ベッドルームでメールが着信する音がした。

『元気ですか。来月の母さんの三回忌には帰ってこられますか』

バッグの中のスマホを確認すると、西野真奈美の父親からそんなショートメッセージが届いていた。さっき鳴っていたのも、やはりこのスマホだった。

『会議中で電話に出られなくてごめんなさい。三回忌は海外出張と重なりそうで、帰れないかもしれません。出張先でお父さんの好きそうなお酒を見つけたので送ります』

そう書き込んで返信した。

西野真奈美は山形の出身だった。母親に先立たれた父親が山形の実家で一人で暮らしていた。伴侶に先立たれ娘も帰ってこない老人男性の一人暮らしは、孤独でアルコール依存症になりやすい。西野真奈美の父親も既に酒で肝臓を壊しているので、そう長くは生きられないはずだ。

既に不動産会社を通して、大家にはこの部屋を引き払うことを連絡してあった。ベッドやテレビも処分し終わり、部屋には一切の家具はなく畳がむき出しになっていた。今朝、スマホをチェックすると、まだ死体の身元はわかっていない様子だったが、いずれはここに警察がやってくることだろう。

できればその前に、誰かほかの住人にここに住んでいてもらいたかった。そうすれば拭き損ねた指紋があっても一安心だと男は思った。

それに、次に住みたい部屋も見つかった。

稲葉麻美。

今度東京に住む時は、あの黒髪美人の部屋にしよう。

男は「Ｔｏｒ」がインストールされたパソコンの電源を落とすと、それをボストンバッグの中に詰め込んだ。忘れ物がないか何度も何度も確認し玄関の鍵を閉める。そしてその鍵を新聞ポストから部屋の中に落とし込んだ。本当は不動産会社に持っていくはずだったが、あとで連絡を入れれば特に問題にはならないだろう。

Ｂ

『注意！　最近、個人を相手としたコンピューターウィルスによる詐欺が急増しています。身に覚えのない怪しいファイルは絶対に開かないでください。被害者どころか、加害者になってしまうこともあります。しかし万が一開いて詐欺にあってしまった場合は、すぐにわたしに相談してください』

麻美のフェイスブックにそんなメッセージが届いていた。Ｒ大学時代の友人の戸部《とべ》真彦《まさひこ》からだった。同じクラスの友人で確か旅行代理店に就職したはずだったが、今はコンピューターのセキュリティ会社にいるらしい。

富田の謎のツーショット写真が送りつけられてから、麻美のスマホやパソコンにも出会い系やなんだか身に覚えのない架空請求のメールが相次いで届くようになった。

『お久しぶりです。稲葉麻美です。最近、変なメールがよく届くので、何かありましたらよろしくお願いします』

この手のことは専門家に頼るに限る。何かの機会に本当にお願いすることになるかもしれないと思い、麻美はそんなメッセージを送信する。

そして再び、その一つ上のメッセージを読み返す。

『麻美ちゃん久しぶり、元気にしていた？　卒業して以来会ってないからもう十年ぶりだね。今度食事にでも行こうよ』

さんざん迷った挙句、やっと麻美は武井雄哉を「友達」に承認したが、武井は実にあっさりと麻美を食事に誘ってきた。ちょっと複雑な気もするが、武井のその反応は女としては正直嬉しい。

しかし何と応えるか。

メッセージが送られてきたのは午前九時だった。おそらく武井は出勤したらすぐにメールやフェイスブックをチェックするのだろう。何と応えるにせよ、返信するならば早いに越したことはない。

しかし麻美の脳裏に一〇年前の苦い思い出が蘇る。

あの時は本当に惨めだった。まるで子犬が尻尾を振るように一方的に好きになり、麻美の様々な初めてを捧げたにもかかわらず、いいように遊ばれあっさり捨てられた。東京にも恋愛にもまったく免疫のない時期だったからしょうがないが、今でもあの時のことは心の奥の拭えない思い出として澱《おり》のように残っている。

花山商事の営業マンが慌しく鞄を抱えて出ていった。まだ午前一〇時を過ぎたところだが、既にフロアには部長と派遣社員などの内勤スタッフの他には、数人の営業マンしか残っていない。

「稲葉さん、この伝票、今日中に切っといてくれる」

「はい、わかりました」

主任の澤田《さわだ》から請求書を手渡される。彼からは何度も冗談っぽく「デートをしよう」と言われていた。ここに派遣されて半年だけでも、未婚、既婚を問わず何度か食事に誘われたが、申し訳ないがそれに付き合うのは時間の無駄としか思えなかった。

学生時代はごく自然に出会いがあった。

クラス、サークル、ゼミ、バイト……、社会人になるとそれがいかに貴重だったか身にしみる。社会人の一年目こそ物凄い数の異性に会ったが、ブラック企業だったためそれどころではなかった。その後、派遣先を変わるたびにそれなりの出会いと恋愛もあったが、相手の経歴はその派遣先の企業によるところが大きかった。一流商社であるM商事の武井は、確かに麻美が付き合ってきた中で最高のステイタスだった。

しかし一〇年前に別れた男女が、ばったり街で出くわすことは滅多にない。仮にあったとしても、その場で食事に誘うことまでは考えが及ばない。しかし武井は、こんなに簡単に麻美を食事に誘ってきた。ハーバード大学の優秀な学生が作っただけあって、確かにフェイスブックは男女が出会うには何かと便利なSNSだった。

麻美はふと加奈子の笑顔を思い出す。

アスペルガーだなんだと言いながら、加奈子はフェイスブックで東大卒のカレシをゲットした。きれいごとばかりではこの世の中は生きてはいけない。富田のプロポーズに白黒を付けるためにも、ここは行動すべきと麻美は思った。

思い切れば行動が早いのは麻美の長所ともいえた。

『今週の金曜日の予定はどうですか』

富田と過ごすはずだった週末の予定がぽっかりと空いていた。忙しい武井ならこの週末の金曜日に予定が入っているかもしれない。しかし麻美の存在が武井にとって大きなものであれば、多少のことがあってもその時間は作るだろう。もしそれができないのであれば、既に誰か大事な存在がいるということだ。

しかしもしこの金曜日に武井が会おうと言うのであれば、会ってみようと麻美は思った。会ってどうなるかはわからないが、少なくとももう田舎くさかった一〇年前の自分じゃないところを見せたかった。

『今週の金曜日、一緒に食事をしませんか。渋谷に麻美隊長が好きそうなイタリアンレストランを発見しました』

一瞬、武井からかと思ってドキッとしたが、発信者は小柳守だった。

一緒に映画を観ましょうとか、小柳は遠まわしにデートに誘うことがあったが、ここまではっきり麻美を誘ってきたのは初めてだった。

『金曜はデートの予定が入っているのでごめんなさい』

麻美はすぐにそのメッセージを送信した。

C

『本日、神奈川県の丹沢山中で、新たな女性の半白骨死体が発見されました。年齢は二〇~四〇歳ぐらい。身長は一五〇センチから一六〇センチ。警察の調べでは死後三ヶ月から一年ぐらい経過していると見られています。これで同じ山中で五人の女性の遺体が発見されました。警察は一連の遺体は共通の事件性があるものと判断し、一日も早い事件の解決を目指し……』

カーラジオが五人目の遺体の発見を伝えていた。

「犯人はあの山に何人のガイシャを埋めたんでしょうね」

三人目の死体が掘り起こされてから、わずか一週間で二つの死体が発見された。まだ毒島が指摘したすべてのポイントを掘り起こしたわけではないので、これから被害者の数が増える可能性もある。

既にマスコミは、黒髪の美人を狙う連続殺人事件として大騒ぎしはじめた。

ニュースはもちろん、情報番組でもこの事件が繰り返し取り上げられ、黒髪の女性がその不安を口にする街頭インタビューが一日に何十回も流されていた。不安を煽る見出しが躍った夕刊紙や、警察の不手際を煽り立てる週刊誌が、駅のキオスクで飛ぶように売れていた。

捜査本部も一気に強化され、新しい人員が次々と増員された。

「こうなると、もうあの赤いレンタカーどころじゃないですね。犯人は何度もあの山にやってきているということですから」

その日の聞き込みを終えて、ハンドルを握っていた加賀谷が弱気なことを呟いた。人が増えたからといって、すぐに捜査が進展するというわけでもない。次々と発見される死体を巡って新たな情報が舞い込んでくるが、その一つひとつの真偽を確認する前にまた新たな死体が発見される。それによってむしろ情報は錯綜《さくそう》し、命令系統も混乱をきたしていた。

「そうなるだろうな。その度に同じレンタカーに乗ってくるとは考えられないからな」

「しかし犯人は、どうしてあの山に埋めようだなんて思いついたんでしょうね。確かに蛭も熊も出るわりには林道から近いから、死体を埋めるには絶好な場所ですけどね」

「そうだな。たまたまふらりとやってきて、あそこが死体を埋めるのに適していると気が付いた可能性もあるが、俺には犯人にはもともと何かしらこの辺の土地勘があったような気がする」

「どうしますか、聞き込みの方法をちょっと変えてみますか」

加賀谷が覆面パトカーのハンドルを右に切りながらそう言った。

「そうは言っても、他に有力な目撃情報があるわけでもないからな」

「そうですね。不審な車の目撃情報ならば何件も来ていますが、何しろ車種やナンバーまで特定されているものとなると、やはりあの赤い車しかありませんからね」

「他の車に乗って、犯人があそこにやってきた可能性は高い。少なくとも五回は死体をあの山に運んできているわけだからな」

「最後の一台が、上手く犯人と結びつくといいんですけどね」

あの日、Nシステムが捕捉した五台の赤いレンタカーの内、四台はその借主が特定でき、いずれも現場周辺に行っていなかったことが判明していた。最後に残った一台は品川のレンタカー屋で借りられたものだったが、そろそろその結果がわかるはずだった。

「加賀谷、吸ってもいいか」

「どうぞ」

その時信号が青になり、再び車が動き出した。毒島は煙草に火をつけると、助手席の窓を少しだけ下げた。最初の一服を吐き出すと、煙が窓から流れていく。

「あとはとにかく被害者の身元がわかることだな。さすがに五人も被害者が出てくれば、そろそろ誰かの身元がわかるだろう」

「どうですかね。すべて全裸で身元に繋がる遺留品はありませんからね」

正確に言えば、現場での遺留品らしきものはたくさんあった。古い雑誌や家電製品、人は意外と多くのものを山に捨てる。中には洋服や靴も見つかったが、おそらくそれらは山にゴミを捨てにきた人のものであって、それらに囚われると捜査の方向が大きく捻《ね》じ曲がってしまう。捜査本部としても、山で見つけたものは重要視していなかった。

「相変わらず該当する捜索願は出ていないのか」

「そうみたいですね」

B

「いやー、びっくりした。さっきお店に入ってきた時、あまりに印象が変わっていたんで、一瞬、誰だかわからなかったよ」

「すっかりご無沙汰しています。まあ、一〇年ぶりですから、しょうがないですよね。当時はわたしも本当に田舎くさくてダサかったですから」

『午後七時にこのお店を予約しました。楽しみにしています』

あの日の昼には、予約した店のアドレスとともに武井のメッセージが着信した。約束の時間より五分ほど早く麻美がお店で待っていると、七時ちょうどに武井はやってきた。学生時代と同じ笑顔だったが、よく似合っている黒い高級そうなスーツが十年の歳月を感じさせた。当時も断トツにカッコよかったが、大人になった武井はさらにその魅力が増していた。

「いやいや麻美ちゃんは、学生の時からかなりきれいだったよ。でもその長い黒髪は相変わらずだね。麻美ちゃんといったらその長い黒髪だからね。いつ見ても本当にきれいだよね。髪も、そして麻美ちゃん自身も」

「どうもありがとうございます」

嬉しくてにやついてしまう顔を見られないようにと、麻美は軽くお辞儀をする。その長い黒髪が大きく揺れる。

「でも最近はぶっそうな事件が多いから、そんなきれいな黒髪をしていると、ちょっと怖いんじゃないの」

「そうなんです。あの連続殺人事件。今日また新しい被害者が見つかったんですってね。もう五人目だとか。でもこの黒髪は一、二ヶ月でできるもんじゃないんで、もったいなくて染めたりはできないですね」

「そうだよね」

「早く犯人が捕まってくれるといいんですけど」

「まったくだよ。しかし麻美ちゃん、すっかり大人の女性って感じで、本当に別人みたいだよ。高校の同窓会なんかでもよく思うけど、女の子は本当に変わるからね。学生時代に比べるとちょっと痩《や》せたのかな。昔は可愛いって感じだったけど、今は本当にきれいだよ。今日は会えて本当に嬉しいよ」

また頬が弛《ゆる》んでしまい、麻美は自分の感情がダダ漏れになってしまうのが恥ずかしかった。しかし武井のその一言で、麻美は今日ここに来た目的が達成できた気がしていた。

「武井さんは、このお店はよく来るんですか」

白金《しろかね》のその隠れ家的なレストランは、有機野菜をふんだんに使ったナチュラルフレンチの店だった。和食のような前菜や、野菜をふんだんにあしらったフランス料理が出てくるのだが、テーブルにはナイフとフォークと一緒に箸が置いてあった。こぢんまりとした店内は、笑顔の絶えない女性シェフがたった一人で切り盛りしていた。

「そんなでもないけど、ほら、料理が面白いでしょ。肉や魚もいいけど、意外と野菜ってこんなに美味しかったんだってびっくりするから。それに……」武井は麻美の耳元に顔を近づけると、「野菜がメインだからそんなに高くないんだ」と笑いながら囁いた。

生まれて初めてフランス料理を食べに連れていってくれたのも、この武井だった。その時テーブルマナーがわからなかった麻美に、「外側のナイフとフォークから、順番に使っていけばいいんだよ」と、今みたいにそっと小声で囁いてくれた。

「今日は、お仕事お忙しいのに大丈夫でしたか。金曜日だから他に用事とか入ってたんじゃないんですか」

麻美は恐縮するふりをしてそう訊いた。

「いや、商社ってさ、海外とやり取りすることが多いから、いつが忙しいとか関係ないんだよ。それに電話しかなかった時代と違って、メールやインターネットってどこにいても見られるからね」

「でも朝とか凄く早いんじゃないんですか」

「証券会社とかはそうかもしれないけど、商社はもっと長い目で仕事をするからね。むしろ普通の会社のほうがよっぽど大変なんじゃないのかな」

　そんなことはないだろう。しかし麻美は昔から、この目の前の男が何かに動揺したり慌てたりするところを見たことがなかった。

「武井さんは、今、どんな仕事をしてるんですか」

「麻美ちゃん、カタールってわかる」

「カタール？　中東の？」

「そう、そのカタールで天然ガスの開発プロジェクトをやってるんだ」

「へえ、凄いですね」

「もう丸五年ぐらいその仕事をやってるんだけど、なかなか向こうに入り込むのが大変でね。ちょっとやばいことなんかもやりながら、なんとか契約できたんだけどまさかこんな時代になるとはね」

　武井は麻美のグラスに赤ワインを注ぎながらそう言った。

　こんな時代？　麻美は会釈をしながらちょっと考える。

「テロですか、現地の治安が悪くて開発が滞っているとか」

フェイスブックで見たあの自動小銃を抱えたテロリストの写真を思い出す。

「まあ、それもあるけど。まさか、原油とか資源価格がこんなに乱高下する時代になるとは思わなかったんだよね。おかげで昨年は我が社も数十年ぶりの赤字決算だよ」

武井は陽気に笑ってみせたが、それに同調してよいものか。

「オマール・ア・ラ・クレームです。ブルターニュ産のオマール海老を、コニャックが香るクリームと一緒にお召し上がりください」

二人の目の前に白いお皿に盛られた桜色のオマール海老がサーブされた。

「あ、きれい」

もちろん美味しそうだったが、その見た目が美しすぎた。白いお皿と桜色のオマール海老、そして付け合わせの緑色の野菜との対比が絶妙だった。

「これは写真を撮っちゃおうかな」

武井はスマホを取り出すと、長くてごつい指でカメラを構える。

「そう言えば、武井さんってよくフェイスブック利用してますよね」

二人のテーブルの上でフラッシュが光った。

「うん。海外と仕事をしていると、フェイスブックはとても便利だよ。仕事仲間や留学時代の友達、それにちょっとした知り合いとフェイスブックで繋がっておけば、いざ、何かあった時にすぐに助けてもらえるからね。結局、商社なんて人脈がすべてだから」

「そうですよね。海外の友達ともやり取りができますからね」

「そう、そこがフェイスブックの良いところだね。麻美ちゃんは、いつからフェイスブックやるようになったの？」

「そうですね。まあ、昔からやってはいたんですが、自分で投稿とかしはじめたのは、つい最近なんです。武井さんはわたしの大学の同期の加奈子とも、フェイスブックの友達ですよね」

「うん。よく、『いいね！』とかもらったりするよ」

「その加奈子に投稿の仕方とか教えてもらったんですよ。そうしたら急に友達申請が増えちゃって……」

　そう言いながら麻美は加奈子の新しいカレシのことを思い出した。東大卒のアスペさんは、この武井の知り合いだったはずだ。

「そう言えば、加奈子から聞かれたかもしれませんが、武井さんの知り合いで東大を出てM商事に入ったけど、結局、辞めちゃった人っていますよね」

「え、誰だろう。手塚《てづか》さんのことかな」

「なんか、すごい変人だとか加奈子が言ってましたけど」

「じゃあ、手塚さんだ」

「その手塚さんって、どんな人なんですか」

せっかくだから、加奈子のためにも取材してあげようと麻美は思った。本当は単純に麻美の好奇心が、そう言わせていたのかもしれない。

「頭は抜群に良かったね。一回しか電話したことのない得意先の電話番号を覚えていたり、一目見ただけで見積もり金額の間違いを指摘したりと、とにかく驚かされることが多かったね」

「へえー、じゃあ、やっぱり天才だったんですね」

「うーん、天才かもしれないけど、やっぱり変人だったね。結局、せっかく入ったうちの会社も辞めちゃって。かと思ったら急に司法試験を目指しだして、結局今は神田あたりで細々と弁護士をやってるんじゃなかったかな。給料は俄然うちのほうが良いけどね」

「恋人とかはいたんですかね」

「いたことはいたけど、長続きはしなかったね。気のきいたお世辞や、女の子が喜びそうなことが言える人ではなかったから。だけどどうしたの。加奈子ちゃんも麻美ちゃんも、急に手塚さんのことを気にしているみたいだけど」

「いや、ちょっとフェイスブックで知り合ったから、どんな人かと思って」

「ふーん」

武井は何食わぬ顔をしたが、勘の良い男だから何かを察したかもしれない。

「ところで武井さんはどうなんですか」

「どうって」

「恋人とかいないんですか」

「恋人？」

麻美は何気なく武井の左薬指をチェックする。少なくともそこにリングはない。

「恋人はいないよ」

「またー、商社マンなんだからもてるんじゃないですか」

「いやー、そんなでもないよ。それより麻美ちゃんはどうなの。まあ、それだけきれいなんだからカレシがいないはずがないと思うけど。結婚とかはする予定はないの」

結婚という言葉にぎゅっと胸が締め付けられた。

「まあ、色々ありまして……」

どう答えようか焦ったが、口から出たのはそんな曖昧な言葉だった。麻美は平静を装おうとして目の前の赤ワインを一口飲んだ。

「なるほど、色々ね」

武井も同じようにグラスを傾けたので、二人のテーブルにちょっとだけ沈黙が訪れた。

「桃を丸ごと使った白桃のパンナコッタです。桃のソルベとベルベーヌの泡をアクセントにしました」

女性シェフがグラスに盛られたピンクのデザートをサーブする。

「わ、これもきれい。今度はわたしが写真を撮ろうっと」

今度は麻美がスマホを取り出した。白桃がピンクのカクテルグラスにマッチして、それはもはやデザートと言うよりはある種の芸術品に見えた。

その後も一〇年ぶりとは思えないほど、二人の会話は盛り上がった。

共通の知り合いの近況、大学時代の思い出、楽しかった思い出ばかりに花が咲いた。しかし一〇年前にあんなにあっさり捨てられたことだけは、麻美も武井もなかったかのように触れなかった。

会計は麻美がトイレに立った時に武井がすませていた。少しでも払おうとする麻美に、「まあ、ここは僕の顔を立てると思って」と言って、受け取る気配も見せなかった。

女性シェフの丁重なお見送りを受けて二人は店の外に出た。

タクシーを拾うにせよ駅に向かうにせよ、とにかく国道に抜ける路地を行くしかない。二人は肩を並べて歩き出した。雲一つない空に満月がぽっかりと浮かんでいる。

乾いた風が酔った麻美の頬を優しく撫でる。

「さて、これからどうしようか」

武井が独り言のようにそう言った。

麻美が腕時計を見ると午後一〇時を回ったところだった。明日は休みだから、この時間に急いで家に帰らなければならない理由は無かった。

「どうっていうと？」

麻美は敢えて訊いてみる。

「うーん、このまま帰るか、もう一軒バーかなんかで軽く飲むか……、それとも」

「それとも？」

麻美は怪訝な表情で武井を見上げた。

「それとも、このままホテルかどこかに行っちゃうとか」

武井はおどけながらもそう言った。

それはあまりな展開だろう。久しぶりに会って社会人の余裕もついた武井は、正直、一〇年前よりはるかに魅力が増している。しかし、やはり女好きというところは微塵《みじん》も変わっていないようだった。これさえなければ、結婚するには最高の男だろう。麻美はちょっとがっかりしたが、とにかく今、ここで武井に何と答えるべきか考える。

その時ふと、あの東大卒のアスペさんのことを思い出した。

「わたしの友達の加奈子の話なんですけど、初めてデートしたその日の別れ際に、相手にいきなりホテルに行こうって言われたんですって。加奈子はその人が嫌いじゃなかったんですけど、あまりに唐突だったんで彼をたしなめたんです。さあその時、加奈子は何と言ったでしょうか？」

「……さあ」

唐突な質問に武井は首を捻る。

「普通の大人は初めてデートしたその日に、ホテルになんか誘わないものだって」

「……なるほどね」

そう一言言うと、武井は麻美の半歩先を歩いていく。単に拒絶をするよりはスマートな言い方だと思ったのだが、かえって恥をかかせてしまっただろうか。

武井は相変わらず黙ったままだ。麻美は恐る恐る武井の顔を窺ったが、暗くてその表情まではわからない。

怒っているのだろうか。

「それじゃあその後に、彼は何回デートをしたらホテルに誘ってもいいですかと、訊かなかった？」

麻美の足が止まった。武井はそのまま二、三歩進めたところで足を止めた。そしてくるりと振り返ると、驚きのあまり声が出ない麻美に向かってさらに言葉を続ける。

「そして彼女はその質問に、まあ、三回ぐらいじゃないのかなと答えた」

武井は右手の指を三本立ててそう言った。

「……知ってたんですか？」

やっとのことでそう言ったが、麻美はそれまで息を吸うのも忘れていた。

「手塚さんのカノジョが加奈子ちゃんだとは知らなかったけどね」

そう言いながら武井は、いたずらっ子のように微笑んだ。


結局、「もう一軒だけ」と、近くのバーに二人は入った。

加奈子には悪いが二軒目のそのバーでは、東大卒のアスペさんの話で大いに盛り上がった。訊けば訊くほど面白い人物だった。武井が「お久しぶりです」と挨拶したら「いや、五日前に会ってます」と答え、「今度、鍋でも食べに行きましょう」と言ったら「鍋は調理道具ですから、それそのものは食べられません」と真顔で返されたとか、とにかくユニークなエピソードには事欠かない人物だった。

変人ではあったが、独創的な発想と類稀《たぐいまれ》なる記憶力で仕事はできたらしい。実際武井も、「M商事を辞めてしまったのは本当に残念だった」と言っていた。麻美は加奈子のことを思い、周囲からも馬鹿にされていたような存在でなかったのでほっとした。

しかしそうなると、逆にちょっと羨ましい気分が湧いてくる。

武井が三杯目のジントニックを飲み終えたところで、「さすがにそろそろ帰らなくちゃ」と麻美のほうから切り出した。麻美もカンパリオレンジを二杯飲み干していたし、これ以上のアルコールは色々な意味で危なかった。

「方角が同じだからタクシーで送ってくよ」

武井にそう言われて麻美は腕時計をちらりと見る。時刻は深夜〇時を過ぎていた。終電は何時だっただろうか。ギリギリ間に合いそうな時間だとは思った。

麻美がどうするか決めかねているうちに、武井はさっさとタクシーを拾ってしまった。

「遠慮しなくていいよ」

結局、武井のその言葉に甘えることにした。

本当に方角が同じかどうかは怪しかったが、麻美も結構アルコールが回っていて、今から急いで電車に駆け込む気にはなれなかった。

「とりあえず、祐天寺に行ってください」

タクシーに乗ると武井は運転手にそう言った。

「武井さんの自宅はどこ？」

「僕？　僕は目黒のほう」

「じゃあ運転手さん、祐天寺経由で目黒にお願いします」

このまま麻美の部屋に押し入られたらたまらないと思い、麻美は緑色のブレザーを着た運転手にそう告げる。右隣で不満げな顔をしている武井を無視して、麻美は左側の車窓を眺めた。深夜〇時を回ったにもかかわらず、歩道を歩く人影は絶えなかった。コンビニや派手な電飾看板の飲食店、まだまだ眠りそうもない都心の街並みがどんどん後ろに流れていく。

車が揺れるたびに武井の左肩が当たってくる。

武井はすぐに機嫌を直して、陽気に麻美に話し続ける。彼にとってはこの程度の酒量ならまだまだ飲めるのだろう。しかし麻美は車の振動が心地よく、油断すると睡魔に襲われそうになっていた。いつの間にか武井の左手が麻美の右手に重なっている。しかし眠気もあって、麻美にはそれを振り払おうとする気力が起きない。

「祐天寺はどの辺でお停めすればいいですか」

実際その運転手の一言がなければ、危うく麻美は寝入ってしまうところだった。

「あ、その先の信号を曲がって、二つ目の角で止めてください」

やがてタクシーがハザードを点滅しながらその角で停車すると、左側のドアが自動に開いた。

「今日は本当にありがとう……」

そう言いかけた瞬間、麻美の唇が武井の唇で塞がれた。

一瞬の出来事にふいをつかれて、麻美は抵抗することを忘れてしまう。

武井の大きな左手で麻美は頭を押さえられ、さらに右腕で肩から背中を抱きすくめられたのでまったく身動きができない。そしてさらに斜め横から合わせた口先から、武井の舌が挿入されようとしている。

麻美はきつく唇を閉じた。

しかし次の瞬間、唇に強い圧を感じ固く閉じていた唇がずれてしまった。そして麻美の口元のガードに隙間ができ、そこから武井の舌が侵入してくる。ぬるっとしたその感触に、麻美の体の中の何かが蠢《うごめ》きだした。

ま、いいか。キスぐらい。

麻美は意識が朦朧《もうろう》として、もはやどうでもいいことのような気もしてきた。

麻美が目を閉じると、武井はさらに体重をあずけてきて、両腕で麻美を抱きすくめる。武井の舌が麻美の中でそれを求めて絡み合う。微かに煙草の味がする、一〇年前と同じ味のキスだった。

一瞬、富田の顔が脳裏に浮かぶ。

富田君、ごめん。

しかし、麻美は自分の女の部分が熱く濡れていくのも感じていた。

遂に麻美がひと時の官能に身をゆだねて、両腕を武井の背中に廻そうとしたその時、近くで何かが鳴っている音が聞こえてきた。

われに帰って武井の体を突き放す。

聞こえていたのはスマホの着信音だった。誰のスマホが鳴っているのか。武井もその音に気が付いたのか、一瞬、二人同時に聞き耳を立てる。音がするのは麻美のバッグの中からだった。

富田からかもしれない。

そう思った瞬間に、麻美は逃げるようにタクシーから降りると、強張った笑顔で武井に会釈し足早に遠ざかる。

麻美はスマホをバッグから取り出すと、画面には「不明」と表示されている。なんだろう？　富田からではなかったのか？「不明」なんていう電話番号表示は、今まで一度も見たことがない。不審に思いながらも、麻美は通話ボタンを押して電話に出た。

『もしもし』

激しく慌てているようだったが、聞こえてきたのは富田の声だった。しかし酔っているせいか、富田の言っていることが今ひとつ理解できない。振り返ると武井が興味深げにこちらの様子を窺っている。麻美はスマホを耳にあてたまま会釈をしつつ、さらに足早にタクシーから遠ざかる。

「もしもし。富田君？　どうしたの？」

『……人質に取られたんだよ』

「人質？　え、よく、聞こえない。何？　誰かが誘拐されたの」

『スマホだよ、スマホ。スマホが、人質に取られたんだ』

「スマホが人質？　どういうこと？」

『いきなりスマホがロックされたんだ。そしてこのスマホは我々が乗っ取ったから、データを破壊されたくなかったら、二四時間以内に三万円払えって。あとは一秒一秒減っていく時計の画面が表示されているんだ』

「え、何？　意味がわからない」

『だから、スマホのデータが人質に取られて、三万円の身代金を請求されているんだよ』

　その時、麻美の歩いている右横をタクシーが通り過ぎ、無邪気に武井が手を振っているのが見えた。

「何それ。そんなことってあるの」

『本当だよ。だから今も、公衆電話から掛けてるんだ』

　公衆電話？　公衆電話からスマホに電話をすると、「不明」と表示されてしまうのだろうか。

「なんか変なアプリでもダウンロードしたんじゃないの」

『そ、そんなことないって、あなたのスマホにセキュリティ上重大な問題が生じました。今すぐここをクリックしてくださいっていうメールが、携帯電話会社の名前で来たんだよ。だからつい……』

泣きそうな富田の声がスマホから聞こえてくる。

「だからそれだよ。この間だって、カード詐欺にあったばかりじゃないの」

『そんなこと今、言ってもしょうがないよ。もう、既に乗っ取られちゃったんだから。こんなこと言っている間にも、残り二三時間になっちゃったよ。やばい。ねえ、どうしよう。やっぱり三万円払うべきかな』

確かに今、そんなことを言い争っている場合ではない。麻美はちょっと冷静になって考えてみる。

「三万円払えば、元に戻るという保証はあるの。ただ三万円だけ払ってデータも消去されるってことはないの」

『そんなの俺に言われてもわからないよ。でももしも三万円払わなかったら、あなたのスマホを媒介に、電話帳に載っている人々にもこのウィルスをばら撒きますとも書かれているんだよ』

「え、本当？」

『だから、あさみんのスマホにこのウィルスがばら撒かれる可能性だってあるんだよ』

「そんなの絶対やめて。冗談じゃない、いい迷惑だわ」

『そうなんだよ。もしそのウィルスが俺のスマホから転送されたなんてわかったら、友達なくしちゃうよ。よっぽど三万円払ったほうがましだよ』

それはそうだと麻美も思った。これが一〇〇万円だったらそうとも言えないが、たった三万円ならむしろ払ったほうが利口かもしれない。

『もう、お手上げだよ。ねえ、三万円払っちゃってもいいよね』

富田は今すぐにでも、三万円を払いそうな勢いだ。

「ちょっと待って。まだ時間はあるんでしょ」

『うん、あと二二時間五八分だけど』

「ねえ富田君、誰かそういうことに詳しい知り合いとかいないの」

『いないよ。それにいたとしても、スマホが使えないから連絡の取りようもないんだよ。電話帳もロックされて見られないからお手上げだよ』

「そうか、そういうことか」

『この間、免許証に番号を控えていたから、あさみんにはこうやって連絡は取れたけど……。ねえ、あさみん。あさみんのほうこそ、誰かこういうのに詳しい人いないの?』

麻美の知り合いにそんな人物がいただろうか。

「急に言われたって、そんな知り合いなんかいないわよ」

しかし何か手はないものだろうか。

『ああ』

その時、電話の向こうから富田の悲痛な声が聞こえてきた。

「どうしたの」

『もうすぐ、十円玉が切れる』

第五章　B

「ランサムウェアのランサムとは身代金という意味です。こうやってパソコンやスマホをマルウェアでロックして、解除して欲しければ期限までに身代金を払えというこのサイバー犯罪は、最近本当に増えてきました」

昨晩、富田に泣きつかれて、大学の同期でセキュリティ会社に転職した戸部真彦のことを思い出した。フェイスブックで連絡を取ると、『生憎、出張中だけど代わりに誰かを寄越す』とすぐに頼もしいメッセージが届いた。

「ランサムウェアはかなり質の悪いマルウェアで、あのＦＢＩに引っかかったら諦めて身代金を支払ったほうが良いと言わしめたほどです。実際、鍵をかけた人にしか鍵の開け方がわからないという厄介なもので、ＦＢＩが言うようにコストだけを考えれば、身代金を払ってしまったほうが理にかなっています」

待ち合わせの喫茶店に戸部真彦の代わりにやってきたのは、色白で髪の毛が長くいかにも技術者という感じのちょっとひ弱そうな青年だった。休日なのにスーツ姿で現れたその色白の青年は、麻美たちに一枚の名刺を差し出した。そこには浦野善治《うらのよしはる》と言う名前とともに、セキュリティソフトで有名なS社の社名、そしてテクニカルマネージャーという彼の肩書きが書かれていた。

「しかしそれでも、まったくお手上げというわけではありません。ちょっとスマホを貸してもらえますか」

浦野は富田から手渡されたスマホを自分のパソコンに繋ぐと、忙しげにキーボードを叩き始める。

「ランサムウェアはロシアで流行したんですが、金を取りやすいマルウェアとして瞬く間に全世界に広がりました。あ、すいません。ロックを解除していただけますか」

すぐに富田がスマホのパスコードを打ち込もうとすると、それが目に入らないように浦野はそっと顔を背ける。

「最初は警察やソフトウェア会社の名前を騙《かた》って、違法ダウンロードに対する罰金の請求という体《てい》で送りつけられました。まったく身に覚えがなければ別ですが、セキュリティソフト代ぐらいの小額の罰金だったので、てっとり早くその金を払ってしまう人が続出しました」

「そうなんですか」

富田はアイスラテを飲みながらそう呟いた。麻美もその横で説明を聞きながら、昨日、自分もそう思ったことを思い出した。

「やがてそれがデータを人質とした身代金の請求という形に変化しましたが、このランサムウェアを使った犯罪は、本当に身代金を払うとちゃんと元通りにデータを復元してくれることが多いんですよ」

「そうなんですか」

今度は麻美がそう言った。それなら尚更、さっさと身代金を払ったほうがいいと思ってしまう。

「ええ。金を巻き上げるだけでデータを復元しなかったら、その悪評が広がって身代金を入金する人がいなくなってしまいますから」

「それにスマホ自体が使えないというのが何とも辛いですよね。公衆電話を探すのも大変だし、それにスマホの電話帳がないとどこにも電話がかけられないですからね。今の世の中スマホが使えないだけで、全く身動きが取れなくなるのがよくわかりましたよ」

富田が実感を込めてそう言った。昨晩、よほど不便な生活を強いられたのだろう。

「そうですか。しかし弊社ではランサムウェアの指揮統制サーバーから情報を入手して、ランサムウェアを除去しファイルを復元させることに成功しました」

「じゃあ、俺のスマホも復活しますか」

「ランサムウェアの種類によります。最近、流行のランサムウェアだったら、弊社の復元ツールで対応できます」

「でも、復元ツールのないタイプだったら」

「非常に厳しいですね。しかしランサムウェアの一番の対抗策はこまめにバックアップすることです。バックアップさえしておけば、データを消されてしまってもその後にデータを入れなおせばいいだけの話です。富田さん、このスマホのバックアップはしてありますか」

富田は自信なさ気に首を捻った。

「それはまずいですね。弊社以外の会社が同じような技術を持っていて、このランサムウェアに対応できればいいんですが」

「もし、それもなかったら」

「そうですね。その時は、まあ、私の口から身代金を払えとは言えませんが……」

浦野は銀色の眼鏡の真ん中に指を当てパソコン画面をじっと見る。

「あ」

その時、パソコン画面を見つめていた浦野が小さく叫んだ。

「どうしました」

富田が心配そうにパソコンの画面を覗き見る。麻美も同じ画面を見たが、何がなんだかわからない。

「大丈夫そうですね。弊社が持っているツールで復元できそうですよ」

「本当ですか」

富田がほっとした表情でそう言うと浦野もにっこり微笑んだ。そして麻美たちの数倍の速さでキーボードを叩き始めると、もはや一言も口を開かず作業に没頭する。話しかけていいものやらと、麻美たちは何も言えずにその様子を見つめている。浦野の前の手付かずのアイスコーヒーが、グラスにびっしょり汗をかいていた。

「あ、そう言えばさ……」

作業に没頭する浦野を邪魔してはいけないと、富田が小声で話しかけてきた。

「例のツーショット写真だけどさ」

「ツーショット写真？」

富田にそう言われたが、麻美はすぐには何のことだかわからなかった。

「ほら、いきなりあさみんに送りつけられた俺と高校の同級生とのツーショット写真だよ」

そこまで説明されて、やっと麻美はあのおっぱいの大きな女のことを思いだした。

「ああ、あれね」

富田のスマホの乗っ取り事件や、その直前の武井とのこともあったので、そんなことがあったことが麻美の記憶から欠落しかかっていた。

「やっぱり、彼女が送りつけたもんじゃないって」

「その証拠は？」

「え？」

麻美のその一言に、富田はきょとんとした顔をする。

「証拠よ。だって、今、あなたが言っていることって、殺人犯に人を殺しましたかと聞いて、殺してませんよと言われたってことだけだよね。確かにそのオンナがメールを出してない証拠とか、メールを送りつけた真犯人のことがわかっただとか、そんな新しい情報もないのに何か事件が解決したとでも思ってるの」

「ええー、だって、俺と彼女は、別に何の疚しい関係もないんだよ」

富田が大きな声を出してしまったので、浦野がちらりと二人を見る。すぐに膝《ひざ》に手を置いて、二人は小声で会話を続ける。

「本当に？」

「本当だよ。信じてくれよ」

懇願するように富田は言った。富田がそこまで言うのならば、多分、それは事実だろう。ではなんであんなメールが麻美のところに届いたのだろうか。

「その彼女には、似たような怪しいメールは届いていないの」

「届いてないって」

彼女に怪しいメールが来ていないとするならば、狙われているのは富田か。それともひょっとすると、麻美自身か？

「富田君さー、最近、何か誰かに恨まれるようなことした？」

「いや、思い当たることはないけど」

童顔でやたら目をしばたたかせる善良そうなこの男が、誰かに恨みを買っているとは思えない。

「だったらやっぱり、何かの標的にされているんだよ。この前のカード詐欺といい、怪しいツーショット画像といい、そして今回のスマホ乗っ取りといい、変な事件が続きすぎだよ。絶対、スマホとか変えたほうがいいよ」

「そうかな」

「そうだよ。そのうちとんでもない事件に巻き込まれちゃうかもしれないよ」

「すいません。失われたデータがないか確認してください」いきなり浦野が会話に割り込んできた。「見た感じは元に戻ったようですが、ご本人じゃないとそこに何があったかはわかりませんから」

浦野はそう言いながらスマホを富田に手渡した。

「あ、ちなみにスマホの四桁のパスコードはもう止めて、もっと桁数を増やすか、いって、指紋認証にしたほうがいいですよ」

　富田が四桁のパスコードを入力しようとするのを見た浦野は、そんなことを口にした。

「指紋認証？」

「ええ。所詮、どんなパスコードを設定したって、プロがその気になればそんなものは突破できちゃいますから。でも指紋認証ならその本人しか開けられませんからね」

「そんなことができるんですか」

「簡単ですよ。ほら、この設定のところから簡単にできますよ」

　浦野に言われるとおり、麻美は自分のスマホの「設定」から指紋のマークが書かれたところをタッチすると、指紋認証のページが現れた。富田がスマホの中身を確認している間、麻美は暇だったこともあり、ぐりぐりと親指をスタートボタンに押し付けてみる。やがて登録ができたとスマホが言うので、改めてロックしてもう一度親指を押し付けてみる。

「あ、できた」

　パスワードなんか入れなくてもスマホのロックが解除できてしまったので、思わず嬉しくなって声が出た。

「指紋のほうが簡単でしょ。それになにしろ安全ですし」

「そうですね」

麻美がそう言うと浦野も嬉しそうに微笑んだ。

ITやSNSなど今ひとつ技術的なものが苦手な女子にとって、浦野のような技術系の男子は頼もしい。やはり何であれ、自信がある分野を持っている男性は魅力的だ。その横でスマホをチェックしている富田はパソコンやスマホは好きではあるが、ミーハーなだけというか、技術的なことは今一つよくわかっていない。

富田は二、三分スマホをいじった挙句、「多分、大丈夫だと思う」と言ってスマホを閉じた。そしていくら謝礼を払えばいいものか浦野に訊ねた。

「いや、今日は会社の先輩に言われてプライベートで来ているので、謝礼は受け取れません」

浦野の仕事はもっと技術的なことらしく、こういうサービスをするスタッフではないと言う。だからお金をどうもらえばいいのかもわからないらしい。

「どうしてもお金を払いたいと言うならば、弊社のスマホ用のセキュリティソフトを買ってください」

それでもと富田は粘ったが、あくまで謝礼を固辞する浦野は、結局、アイスコーヒーを口にすることもなく帰っていった。

「だけどさー、浦野さんが来て復元できたからよかったものの、どうしてそんな怪しげなものをダウンロードしてしまうの。やっぱり本当は、エッチなアプリでもダウンロードしたんじゃないの」

その後二人で富田の部屋に戻ったが、麻美はもう一言二言、富田に文句を言わなければ気がすまなかった。

「そんなことないよ。通信会社のロゴ入りのファイルだよ。それであなたのスマホがウィルスに侵されていますって来たら、まあ、ダウンロードしちゃうと思わない」

「思わない。わたしだったら、絶対、怪しいと思う」

二度とこんな目に遭わないように、敢えて厳しく言ってみる。

「そうかなー。あさみんだって、絶対、騙されちゃうと思うけどなー。まあでも、俺ってもともと人が良いというか、素直に人を信じやすい性格だからなー」

そう自らを弁明する富田を冷ややかな目で麻美は眺める。

「それを自分の口から言うな。あんた、やっぱりバカなんじゃないの」

どうしてこんなに苛ついてしまうのだろうか。そしてどうしてこんなバカなのに、自分はこの男と付き合っているのだろうか。

「まあ、確かにあんまり頭は良くないよね」

そう言いながら富田がにっこりと笑う。

その笑顔を見た瞬間、もうこれ以上こいつに何を言ったところで時間の無駄だと諦める。するとそのまま富田の笑顔が近づいてきた。そして何の脈絡もなく富田は麻美を抱きしめると、すぐに服を脱がしにかかる。

まさかこんな真っ昼間から。しかも会話の脈絡にも関係なく。

麻美はあんまりだとは思ったが、別に誰かに見られているわけでもない。

申し訳程度に富田の唇が麻美の唇に重なり、その唇がすぐに離れる。昔は富田もディープキスを求めてきたが、最近そこはさっさと省略してすぐにその先に進みたがる。そしていつものように富田のベッドに押し倒されていつものように行為は始まる。

ボタンが多い服は脱がせてもらうのも面倒なので、自分でさっさと脱いでいく。今日みたいにスリムなジーンズを穿いていると、富田は何も言わずに引っ張ってくれる。やがて麻美がブラとショーツだけになり、スリムなシルエットが露《あら》わになると、今度は麻美の番だった。

しかし昨日の武井のキスに、どうして自分はあんなに反応してしまったのだろう。

富田のシャツを脱がせながら、麻美はふとそんなことを考える。酔っていたからだろうか。いや、それが理由なだけならば、富田とする時だってたいがいは酔っている。

麻美の両手が富田のズボンのベルトを緩めにかかる。ジッパーを下ろしズボンが床に落ちてしまうと、トランクスの前を膨らませた富田の姿がなんとも言えず情けない。

そんな風に思われているとは気付かずに、富田は興奮気味に麻美の上にのしかかってくる。こうやって強引にベッドに押し倒すのも、いつもの段取りだった。童顔の癖に真剣な表情をするところがいつもおかしい。まあ、可愛らしいと言えなくもない。

武井は相変わらず悪い男だと思った。

恋人はいないと言っていたが、遊べる女は一ダースぐらいはいるだろう。

今度会ったら、武井は自分を抱こうとするだろうか。そもそも自分はもう一度武井と会うのだろうか。もし会ったとしたら、自分は武井に抱かれてしまうのだろうか。

そしてその時、武井はどうやって自分を愛するのだろうか。

そんなことを思っているうちに、富田の顔が口から首すじ、そして胸へと下りていった。同時に麻美の背中に手をまわし、ブラのホックをはずそうとする。富田の鼻からの息が素肌に当たっているのがわかる。

麻美は蠢く黒い後頭部に手をやり優しく撫でる。

わたしはこの男と武井のどちらを愛すのだろうか。

富田は富田で嫌いではない。結婚すればきっと大事にしてくれるだろう。

麻美は突然、富田の黒い髪の毛を両手でつかみ、その顔を自分の胸から引き離した。富田は一瞬顔を上げ、怪訝な表情で麻美を見つめる。その瞬間、麻美は少し浮いた富田との隙間に体を沈め、自ら顔を近づけて富田の唇を吸った。

何かを感じたのか、富田の不器用な舌が麻美の中に入ってきた。

ぬるっとした感触に、昨日の快感が蘇る。

目を閉じて麻美が富田の唇を貪《むさぼ》ると、富田の舌が麻美の中で一所懸命に暴れ出した。

悪い女だと思った。

C

『五人目の被害者発見！』

『新たな黒髪の美女が犠牲者に』

『後手に回る警察の捜査』

『被害女性の身元いまだに不明』

デスクに置かれた新聞の見出しが躍っていた。

マスコミは連日、パニックになったようにこの事件を伝えていた。泣く泣く自慢の黒髪を茶色に染めたり、黒髪を隠すためのウイッグが飛ぶように売れているというニュースも紹介された。人々の話題もこの事件一色で、職場でも家庭でも繰り返しこの事件が語られていた。

現場となった山には連日、TV局の中継車が押し寄せ、捜査の邪魔そのものだった。テレビのコメンテーターは声高に無能な警察を罵倒《ばとう》し、総理が「一刻も早い事件の解決を求める」緊急コメントを発表した。

「結局、波多野淳史《はたのあつし》の住所はわからないのか」

「はい」

五人目の赤いレンタカーの借り主は、波多野淳史という二三歳の若者だった。捜査本部はレンタカー屋からその免許証のコピーを入手したが、そこに書かれた住所に波多野淳史は住んでいなかった。

「じゃあその住所には、一体誰が住んでいるんだ」

毒島は新聞を畳むと加賀谷にそう訊ねた。

「波多野淳史とは何の関係もないOLだそうです。彼女にもそして管理人にもNシステムに写った波多野の写真を見てもらったそうですが、二人ともまったく見覚えがなかったそうです。過去の住民票を調べてみても、そこに波多野淳史という男が住んでいた形跡はないそうです」

「そうなのか」

「しかしどうしてそんな免許証が存在するんですかね」

毒島は大きく腕を組み天井を見上げた。そして加賀谷の質問の答えを考える。

「いくつかの仮説が考えられる。一つは免許を更新した時に、敢えて今住んでいない架空の住所で更新した」

「そんなことができるんですか」

「新住所の確認は本人に届いた郵便物があればできるから、住所を書きなおすなどして郵便物を偽装することはできる」

「なるほど」

「でもそんな面倒くさいことをしたと考えるより、その免許証自体が偽造だったって考えるほうが妥当だろうな」

「偽造免許証ですか」

加賀谷がポツリと呟く間に、毒島は目の前にあったパソコンに「偽造免許証」と書き込み検索する。

「これを見ろ」

加賀谷がパソコンを覗くと、免許証はもちろん、パスポート、保険証、さらには卒業証書まで、なんでもどうぞとばかりに偽造証書の数々がディスプレイされている。それは偽造証明書を請け負う闇サイトだった。

「偽造免許証というのは昔から裏社会である程度流通していた。もともとはタクシーやトラックの運ちゃんなど車を使って仕事をする人が、免停になったのを誤魔化しために利用していたんだ。しかし最近はこの不景気で、これを使って金を借りようとする輩たちで賑わっているらしい。だからこんな風にウェブ上でも簡単に手に入る」

パソコン上では五万円から一〇万円の手頃な値段で、それらの偽造証明書が売られていた。他にも架空の銀行口座や携帯電話、さらには実名の口座や携帯電話もありますと宣伝している。

「凄いですね。こんな簡単に偽造免許証って手に入ってしまうんですね」

「ああ」

「でもICチップとかには対応していないですよね」

免許証はICチップが入れられるようになって、格段に偽造がしづらくなった。完璧な偽造免許証を作ろうとしたら、このICチップに、「氏名」「生年月日」「免許証交付年月日」「有効期間」「本籍」「顔写真」などの情報も入れなければならないので、確実にコストはアップする。もちろん闇サイトで売られている偽造免許証は、そこまで完璧なものではない。

「もちろん。だから警察が本気で照合すれば、偽造なのは簡単にわかる。しかしレンタカー屋やネットカフェで、身分を照合するだけならばこれだけで十分だろう」

「じゃあ、波多野淳史は偽造免許証を使って車を借りて、現場まで死体を運んで埋めたってことですか」

「まあ、おそらくそうだろうな。わざわざ足が付きそうな自分の免許証で、車を借りることはしないだろう」

毒島は椅子の背もたれに大きく背中を押し付けて、何かを考えるようにコツコツとデスクを指で叩いた。

「加賀谷、波多野淳史は過去にそのレンタカー屋で車を借りたことはなかったのか」

「過去に二回ほど借りているそうです」

「二回？」

「はい」

「穴を掘るだけならばわからないが、少なくとも死体を運ぶには車が必要だ。五体の死体を運んだならば、少なくとも五回はレンタカーを借りているはずだ」

「そうですよね。じゃあ、波多野は真犯人じゃないってことですか？」

毒島はもう一度腕を組むと、座っていた椅子がキイィと悲鳴を上げる。

「いや、きっと他のレンタカー会社で借りているだけだろう」

「主だったレンタカー会社に、波多野淳史名義で車を借りた奴がいないか、この偽造免許証の写真と一緒に問い合わせてみましょうか」

「いや。当然、本部でもその辺のことは調べているだろう。しかし加賀谷、相変わらず被害者の身元はわからないのか」

「ええ」

「五体も死体があって、未だにその全ての身元がわからないっていうのか」

連絡が滞りがちの一人暮らしの女性を持つ家族から、警察に問い合わせの電話が殺到していた。それらも全て照らし合わせたが、やはり被害者に該当する行方不明者はいなかった。

「本部長が会議でも言ってましたが、全国の行方不明者の再調査を開始したそうです。失踪時期や身体的な特徴が似ている行方不明者には、家族や関係者に警察から連絡をしています」

「それでもそれらしい行方不明者はいないんだろ？」

「はい。そうなんです」

今や警察に届けられる捜索願の大半が徘徊老人だ。そんな徘徊老人たちは心配してくれる家族がいるから、捜索願を出してもらえる。この被害者たちの捜索願が出されていないのは、心配してくれる家族や知り合いがいないせいなのか。

「なあ、加賀谷。なぜだと思う」

中年の自分には見落としている何かがあるのだろうか。

「さあ、最近は親と疎遠な若い人たちも多いですからね。それとも、もう親や身内が全部死んでしまっているとか」

「まあ、少子高齢化だからな」

「独身で都会の一人暮らし。両親と彼氏がいなくて、かつフリーターとかだったら、確かに失踪しても捜索願は出されないかもしれませんよね」

「確かにおまえの言う通りかもしれない。しかし殺されたのは比較的若い女性ばかりだ。五人が五人とも、両親ともに死んでいたってことはないだろう。それにどんな疎遠な親子だって、一年に一回ぐらいは電話なり何なりで連絡は取り合うだろう」

「まあ、そうですよね」

「加賀谷、おまえの両親は健在か」

「両親ともにまだ五〇代なんで、二人とも田舎で元気にやってます」

「そうか」

「そういう毒島さんは」

「オヤジは三年前に癌《がん》で死んだ。おふくろも半年前に……」

「あ、そうなんですか。それはそれは……」

加賀谷は言葉尻をもごもごと濁す。

「おふくろは美術の教師だったんだ。定年後は近所の子供たち相手に、元気に絵画教室なんかやってたんだけどな」

「へえ。あ、だから毒島さん、絵が上手いんですね」

「ああ。遺伝なのか教育なのか、美術だけは小学校からずっと五だった」

「死因はやっぱり癌ですか」

「いや、脳卒中だ」

　孤独死だった。

　新潟に住んでいた母親は何の前触れもなく死んでしまった。しかも母親は死後一週間経って発見された。知らせを聞いて母親が住んでいた部屋に飛んでいったが、まるで発見が遅れた殺人現場のようだった。

　いくら忙しい毒島でも、電話の一本でもあればなんとか駆けつけたと思う。しかし脳卒中の発作ならばどうしようもない。母親は部屋で死んでいく時、実家に寄りつかない薄情な一人息子をどう思ったのだろうか。

　しかしその報いは、必ず自分にも返ってくる。

　独身でとても結婚などしそうもない毒島が定年になってしまえば、徘徊老人となり野たれ死んでも誰も捜索願を出してはくれない。

「……孤独死みたいなもんだな」

　思っていたことがふと口をついた。

「え、何ておっしゃいました」

「いや、捜索願が出されていない殺人事件なんて、孤独死みたいなもんだなと」

「ああ。どんな死もそれはそれでつらいことだが、孤独死でなければ死に際に誰かに悲しんでもらえる。しかしこの山のガイシャたちは自分はもう死んでしまったのに、その事実すら身内にわかってもらえていない。死体もこのまま身元不明では、無縁仏として合同墓に入れられ満足な葬式も行われない」

「孤独死ですか」

「そう思うと、まだ孤独死のほうがましですね。ガイシャは若い女性ばかりでしょうから、本当に心が痛みますよね」

毒島はこの山の犯人を挙げることは、一人で死んでいった母親の供養になるのではと思っていた。

B

『麻美隊長、先週祐天寺に引っ越しました。美味しい串焼き屋さんを見つけたんで、ご近所さんになったよしみで、今週の金曜日に一緒に食べに行きませんか』

遂に小柳守が祐天寺に引っ越してきた。

自分にカレシがいることをアピールしたのに、相変わらず週に数回、小柳からデートの誘いが届いていた。

小柳守が麻美の住所を知っているのは当然と言えば当然だった。

ての派遣先の人事の採用担当だ。麻美の面接を担当したのがその小柳なのだから、いつ麻美の履歴書を見ることのできる立場にあった。そこには麻美の住所も電話番号も、さらには実家の連絡先まで書いてある。既にその履歴書のコピーぐらいは持っているだろう。

このままストーカーめいたことをされてしまえば、どこかに引っ越さなければならない。その費用はバカにならないし、そこまでしたところで新しい住所がばれてしまえば、元も子もない。

そうなると、むしろ小柳が祐天寺のどの辺に住んでいるのかが気になった。

麻美はベランダに干してある黒いお気に入りの下着を見上げた。タオルで隠すように干してあったし、そもそも二階なので盗まれることはないと思っていたが、これももう部屋干しにしたほうがいいのかもしれない。

よもや麻美の家のすぐ近所に、小柳が住んでいるってことはないだろうか。

例えば隣のマンションとか、麻美の部屋が直接見えるところとか。そう思って窓を開くと、東横線の電車の音が飛び込んできた。

向かいの高いマンションや近所の小洒落たアパートなど、ここからいくつもの部屋が見える。麻美の部屋の窓から見えるこれらの部屋は、同じようにこの麻美の部屋も見えているということだった。そのさらに向こうの高層マンションからもこの部屋は見えているのだろうか。もしもあの高層マンションから望遠鏡でこの部屋を覗かれたら、麻美はそれに気付くことはできない。そう思うと今もどこかでじっと小柳がこの部屋の様子を窺っている気がして、すぐにカーテンを閉めた。

やはり小柳を「友達」から削除して、アクセスできないように「ブロック」してしまおうか。祐天寺に引っ越してきた以上、事態は確実に悪化していた。もはや最終手段を躊躇っている場合ではない。麻美はすぐにアカウントページに行き「ブロック」をクリックする。そしてそこに「小柳守」の名前を入力し「ブロックする」を選んだ。そして再度現れた確認ページから最終的に小柳のアクセスを完全に排除しようとする。

しかし、そこでちょっと考える。

穏便にすませられるならば、それに越したことはない。

何度かしか話してはいないが、小柳は凶暴なタイプには見えなかった。どちらかと言えばオタクっぽい内向的な印象だった。たまたまネットの世界で張り切りすぎて、麻美にこんなメールを送ってきているだけなのではないか。このままのらりくらりとかわしていけば、まだなんとかなるのではと麻美は思った。

一番怖いのは、小柳がネットストーカーからリアルなストーカーに変身してしまうことだった。

相手のメッセージが頻繁に届くのも確かに怖いが、それ以上に相手が何を考えているかわからないほうがもっと怖い。麻美の部屋が特定されているのだとすれば、せめて小柳の部屋だけでも把握しておかないと対抗できない。やはり、今、小柳をシャットアウトしてしまうのは、あまりにリスクが高い。

『引越しおめでとうございます。ところで小柳さんの家はどの辺ですか？』

ちょっと危険な賭けではあるが、敢えて麻美はそんなメッセージを送ってみた。

C

「すいません。警察ですが、やっぱりこの写真の男に見覚えはありませんか」

毒島はNシステムに写った波多野の写真を持って、駅前のレンタカー会社の店長に声をかけた。

「いやー、この前も申し上げましたが、この写真だけではわかりませんね」

また来たのかとちょっと迷惑そうな顔をしたが、店長は前回と同じようにそう答えた。

「あ、金子《かねこ》君、ちょうどいいところに来た。この男の人、見かけたことある」

店長はそう呼び止めてアルバイトの若い男にも写真を見せる。写真には色白のオタクっぽい風貌が鮮明に写っていたが、目がゴーグル型のサングラスで隠れてしまっているせいか、バイトも何と答えていいか言いあぐねているようだった。

「いやー、ちょっとわかりませんね」

「そうですか。どうもありがとうございます」

外に出るとすぐに蒸し蒸しとした空気に包まれる。九州はもう梅雨入りをしたらしいが、この小田原《おだわら》駅の上空は初夏の太陽が強烈に照りつけていて、アスファルトからもむっとする熱気が立ち上っていた。

「毒島さん。なんでこの辺のレンタカー屋を聞き込むんですか。波多野は東京に住んでいるんですよ」

Nシステムに映された五人目の赤いレンタカーの借り主の写真が捜査本部から配布されて以来、毒島は取りつかれたように小田原周辺の聞き込みを行っていた。既にすべてのレンタカー屋の聞き込みが終わっていたが、一件の目撃情報も得られなかった。それでも毒島は諦めきれず、この駅前の大型店に二回目の聞き込みを行った。

「そうだと思うが、しかし波多野は車を持っていない。だったらこの辺でレンタカーを借りる可能性は十分にあるだろう」

額の汗を拭いながら毒島はそう答える。

「でもそれでは、死体を運べませんよね」

「なあ、加賀谷。犯人はどうやって、あの山が死体を埋めるのに適していると知ったんだと思う」

「さあ、どうでしょうね。もともとあの辺に土地勘があったとか」

「そうだ。きっと犯人はあの辺に土地勘があったんだ。そしてあの山の周辺を調べてあの場所を発見した。だったらこの辺でレンタカーを借りることは十分にあるじゃないか」

「まあ、そうですが」

毒島と加賀谷はそう話しながら駅前の交差点を渡り、タクシー乗り場にやってきた。三台のタクシーが停車していて、客が来るのを待っていた。毒島はその中の先頭の一台のドライバーに声をかけた。

「すいません。警察ですが、この男を乗せたことはありませんか」

毒島はそう言いながらNシステムが捕らえた波多野の写真を手渡した。

「うーん、いや。ちょっとわかりませんね」

写真を手渡された若い男は、ちょっと考えはしたがすぐに首を捻って写真を返した。

「そうですか。どうもありがとうございます」

毒島は軽く一礼すると、すぐにその後ろの黒いタクシーの窓を叩いた。

「お仕事中すいません。警察ですが、この写真の男に見覚えはありませんか」

タクシーの運転手は女性だった。

「何歳ぐらいですか」

「二〇代前半だと思います」

「見覚えないですね。すいません。お役に立てなくて」

毒島は淡々とした表情で、さらに後ろのタクシーの窓を叩く。

パワーウィンドーが下がったところで、初老の運転手に写真を見せる。

「うーん。もう一〇年以上ここで客を乗せているけど、このお兄ちゃんを乗せたことはないね」

「ご協力ありがとうございます」

「だけど、刑事さんも大変だね。このくそ暑いなか」

初老の運転手は眩《まぶ》しそうに太陽を見上げながらそう言った。

「いやいや、これも仕事ですから」

そう言う毒島のＹシャツは汗でびっしょりと濡れていた。

B

小柳守に自宅の住所を探るメールを出したが、それ以来、一通のメッセージも届かなくなった。自分の自宅が特定されるのが怖くて、遂に麻美を諦めてくれたのだろうか。それならそれで一件落着だったが、そんなに簡単な相手とは思えなかった。

「どうしたの？　浮かない顔をして、何か心配事でもあるの」

そんな武井の一言に麻美はわれに返る。

「いえ、すいません。ちょっと考え事をしてしまって。なんでもないです」

武井との二回目のデートは麻布十番《あざぶじゅうばん》の韓国料理店だった。

『ケジャンが最高に美味い店です。一九時に予約しました』

そんな言葉に釣られたわけではないが、麻美はもう一度、武井に会って確認しておきたいことがあった。

「それで麻美ちゃんはさ、加奈子ちゃんとはその後会ったの？」

話題のきっかけは、やはり加奈子の恋人のアスペさんだった。

「それが会えていないんです。アスペの手塚さんとのエピソードを聞きたかったんですけど、最近わたしの周辺で色んな事件があって、加奈子と会えてないんです。そうそう。武井さんって、ランサムウェアって知ってますか」

「ランサムウェア？　ランサムって身代金って意味だよね。ひょっとしてコンピューターウィルスのこと」

生ビールをゴクリと飲みながら武井は言った。高級そうなスーツの上着は脱ぎ捨てて、左手で青いネクタイを弛めている。

「さすが商社マン、英語でだいたいわかっちゃうんですね。実はわたしの友達がそのランサムウェアに引っかかっちゃったんです。ほら、この間、タクシーを降りた時にわたしに電話がかかってきたじゃないですか」その直前のディープキスの話などなかったかのように麻美は続ける。「あの時の電話がそれだったんです。急に、スマホがロックされたって、もう大騒ぎだったんですよ」

「へえ、そんなウィルスが本当にあるんだ」

「武井さんも気をつけたほうがいいですよ。そのウィルスはスマホからスマホに自動的に伝染してしまうっていう噂もあるらしいですから」

「あ、それで思い出した。麻美ちゃん、スマホの番号教えてよ。ほら、いつもフェイスブックでやり取りしているけど、急な連絡とかはやっぱり電話だからね」

確かに麻美はまだ武井にスマホの番号を教えていなかった。SNSが当たり前になった一方で、かえって電話番号を交換するのが不自然になった。ここで電話番号を教えるのも、なんか昭和の時代に戻ったようで照れくさい。

「でも、大丈夫かしら」

「なにが？」

「私の番号を教えたら、そのコンピューターウィルスが武井さんに感染しちゃうかもしれませんよ」

「それなら大丈夫だよ。実は商社のやってる仕事って結構えぐくてさ。資源開発の国際入札価格を探るために、本当にハッキングとかをやってる海外の会社もあるんだよ。産業スパイからパソコンやスマホを守るために、セキュリティはその辺の会社とは比べものにならないぐらい厳しいからね」

「へえ、そうなんですか」

「それに、とにかく変なファイルをダウンロードしなけりゃいいんだろ」

「まあ、そういうことなんですけど」

その時、真っ赤なタレに漬けられた蟹の大皿料理が運ばれてきた。

「うわっ、美味しそう」

さっそく麻美が箸で一切れちぎり口に運ぶと、醤油《しょうゆ》とコチジャンの辛味が舌を刺激する。さらにたっぷりと脂の乗った蟹の卵に齧《かじ》りつくと、今度は癖になりそうな甘味が口の中いっぱいに広がる。

「渡り蟹のメスは春と秋に産卵を迎えるんだけど、何と言ってもこの時期のここのケジャンは最高だからね。ここは見なかったことにするから、手摑《てづか》みで食べちゃってもいいよ」

武井にそう言ってもらったので、麻美は真っ赤なケジャンを両手で摑むと、思いっきりむしゃぶりついた。さらに蟹の肉を前歯で直接嚙みちぎる。その辛さと甘さが麻美の脳髄を直撃する。もはや何かに取りつかれたかのように、二人ともケジャンを貪ることに夢中で口もきかない。

「ところで麻美ちゃん。インドネシアって興味ある」

最後の一杯を食べ終わり、指についた赤いタレをおしぼりで拭きながら、武井が唐突にそう訊いた。

「インドネシア？　ジャワ島とか、イスラム教でお酒が飲めないとか、そんなイメージしか湧きませんけど。インドネシアがどうかしたんですか」

麻美も汚れた手をおしぼりで拭きながらそう訊き返す。

「外国人は普通にお酒は飲めるけどね。いや、次のプロジェクトがインドネシアの天然ガス開発に決まったんだ」

「そうですか。それはおめでとうございます」

「おめでたいのはおめでたいんだけど。これで少なくとも五年は向こうに行きっぱなしなんだ」

「五年もですか」

「うん」

武井は麻美の四つ上だから、五年もしたら三九歳だ。

「じゃあ、武井さんもいよいよ誰かと結婚して、インドネシアで新婚生活ですね」

いくら武井といえども、いつまでも独身というわけにはいかないだろう。

「いや、これがパリやニューヨークだったらそんなこともあるんだろうけど、何しろインドネシアだからね。実際の勤務地は凄い田舎だし、最近はテロもあったりして、麻美ちゃんも正直あんまりいい印象はないよね」

「すっごい田舎だったら嫌ですけど、わたしはそんなに悪い印象はありませんよ。基本的に海外は好きだから。でもそれがどうかしたんですか」

煩わしい日本のしがらみから解放されるので、自分は海外のほうが合っていると思っていた。いい人がいたら外国人と結婚するのも悪くないと、学生時代には夢見ていた。

「ふーん、それは頼もしいな。いや、麻美ちゃんと一緒にインドネシアに行けたら、きっと幸せだろうなと思って」

武井はなにが言いたいのだろうか。

まさか武井が自分との結婚を考えているというのだろうか。

「武井さん。それって、……どういう意味ですか」

武井はにっこり微笑んだが、それ以上は語ろうとはしなかった。

「ところで武井さん、サークルでわたしの同期だった山本美奈代《やまもとみなよ》って覚えていますか」

インドネシアの話はそこまでという雰囲気だったので、今度は麻美のほうから話題を振った。一瞬、武井の表情が曇るのがわかった。

「ああ、美奈代ちゃんね。確か、麻美ちゃんとも仲良かったよね」

「ええ。いっつも一緒にいたから、本当に姉妹だと思っていた人もいたぐらいなんですよ」

「そうだよね。麻美ちゃんと美奈代ちゃんなら、背格好も似ているし姉妹だって言われても、全然疑わなかったと想うよ。髪の毛こそ美奈代ちゃんは茶髪で麻美ちゃんよりかなり短かったけど。だけど元気で健康的で本当にいい子だったよね」

当時のことを思い出し麻美の顔が綻《ほころ》んだ。

「ええ。卒業後はますます仲良くなっちゃって、家賃が浮くようにと一緒にルームシェアまでしてたんですよ」

「へえ。……でも、じゃあ、亡くなった時も一緒に暮らしていたの」

「……ええ」

途端にテーブルの空気が重くなる。

「後で自殺だったと聞かされてびっくりしたよ。海外にいたからお葬式にも行けなかったけど」

「色んな噂もあったんで、結局お葬式はしなかったんです」

「噂？　ああ、あの噂ね」

麻美は黙ってビールのグラスを口にしながら、そっと武井の表情を窺った。

「……ねえ、麻美ちゃん。あの噂は本当だったの」

「酷い噂を立てられてしまって、美奈代はそれを苦に自殺したようなもんなんです」

「うつ病だったとかも聞いていたけど、やっぱりあの噂が原因で自殺したんだ」

「自殺の本当の原因は、同居していたわたしにもわかりません」

「そうなんだ」

「だけどあの噂が酷く彼女を傷つけていたのは紛れもない事実でした。家に変な脅迫電話がかかってきたこともありましたし、心ないメールにショックを受けて夜中に泣いているのを何度も見ました」

武井は言葉をなくしてビールを飲んだ。騒々しい店内で、いつのまにか二人の席だけがお通夜のように静かになっていた。

「それが原因でご両親とも絶縁状態になってしまったし、結局、美奈代の家族は彼女が死んでも、誰も東京にはやってきませんでしたから」

「まあ、そうかもしれないね。美奈代ちゃんの実家はかなり厳しい家だったらしいから」

「同じ部屋に住んでいたので、わたしと美奈代とは本当に色んなことを話したんです。同じ年で境遇や背格好まで似ていたので、周囲には姉妹かとよく間違われましたが、実際は姉妹以上の関係でした」

「ふーん、そうだったんだ」

「お互いの仕事や恋愛、楽しかったことつらかったこと、本当に色んなことを話しましたよ。もちろん、共通の知人ですから、武井さんのこともいっぱい話題になりました」

「そう……なんだ」

武井はバツが悪そうに顎を撫でた。

「でもやっぱりあの噂は気になりますよね。一度は肉体関係にあった女が、アダルトビデオに出ていたんですから」

武井は大きく目を見開いて麻美を見た。

「ねえ、麻美ちゃん。やっぱり美奈代ちゃんは、本当にアダルトビデオに出演していたの」

「わたしには美奈代がアダルトビデオに出ていたかどうかは知りません。美奈代の口から直接言われたこともありませんでしたし、問い質したこともありませんから」

「ああ、そうなんだ」

「だけど美奈代があんな風になってしまったのは、ひょっとすると武井さんが原因だったかもしれませんよ。だって、彼女、……一度は武井さんの子供を身籠ったんですから」

C

「本部長、ここは思い切って波多野淳史を重要参考人として、公開捜査してくれませんか」

デスクで渋い顔で新聞を読んでいた斉藤《さいとう》本部長は、毒島にそう言われてさらに渋い顔をした。

「波多野は本当に犯人なのか」

その後波多野淳史が東京の他のレンタカー屋で車を借りていないことがわかったせいか、捜査本部内で波多野への嫌疑は今ひとつ深まってはいなかった。

「いや、そうと決まったわけじゃないんですが、現場に駐車してあったあの五台の赤いレンタカーの借主のうち、唯一、この波多野だけが居場所がわからないんですよ」

「しかしこの男が借りた車が現場付近に駐車されていただけで、事件とは何ら関係ない可能性もあるんだろ？」

「しかし免許証の住所は出鱈目《でたらめ》です。波多野は偽造免許証でレンタカーを借りたはずです」

もしも波多野が犯人で五人の死体をあそこに埋めたとするならば、他の偽造免許証を使って車を借りたか、それともその後自分で車を購入したかのどちらかだ。他に有力な情報もない今、ここで公開捜査をしてみるのは妥当な判断だと毒島は思っていた。

「うーん」

「たとえ波多野が犯人でなかったとしても、少なくとも偽造免許証を使った罪で逮捕はできます」

「うーん」

「とにかく今、この男が一番怪しいんです。公開捜査に踏み切りましょう」

「うーん。おまえの言うことも一理ある。しかし、公開捜査の件はもう少し待て。東京で今、波多野の足どりを調べてもらっているところだ」

「そうですか、わかりました。偽造免許証の写真とこのNシステムの捕らえた画像を公開すれば、かなり有力な情報が集まると思いますよ」

「Nシステム？　う―ん、それはどうかな」

Nシステムと聞いた途端に、本部長は急に歯切れが悪くなった。

「えっ、どうしてですか」

「Nシステムはあまりに画像が鮮明すぎて、プライバシーの侵害に当たるという意見も多い。これだけ注目されている事件で、こんな鮮明な画像をマスコミに出したら、ちょっと厄介なことになるかもしれない」

「でもこのままホシが上がらなければ、もっと問題になるでしょう。総理が緊急コメントまで出してるんですよ。このままだと本部長の首だって危ないですよ」

斉藤本部長はデスクの隣のソファに深く座りなおした。

「俺の首なんてとっくの昔に危なくなってるよ。この男が確実に事件と関係があるなら別だが、公開捜査までして事件と全然関係ありませんでしたとなったら、Nシステムのプライバシー問題だけが残ってしまう。そうなったら、最悪、県警トップの首まででふっとぶぞ」

「しかし波多野淳史はそのレンタカーを、偽造免許証で借りてるんですよ」

「だけど毒島。その偽造免許証であの赤い車を借りた波多野淳史が、このNシステムに写った人物だとは言い切れないだろう」

「え、どういう意味ですか」

本部長は毒島の前に一枚の写真を投げ出した。

そこにはインテリヤクザ風の尖《とが》ったメガネをした短髪で髭を生やした男の顔が写っていた。

「これがですか」

「波多野淳史の免許証のコピーだ」

その写真はNシステムが捕らえたオタク風の男とは、似ても似つかない顔だった。

「これは変装なんじゃないんですか。この免許証に写っている髭は付け髭でしょうし、Nシステムのほうはカツラを被っているんじゃないですかね」

「その可能性も否定はしないが、俺には免許証の写真の男のほうが、相当太っているように見えるぞ」

毒島は口を真一文字にしながら二つの写真を見比べた。

「確かにそうですね。しかし口の中に綿を入れているとは考えられませんか。そうして実際よりもだいぶ太っているように見せているのだと」

「だとするとそんな写真を公開したところで、捜査を混乱させるだけじゃないのか。それになにしろこのサングラスだ。Nシステムが撮った写真は完全に目が隠れているぞ。ここまでわからないと、なかなか有力な情報は集まらないんじゃないか」

それを言われると辛かった。実際、毒島が聞き込みをしていても、このサングラスのせいでこれぞという証言は得られていなかった。

「それにこっちの偽造免許証の写真だって、本人のものかどうかは怪しいぞ。そもそも偽造免許証だったら、全然違う顔写真でも作れるからな」

「それはそうでしょうが、だとすると今度はレンタカーが借りられません」

「まあ、街のレンタカー屋がどこまでシビアに本人の確認をしているかだな。でもガイシャの身元さえわかれば、そこまでしなくても捜査は進展するだろう」

「身元が割れそうな情報が出てきたってことですか」

毒島は思わず大きな声でそう訊いた。

「ああ、さすがにそろそろわかるだろう」

B

『今朝、駅で麻美隊長を見かけました。何か真剣に本を読んでいましたが、小説か何かですか。差し支えなかったらタイトルを教えてください』

久しぶりに届いた小柳のメッセージを見て、麻美の顔から血の気が引いた。

確かに今朝、昨日買ったばかりの小説を読んで駅のホームに立っていた。どうやらそれを小柳に見られていたらしい。銀座の映画館や渋谷のレストランなど、今までも小柳はちょくちょく麻美の周辺に出没していたが、それが麻美が利用している祐天寺駅となると、その不気味さは比較できない。こっそりどこかから覗かれたり、知らないうちに尾行されたり、最悪の場合には駅のホームで背中を押される危険性だってありえる。そう思うとさすがの麻美もノイローゼになりそうだった。

こそこそされるぐらいなら、『いっそ、声をかけてくれればよかったのに』と書こうとも思ったが、本当に声をかけられてしまえばそれはそれで恐ろしい。結局、小柳は自分の住んでいるところは明かさなかった。『駅の反対側です』というメッセージこそ送ってきたが、それが事実かどうかも確かめようがない。

ブロックすることもできず、小柳とのSNS上の関係はずるずるとここまで来てしまった。いっそ加奈子の言うとおり、ノーメイクで鼻くそをほじっている画像を送りつけるべきだろうか。

『今、結婚を前提に交際をしている相手がいます。小柳さんの好意はありがたいですが、わたしは小柳さんとお付き合いすることはできません』

ちょっと唐突だとは思ったが、麻美は思い切ってそんなメッセージを送りつけた。ここまで書けばさすがに小柳のストーキングも止まるのではないだろうか。そんな一《いち》縷《る》の望みとともに、心臓が破裂しそうな思いで小柳からのメールを待った。

『それはとても残念です。以前富田さんと一緒にいるところを見かけましたが、麻美隊長は富田さんと結婚するのですか』

すぐにそんなメッセージが返ってきた。

激しく逆上したり、無視されるかもと思っていたので、比較的常識的な返答に麻美はまずはほっとする。

これにどう答えるべきだろうか。

正直に話したら小柳の怒りが富田に向かってしまうだろうか。麻美は小柳の姿を思い出す。大胆なことができそうな男ではなかったが、人事というセクションにいる以上、ひょっとして内部考査などで富田が不利になるような陰湿な嫌がらせをするかもしれない。

しかしそもそも富田との結婚話は、後退するばかりで全然進んでいなかった。

フェイスブックは微妙にリアルな知り合い同士のSNSだから、こんな時は厄介だった。まったくの他人ならば何とでも嘘がつけるが、なまじリアルな知り合いだと下手な嘘はいずればれる。

『今、お付き合いしているのは、富田さんとは別の方です。M商事に勤務しているサラリーマンです。小柳さんも素敵な女性を見つけて、早く幸せになってください』

すぐに武井の顔が浮かんだ。もしもなんかあったら武井と付き合っていることにしてしまおう。それにM商事というブランドに圧倒されて、さすがの小柳も諦めるかもしれない。

もっともそのメッセージも、まんざら嘘というわけではなかった。

美奈代の話をしたにもかかわらず、二回目のデートの別れ際、武井は再び麻美の唇を求めてきた。麻美も敢えて拒否はしなかったが、内心ちょっと呆れてしまった。よく自分が堕胎させた女の親友と、あの話の直後にそういう気持ちになれるものだ。そしてまた悪びれもせず、平然と麻美をホテルに誘ってきた。さすがに麻美は拒否したが、武井は別れ際にこう言うのを忘れなかった。

『普通の大人は初めてのデートではホテルに誘わないけど、三回目のデートの時は誘ってもいいんだよね』

武井ともう一度会おうと思ったのは、美奈代の話がしたかったからだ。だから本当はもう武井と会うつもりはなかった。

昔と全く変わらない女性の扱いが上手いプレイボーイ。

二〇歳にもならない子供だったから夢中にもなったが、さすがに三〇近くにもなれば、男の本当の価値もわかっているつもりだった。

しかし、あのインドネシアの話は本当だろうか。

もし武井が本当に自分との結婚を考えているのならば、そして自分を日本から遠い世界に連れていってくれるのならば、麻美としても考えがないわけではなかった。そこには、今までとは全く違った人生が開けているような気がした。

『相手が富田さんでなくてよかったです。実は彼は社内でよくない評判があって、もしも稲葉さんとお付き合いされているようならば、ちょっとお伝えしなければならないことがあったのです。M商事の方と幸せになってください』

そんなメールが着信していた。

よくない評判？

それはどういう意味だろうか。浮気でもしているというのだろうか。人事部にいる小柳ならば、そんな俗っぽいことだけでなくもっと特別な情報も入手可能だ。まさか会社の金を使い込んだりしたのだろうか。

『富田さんのよくない評判ってなんですか。付き合っているわけではありませんが、知らない仲ではないので、もし差し支えなかったら教えてください』

麻美は思い切ってそんなメッセージを送ってみた。

場合によっては結婚するかもしれない男の「会社内でのよくない評判」となれば看過するわけにはいかない。

『富田さんには長く付き合っていた同級生の恋人がいたのですが、カード詐欺にあってその彼女に少なからぬ借金をしたそうです。それなのに借金を返そうともしないで逆に別れ話をしはじめたので、その同級生だった恋人が激怒して、人事に給料を差し押さえるようにと電話がかかってきたんです。これは人事内でもごく一部の人間しか知りません』

C

「毒島さん。やっとガイシャの身元らしき情報が挙がってきたそうです」

いつもの聞き込みから帰ってくると、加賀谷が開口一番そう言った。

「本当か」

「池上聡子《いけがみさとこ》二三歳。池袋《いけぶくろ》に住んでいましたが、半年前に忽然《こつぜん》といなくなり、知人が警察に捜索願を出したそうです」

「なるほど」

毒島は脇にも背中にもびっしょりと汗をかいていた。背広をハンガーにかけ、ハンカチで汗を拭いながら加賀谷の報告に耳を傾ける。

「三番目に発見された死体と背格好がほぼ同じで、失踪した時期もほぼ一致しました。さらに池袋周辺の歯医者に、死体の治療痕と一致するものがないか調べているそうです」

「ＤＮＡ判定は」

「池袋のアパートはもう引き払ってしまっていたので、彼女の実家に手がかりとなるものがないか問い合わせているそうです」

「その池上聡子の実家はどこなんだ」

「北海道の道北です。しかもかなりの田舎だそうです」

「その池上聡子は、池袋で何をやっていたんだ」

「デリヘル嬢です」

「デリヘル？」

「ええ。池上聡子は高校を卒業してすぐに東京にやってきたそうです。最初は派遣社員として真面目に働いていたらしいのですが、すぐに水商売の世界に入ってしまい、最後は池袋周辺でデリヘル嬢として働いていたそうです」

加賀谷は手帳を見ながらそう言った。

毒島はデスクにあった書類を団扇《うちわ》がわりにパタパタと扇いだ。なんとか額の汗を鎮めようとするが、今日は気温が三〇度を超しクールビズの署内では毒島の汗はしばらく引きそうもなかった。

「そうなのか。それで池上聡子の池袋での交友関係は？」

「そんな事情ですから、あまり知り合いはいません。しかしそのデリヘル店の店長が、一連のマスコミ報道を見て、失踪の仕方があまりに不自然だということで、一昨日、捜索願を出したそうです」

「不自然？　具体的にはどういうことだ」

「池上聡子はそのデリヘル店のナンバーワンだったそうです。それがいきなり半年前にメールを一通送りつけただけで、急に店を辞めてしまったそうなんです」

「それがそんなに不自然なことなのか。そういう世界ならば、まあ、そんなこともあるんじゃないのか。ライバル店にスカウトされたとか」

「実はその店長と池上聡子は恋人関係でもあったそうです。ただの店長とデリヘル嬢という関係ならば、いきなりいなくなるのもわからなくはありませんが、何の前触れもなく恋人でもある自分の前からいなくなってしまったのは、どう考えてもおかしいと言っているそうです」

「二人の交際は順調だったということか」

「結婚の約束までしていたとその店長は言っています」

聞き込みのため炎天下を歩き回っているうちに、毒島の顔はすっかり日焼けしてしまった。その真っ黒な額に浮かんだ汗を手で拭うと、ふと素朴な疑問が思い浮かんだ。

「なあ、加賀谷。その池上聡子の客の中に、波多野淳史はいなかったのか」

「さあ、どうでしょう。ただ本部のほうでも、当然、波多野の写真は見せているはずです。そして少なくとも波多野淳史という名前の客は、その店に登録はなかったそうです」

「俺はデリヘルとかは利用したことがないが、客になるためには免許証の提示とかは必要なのか」

「いらないと思います。名前も偽名で大丈夫なはずです。携帯の電話番号ぐらいは必要だとは思いますが」

「加賀谷。まだ波多野淳史に関する情報は入ってないのか」

あの後、斉藤本部長は、Nシステムの写真と偽造免許証の写真の両方で、全国のレンタカー屋やネットカフェなどに大々的に問い合わせることは約束してくれた。

「さっきも本部に確認しましたが、やっぱりないみたいです」

「そうか」

毒島はそう言いながら、汗で体にぴったりと張りついたワイシャツを指で摘んでパタパタと扇いだ。

A

『今日、おまえが殺されたっていういたずら電話がかかってきました。ママは人違いですよと言っておきましたが、最近、東京は物騒な事件が起こっているので、くれぐれも気をつけてくださいね』

池上聡子のスマホにそんなメッセージが着信していた。

遂に警察は死体を特定して池上聡子の身元を割り出したようだった。

『本当に東京は怖い事件が多くて心配です。今度の夏休みには北海道に帰れるかもしれません。今月のお金、また送っておきましたから、何か美味しい物でも皆で食べてください。　聡子』

男は池上聡子のママにそう返信した。

聡子の父親は五年前に亡くなっていた。母親思いの聡子は毎月数万円、デリヘルで稼いだ金を実家の母親に送金していた。今はそれを男が肩代わりしていたので、実家の母親は自分の娘が生きていることを固く信じて疑わなかった。しかしここはひとつ、ダメ押しをしておいたほうがいい。

男はパソコンの画像編集ソフトを立ち上げた。このソフトは画像だけでなく音声も編集することができた。そしてそこに過去の池上聡子の音声データをドロップする。

『元気ですか。今度はいつお店に来てくれますか。お電話くださーい』

『今日はとっても楽しかった。また指名してくださいね』

『いつもプレゼントありがとう』

『おやすみなさい。バイバイ』

『お仕事、頑張ってくださいね』

『元気ですかー。わたしはとっても元気です』

こんなこともあるかと思い、男は池上聡子からかかってきた留守番電話の音声データをすべてパソコンに保存しておいた。そしてそのいくつかを編集ソフトで切り貼りしてみる。

『わたしはとっても元気です。いつもありがとう。今度、また電話くださーい。おやすみなさい。バイバイ』

パソコンから再生された池上聡子のメッセージは、よく聞けば繋がりがおかしいところもあった。しかし北海道のど田舎に住む聡子の母親が、このからくりに気付くことはないだろう。

時計を見ると深夜の二時だった。

男はボストンバッグの中に入っていた別のスマホを取り出して、池上聡子の母親のスマホを鳴らしてみる。お休みモードにしているのか、それとも眠りこけているだけなのか、何回かの呼び出し音の後に電話は留守番メッセージに切り替わった。

男はその電話を切ると、今度は池上聡子のスマホから、彼女の母親のスマホに電話をかける。

発信音が数回鳴った。

咄嗟に嫌な考えが脳裏をかすめる。

さっきの電話で、池上聡子の母親が目を覚ましてしまったのではないだろうか。

さっきの番号ならば、「間違えました」の一言ですむが、今度は実の娘のスマホからだ。自分が出るわけにはいかないので母親に出られたら切るしかない。しかしこんな深夜に娘から無言電話がかかってきたら何事かと思うだろう。それでなくとも警察から電話が入った直後だ。後で『電波が悪いところにいた』とかフォローのメールはいくらでも打てるが、電話に出ない不信は残る。せっかく上手く騙せていたのに、わざわざ墓穴を掘ってしまったのだろうか。

男は着信音が留守番メッセージに切り替わってくれるのをじっと待った。

珍しく心臓の鼓動が高鳴った。

四回、五回。着信音が男の鼓膜を震わせた。

六回、七回。男は電話を切ってしまいたいという誘惑になんとか耐えながら、祈る思いで受話器に集中する。

やっと留守番メッセージが流れ出したところで、男はほっと息を漏らした。「ピーーーー」という発信音が鳴ったところで、男は編集ソフトの再生ボタンを押した。そしてスマホのマイクの部分を、パソコンのスピーカーに近づける。

『わたしはとっても元気です。いつもありがとう。今度、また電話くださーい。おやすみなさい。バイバイ』

スマホの通話ボタンを切った時、男は額にびっしょりと汗をかいていた。今回はなんとか凌いだが、警察にマークされた以上、もはやこのスマホは早めに処分した方がいいだろう。

しかしメールが急に届かなくなったら、さすがに池上聡子の母親も警察に相談するだろう。そうなってしまえば、警察がこのスマホの位置情報を取得しに来るのは火を見るよりも明らかだった。

スマホや携帯は両刃《もろは》の剣だ。その位置情報が取得されれば、一発でその場所がばれてしまうが、その一方でこの池上聡子のスマホのように、警察から家族に何か連絡があれば、まずは家族からこのボストンバッグの中のスマホに電話が入る。

何かいい方法はないだろうか。

男はパソコンを開くと、使えそうな情報を調べて回った。最悪「Ｔｏｒ」ネットワークで闇のソフトを購入しようと思っていたが、意外と簡単に良さげなアプリを発見した。

それはスマホの位置情報を偽装するアプリだった。

恋人の浮気を見破るために、スマホの位置情報を追跡するアプリができれば、今度はそれから逃げるための位置情報を偽装するアプリも開発される。その手の技術の進歩のはやさは驚くばかりだ。しかし最近この手のアプリは、むしろ「ポケモンＧＯ」のような位置ゲームの裏ワザとして使えるのではと、注目されているようでもあった。

早速、池上聡子のスマホにこの偽装アプリを入れてみよう。

もしもそれが上手くいくようならば、死体が発見されて警察にマークされそうな女のスマホには、すべてこのアプリをインストールしよう。

まだまだ焦ることはない。

スマホを処分するのは、本当に最後の最後でいいだろう。

B

「ねえ、富田君。前にカード詐欺にあった時、わたしお金貸さなかったけど、結局、あのお金誰から借りたの」

その週末、富田の自宅に着いた麻美は、会って早々そう切り出した。あの小柳のメッセージがどうしても頭から離れなかったからだ。

「え？　ああ。昔の友達だよ。高校時代の親友で金持ちの奴がいて、そいつに頼んだら利子付きだけど貸してくれた。本当に助かったよ」

「その親友って、女？　それとも男？」

「え、もちろん、男だよ」

「本当に？」

「ああ、どうしたの。今さら」

この言葉を信じてもいいものだろうか。麻美はじっと富田の顔を見つめる。

「それからさー、わたしにツーショット写真を送りつけてきた例のおっぱいの大きいオンナなんだけどさ」

「ああ？　別に彼女が送りつけたわけじゃないけどね」

「あのおっぱいオンナと富田君は、本当に、過去に何もなかったの。正直なところを教えてちょーだい」

麻美は富田をまっすぐに見据えてそう言った。この男は麻美の目を見て嘘を言うことができない。だから麻美から視線を逸らすようならば、その発言は信用できない。

「え、マジで急にどうしたの」

「いいから。わたしの質問に答えてよ」

「うーん。まあ、高校のときに仲は良かったし、ちょっとだけ付き合っていた時期もあったかな」

「なにそれ。じゃあセフレ。やっぱりエッチとかしたんだ」

「セフレだなんて」

「でもエッチはしたんでしょ」

「高校生だったから、……まだそんなことはしなかったよ」

富田はやや右斜め上に視線を逸らせてそう言った。

「でもなんでそんな昔の話をしなくちゃいけないんだよ。あさみんだって、俺の前に付き合っていた男の一人や二人はいただろう」

珍しく富田の語気が上がる。

本当だろうか。もしも富田とあのオンナに肉体関係があるのならば、小柳からのあのメッセージの信ぴょう性は高い。金に困った富田が元カノに無心に行った。そして本当に焼けぼっくいに火がついた。

「ねえ、カード詐欺のお金を借りたのって、本当はそのおっぱいオンナだったんじゃないの」

「違うよ」

富田は不快気に否定した。

「何が違うのよ。あんた、やっぱりあのオンナとエッチしたんでしょ。そしてお金も借りて返さないから、わたしのところにあんなメールが来たのよ」

「なにそれ。想像でものを言うのもいい加減にしろよ。それとも、誰かがそんなこと言っていたりするのかよ」

珍しく乱暴な言葉を吐いたので驚いた。麻美は飼い犬に手を噛まれたような強いショックと憤りを感じていた。

「想像なんかじゃないわよ。はっきり、そう言っている人がいるのよ」

「何だよそれ。一体、誰だよ」

「あんたの会社の小柳さんよ」

「小柳？　小柳って、あのうちの人事の？」

「そうよ。あのおっぱいオンナから直接人事に電話が入ったんだって」

「え、マジで」

一瞬、富田の表情が曇った。その瞬間、麻美はもうこの男とは長くないような気がしてきた。いつも男と別れる時はこんな感じだ。あんなに仲が良かったのに、いつの間にか富田が遠い存在になってしまったような気がしてきた。

「うん。小柳さん、わたしのフェイスブックのファンらしくて、ちょくちょくメッセージをくれるの。だけどネットストーカーぽくなってきちゃったんで、わたし、彼氏がいるって言っちゃったの。そしたら相手が富田君だと思って、そんな情報までわざわざ送ってくれたのよ」

「だからかな？」

「なにが」

「ねえ、あさみん。武井雄哉って誰？」

麻美の心臓が大きく高鳴った。

「え、なんで富田君が武井さんを知ってるの」

「いや、その小柳がさ。あさみんはM商事の武井雄哉という男と結婚するらしいって、俺にフェイスブックでわざわざ教えてくれたんだよ」

「ええ、本当に？」

「本当」

麻美には、俄《にわか》に何が起こっているのか理解できなかった。

「それで、誰なの。その武井って」

富田はまっすぐ麻美を見詰めてそう言った。

「ただの大学の先輩よ。だけど別に結婚だなんて……」

麻美は左斜め下を見ながらそう言った。

C

「池上聡子が生きている？」

喫煙室で毒島が一人で煙草を吸っていると、加賀谷がいきなりそう言いながら入ってきた。

「本部が本人確認のために実家に連絡を取ったらしいんですよ。そうしたら、いや、うちの聡子は生きていますから、それは別の人ではないかって言われたらしいんですよ」

「どういうことだ？」

「娘が殺されたかもと警察から聞かされた時はびっくりしたらしいですが、その後すぐに本人から電話があったらしいんですよ。今までもきちんと連絡は取り合っているそうなので、だからその死体の人は自分の娘の池上聡子とは別人だと。聡子は池袋で派遣の仕事をしているはずだって」

「その親は池上聡子と電話で話したと言っているのか」

「はい。はっきりと」

「そうか。てっきり派遣というのはデリヘルのことかと思ったが、いずれにせよ母親が本人と話したというのだから、その池上聡子は間違いなく生きているのだろう」

「でしょうね。でもそうなると、あの山で死体で見つかったのは誰だったんですかね。俺もついさっきそんな話を本部で小耳にしただけなんで、何が本当なのかはわからないのですが」

加賀谷は首を捻りながらそう言った。

「そういえば、歯の治療痕はどうなったんだ。池袋周辺で三番目の死体と同じ歯の治療痕のカルテは見つかったのか」

「まだらしいです」

「そうか。もっとも池袋の歯医者に通っていなかったかもしれないしな」

「警視庁はもっと範囲を広げて、一致する歯の治療痕を探しているらしいです」

最初に池上聡子の話を聞いたときは、これで捜査も進展するかと思ったが、またしても事件の全容がわからなく思えてきた。

「池上聡子の失踪届けを出したのは、恋人でもあるそのデリヘル店の店長だったよな」

「はい、そうです」

丸椅子に座った毒島の煙草からは、白い煙がまっすぐに立ち上がっている。加賀谷も自分の煙草をポケットから取り出して口に咥《くわ》える。

「そのデリヘルの店長に、Nシステムに写った波多野淳史の写真を見せた結果は聞いてないのか」

「それがはっきりしなくって、似ている客がいたような気もするが、そうでもないような気もする。まあ、そんな曖昧な感じだそうです」

「あのサングラスの写真じゃ、なんとも言えないか」

「ええ」

毒島は長くなった灰を灰皿に落とすと、煙草を口元に引き寄せる。それを見ながら加賀谷も素早く咥えた煙草に火をつける。

「その店長の連絡先とかはわからないのか」

「どうしてですか」

「いや、本人に直接聞いたらもう少しはっきりすると思ったんだが、まあ、無理な話か」

「ええ。なにしろ池袋ですから。警視庁の管轄ですし」

「ま、そうだよな」

毒島は短くなった煙草を灰皿の縁《ふち》に押し付ける。

「失踪届けが出ている池上聡子と、死体のＤＮＡは一致したのか」

「まだです。北海道の実家の遺留品でＤＮＡ判定をしようとしたのですが、とにかく母親がきっぱりと娘の死亡を否定しているので」

「そうだろうな。実際に電話で話したんじゃ、その池上聡子ではないだろうからな。しかしそのデリヘル嬢はなんで、池上聡子の名前を騙ったんだ」

「まあ、デリヘルみたいな職業ですからね。店に提出する書類だって、どこまで本当のことを書くかは本人任せでしょうから」

「でも田中花子じゃないんだから、池上聡子って偽名にするからには、何か理由はあるだろう」

「ひょっとして二人は知り合いだったとか？」

「まあ、そうかもな。もっともそのぐらいのことは東京のほうでも調べているだろうな。池上聡子はそのデリヘル店では、どんな源氏名で出ていたんだ」

「えっと、キャサリンです」

加賀谷は手帳を見ながらそう答えた。

「キャサリンか。それが本名ってことはあり得ないからな」

「そうですね」

毒島は短くなった煙草を灰皿に押し付けると、小さく声を出して立ち上がる。

「よし、これから風俗関係者も聞き込みの対象としよう。犯人はデリヘルを恒常的に利用していた可能性もあるからな」

そう言いながら毒島は、手垢《てあか》で汚れた波多野の写真をじっと見た。

B

富田に武井とのことをあれこれ聞かれ、なんとも気まずくなって麻美は富田の部屋を飛び出した。悔しいやら悲しいやらで、アルコールを流し込んで布団に入ったものの、やはり悶々《もんもん》として寝付けなかった。

このまま富田と気まずくなって、別れてしまいそうな気がしていた。じゃあだからといって武井とどうにかなるかと思うと、それはそれで違うような気がしていた。一体、自分はどうしたいのだろうか。暗闇の中で自分の気持ちを整理する。自分は富田と武井のどっちを選ぶべきなのだろうか。それとももう一度、一人で生きていく覚悟をするべきなのだろうか。

真っ暗な部屋の中で、麻美のスマホにメールが着信する音がした。

富田からだろうと思い慌ててメールをチェックする。いつもならばこのぐらいの夕イミングで、奴のほうから平謝りのメールが入る頃だ。

だったらいい加減に許してやろうかと麻美は思った。

『麻美隊長の恥ずかしい写真を持っています。今からこれをフェイスブックに投稿します』

そんなメッセージが着信していた。

恥ずかしい写真？

番号には見覚えがなかったが、麻美隊長と言っているところを見ると小柳からだろう。しかし今まで、小柳は麻美のフェイスブックにメッセージを送ることはあっても、直接スマホにメールしてくることはなかった。

嫌な予感がした。

富田や武井のことで頭がいっぱいになっていたが、この小柳守の問題も解決したわけではない。武井との結婚話などで刺激してしまった結果、今後小柳が何をしでかすかは麻美には全く予想できなかった。

その時、新たなメッセージが着信した。

『恥ずかしい写真は、隊長のアドレスにもメールしました』

その一文を読んだ麻美は、急いでスマホのメール転送アプリをチェックする。

そのメールにはいくつかの添付ファイルが付いていた。麻美が恐る恐るそのファイルを開いてみると、そこには驚くべき画像が添付されていた。

一糸纏《まと》わぬ麻美の全裸画像だった。

画像は全部で三枚。上半身だけのもの、髪をかきあげながら腰に手を置いたもの、そして立膝をついて座っているもの。最後の一枚には麻美の大事な部分もしっかり写ってしまっている。もう一度、その画像をチェックするが、間違いなく富田とふざけて撮ったものに違いない。

どうしてこの画像が流出したのか。

しかもそれをなぜ、小柳が持っているのだろうか。

まさか富田が自暴自棄になって、この画像をばら撒いてしまったということだろうか。

もうこの画像は小柳のフェイスブックに投稿されてしまったのだろうか。

麻美は全身の血の気が引いて今にも倒れそうだったが、震える指でキーボードを叩き、自分のフェイスブックのページを開く。

しかし何度ログインしようとしても、なぜか『IDまたはパスワードが違います』と表示されてしまう。

何度も何度もパスワードを入力する。

しかしなぜかはじかれてしまう。どうして？　どうして？　大文字と小文字が間違っているのか。それとも他のパスワードと勘違いしているのだろうか。しかしよく使う別のパスワードを入力しても、やはりはじかれてしまう。

知らないうちに麻美の両目から涙が流れていた。

麻美はとても悲しくなって、ついにパソコンを机に叩き付けた。大きな音とともに麻美のバイオが大きく跳ねた。

富田にこんな写真を撮らせるべきではなかった。あまりに懇願するのでつい許してしまったが、まさかこんな事態になるとは夢にも思っていなかった。すぐに富田に電話をしたが、何度鳴らしても電話に出る気配はない。相変わらず、大事な時に頼りにならない男だった。

『麻美隊長の恥ずかしい写真を持っています。今からこれをフェイスブックに投稿します』

もう一度、スマホに送られてきたショートメールを読み直す。

あんな写真を上げられたら、もう生きていけない。『今から……』というぐらいだから、まだ上げてはいないのかもしれない、このメールの送り主は、いつそれを実行するつもりなのか。

一体、誰が何のためにこんなことをしているのか。

疑わしいのは小柳守だが、麻美は小柳の電話番号を知らなかった。このスマホに表示された見知らぬ番号が小柳のものなのだろうか。ここに直接電話をかけて、何が目的なのか聞き出すべきだろうか。小柳は何かの見返りがあれば、この画像を流出させないかもしれない。

いずれにせよ、電話をしなければわからない。麻美は恐る恐るその謎の携帯番号をタップする。

一回、二回、……、呼び出し音が鳴り響く。

本当に相手は小柳守なのか。それとも小柳を騙った別人か。一体、どんな人物がこの電話に出るのだろうか。そしてこの画像の見返りのために何を要求されるのだろうか。それはやっぱりお金だろうか。それとも麻美自身なのだろうか。

しかし何回呼び出しても、電話に出る気配がない。

どうしろというのか。このまま恐怖の中、次の要求が来るのをじっと待っていろというのだろうか。

喉がからからに渇いていた。よく見るとファイルは四つ添付されていた。最初の三つは麻美の全裸画像だった。しかし最後の一つはさっきタッチした時には開けなかった。その最後の添付ファイルをもう一度タッチしてみるが、やっぱり開かない。この四番目のファイルには何が添付されているのだろうか。

その時、いきなり手にしていたスマホが鳴った。

心臓が止まるほど驚いたが、そこには見たことのない番号が表示されていた。ついに犯人から直接電話がかかってきたのだろうか。そしていよいよこの電話で、身代金などの要求を伝えようとするのだろうか。麻美は震える指でスマホの「通話」ボタンをタッチする。

「……もしもし」

『もしもし、武井ですが、麻美ちゃん、酷いじゃないか。一体どういうつもり』

電話の声は武井だった。

「え、何がですか。もしもし、武井さん。何かあったんですか」

『ねえ、麻美ちゃん。フェイスブックのあの画像削除してよ。どういうつもりであの写真をアップしたの。それに方々に僕の悪口を書いているみたいだし、いい加減にしてくれるかな』

武井は別人のように怒っている。

「え、何のことですか」

麻美には、武井の言っていることがまったく理解できなかった。

『まあ、僕も結婚していたことを内緒にしていたのは悪かったと思うけど、でも、いきなりフェイスブックにあんな投稿を上げるのはルール違反だよ』

武井が結婚？　ますます意味がわからない。しかしその口調から、電話の主がかなり立腹していることは間違いなかった。

「武井さん。ちょっと待って……」

『とにかくすぐに削除してくれ。でなければこっちも、法的な手段を取らせてもらうからね。じゃあね』

そう言い捨てられて電話は一方的に切れてしまった。

やはりフェイスブックだ。麻美のフェイスブックに何かが起こっているに違いない。すぐにもう一度、フェイスブックにログインしようとするが、やはり『ＩＤまたはパスワードが違います』と表示されてしまう。

なぜだろうか。

麻美はすぐに加奈子のスマホに電話をかける。この時間に起きているだろうか。そもそも週末の夜に、麻美の電話に出てくれるのだろうか。発信音が八回鳴ったところで、スマホから「もしもし」という加奈子の気だるそうな声が聞こえてきた。

「もしもし、加奈子。あのね、フェイスブックに入れないんだけど」

『ああ、やっぱり』

「やっぱり？　それに武井さんから変な電話はかかってくるし、ねえ、加奈子、わたしのフェイスブックって見れる？」

『今、まさに見てるわよ』

「どうなってるの」

『あなたのフェイスブックに、武井さんとあなたがキスをしている写真が投稿されているわよ』

「ええ、どういうこと」

麻美の頭はパニックになった。どうしてそんな写真が、しかも自分のフェイスブックに上がっているのか。

『これはやっぱり、あなたが上げたものではないのね』

「もちろん。そんな写真撮ったこともない。それどころか、さっきからフェイスブックにログインしようと思っても、どうしても入れないのよ」

『フェイスブックにログインできない?』

「そうなの。さっきから何回もログインしているのに、何回やってもダメなのよ」

『麻美。きっとあなたのフェイスブックが、誰かに乗っ取られたのよ』

「乗っ取られた?」

『うん。それにね。わたしのところにも麻美の名前で、やばいメッセージがいっぱい送られているわよ』

「やばいメッセージ?」

『武井雄哉は妻がいるにもかかわらずわたしの体を弄《もてあそ》んだとか、M商事の武井は愛人が十人もいる酷い男だとかって』

「何それ。わたし、そんなメッセージ送ってないわよ」

『だから乗っ取られたんだって。誰かが麻美のフェイスブックを乗っ取って、麻美の代わりにキス写真を投稿したんだって。麻美がフェイスブックにログインできないのは、乗っ取った誰かが勝手にパスワードを変更してしまったからよ』

「加奈子、どうしよう」

『ちょっと待ってて。フェイスブックを取り戻す方法を急いで調べてみるから。わかったら後で電話するわね』

　そう言って加奈子の電話が切れた。

　麻美の頭は完全に混乱していた。小柳から送られてきた裸の画像。武井からのクレーム電話。そして結婚？　さらに乗っ取られた麻美のフェイスブック。そこに投稿されたらしい武井とのキス画像と謎のメッセージ。

　その時、ドアの向こうから大きな音が聞こえてきた。

　ガコンガコンと誰かが階段を上がってくる音がする。それがハイヒールの音ではないことはすぐにわかる。部屋の時計を確認すると、深夜の一時になろうとしていた。

　やがて足音は階段を上りきり、ゆっくり麻美の部屋のほうに近づいてくる。

　麻美の右隣の部屋は一人暮らしの学生のものだった。そして左隣に、最近、誰かが引っ越してきた。

麻美はまだその人物と会ったことがなかった。

まさか。

まさか、それが小柳守だったなんてことはないだろうか。

麻美は慌ててキッチンに飛び込みシンクの下の棚を開けた。そこにあった一番大きい包丁を握り締め、ドアのロックを凝視する。鍵はきちんとかかっているが、こうしてみるとなんとも頼りない。薄いドアなど大男がタックルすれば、簡単に破られてしまいそうな気がした。

廊下を歩くゴンゴンとした大きな靴の音が聞こえてくる。一歩、そしてまた一歩。その足音はゆっくり麻美の部屋に近づいてくる。そしてその音が麻美の部屋の前でピタリと止まった。

もはや麻美は腰が抜けて立っていられなかった。

両手に持った包丁だけが頼りだったが、手が震えすぎて自分を傷つけてしまいそうだ。

麻美は身を固くしてじっと耳を澄ませる。もしもあのロックが解除されてしまったらどうしよう。ドアのロックが解除されたら、小柳のようなひ弱そうな男でも、とても抵抗などできないと思った。

時間が過ぎるのがとてつもなく遅い気がした。

五秒ぐらいの時間が五分ぐらいに感じられた。

麻美の心臓は大きく高鳴り、思わず恐怖に目をつぶった。

ガチャン。

遂に鍵が開けられた。

そっと目を開けると、麻美の部屋の鍵は閉まったままだった。

その音は隣の部屋の音だった。続いて隣の部屋のドアが開く音が聞こえてきた。

麻美はどっと床にへたり込むと、包丁を床に置いて肩で大きく息をした。全身にはびっしょり嫌な汗をかいていた。

今すぐ警察に行くべきだろうか。

でも何か暴力を振るわれたわけではない。

フェイスブックに入れないのは取り合ってもらえないだろうが、ヌード画像による脅迫は立派な犯罪だ。しかしその時はこの画像も見せなければいけないのだろうか。

他に何かいい解決方法はないものか。もう一度、富田に電話をしてみたが、相変わらず出る気配がない。本当に使えない。

もう一度加奈子に電話をしてみようと思ったが、せっかく解決方法を探しているのに邪魔をしては申し訳ない。だからといって、このまま何もしないうちに、あの写真をフェイスブックに投稿されたら堪《たま》らない。

ふとパソコンのメールをチェックしてみることを思いついた。

『麻美隊長の恥ずかしい写真を持っています。今からこれをフェイスブックに投稿します』

やはりそこにもスマホと同じメッセージと四つのファイルが届いていた。パソコンならばこの四つ目のファイルが開けられるのかもしれない。

アドレスを見るとyanagiという文字列があった。

やっぱり小柳守だ。あの男がこれを送りつけてきたに違いない。

あの小柳守は麻美と同じ祐天寺のどこかに住んでいるはずだ。どうしよう。この画像をフェイスブックに上げられるのも恐ろしいが、それをしようとしている人間が、麻美の部屋の近くをうろついているかもしれない。

やはり今から警察に行こう。

そう決意しながら四つ目のファイルをクリックした瞬間だった。

「あ」

麻美は小さく声をあげた。

『このデバイスはロックされました。ロックを解除して恥ずかしい写真を投稿されたくなかったら、二四時間以内に三〇万円を払いなさい』

C

「この写真の人物に見覚えはありませんか」

黒服に蝶ネクタイの店員にNシステムの捕らえた写真を見せたが、首を横に振るばかりだった。ファッションヘルスと書かれたけばけばしいネオン看板の足元には、誰かが嘔吐《おうと》した残骸があった。

「こっちの写真はどうですかね」

今度は偽造免許証に使われていた写真を見せる。

「いや、ちょっと記憶にはありませんね」

結局小田原の風俗店をすべて当たったが、波多野に見覚えのある人間はいなかった。ヘルスやソープのような店舗型の風俗は、こうやって来店さえすれば聞き込みができた。しかし本命であるデリヘルは、事務所の所在も曖昧でなかなか捜査は進んでいなかった。

「やっぱりこっちには出没していないんじゃないですか」

加賀谷のそんな一言をスルーしながら、毒島が風俗街の派手なネオンをあとにすると、その隣の小さなネットカフェの看板が目に入った。

「おい、加賀谷。今度はあそこだ」

毒島がそう言って指さした雑居ビルの三階には、ネットカフェ「レインボー」と書かれた看板があった。

「さあ、ちょっと心当たりがありませんね。チーフ、こんなお客さん見たことある？」

そのネットカフェの店長は、「レインボー」と書かれた茶色いエプロンをしていたバイトの男に話しかけた。受付などの実際の接客は、バイトチーフのその茶髪の青年がやっているらしい。

「この人ですか？」

「ええ。ある事件の鍵となる人物なんですが、見かけたことはありませんかね」

「うーん」

茶髪のバイトは、小首を傾げながら何かを思い出そうとする。

「どこかで見たような気もするんですが、このサングラスじゃわかりませんね」

「じゃあ、この写真はどうですか」

毒島はそう言って、今度は偽造免許証の波多野淳史の写真を見せる。

「うーん」

「どうですか？」

「この人とさっきの人は同じ人なんですか？」

「別人かもしれませんし、さっきの人物が変装しているのかもしれません」

「そうなんですか。でも、こんなヤクザみたいな人が入店したら、忘れるはずはありませんね」

そう言いながら男は毒島に偽造免許証の写真を差し戻す。

「そうですか」

「もう一度、さっきの車を運転している写真を見せてもらえませんか」

茶髪のチーフが神妙な表情でその写真を見つめる。その横で店長も何かを思い出そうと、頭を捻って考える。壁の時計は午後八時を指していた。何かを思い出そうとするバイトの横顔を見つめながら、毒島は出された紙コップのコーヒーを一口啜る。ただの黒いお湯のようなイマイチな味だった。

「どうですか、見覚えはありませんか」

「うーん、見たような気もしますし、そうでないような気もします」

見たような気がする？　茶髪のバイトははっきり見たことがないとは言わなかった。

「客の中にこの男に似た人物がいたってことですか」

毒島はそう訊いてみたが、なおもバイトは小首を傾げてその写真を見つめている。

「どこかで見かけたような気はします。しかしこういうタイプの人はよくうちの店に来るので、ひょっとしたらそういう人たちと似ているだけなのかもしれません」

その返答に毒島は内心がっかりする。

「ところでこちらのお店では、入会時にどうやって個人の特定をしているのですか」

未成年の深夜の利用を規制するため、どこのネットカフェも身分証明書の提示を義務付けているはずだった。

「免許証とか学生証とか、あと色々ですね」

バイトがちらりと店長を見る。

「それらの資料はありますよね？」

「ええ、もちろんです」

バイトに聞いたつもりが、店長が大きな声でそう答えた。

「それを見せてもらえたりしますか」

「え、……今ですか」

店長があきらかに困惑した顔をした。

「はい。何か問題がありますか」

「警察の要請とあれば見せられないことはないんですが、何分にも整理ができてなくて、ちょっと今すぐとなると困っちゃうんですが」

確かにカウンターの奥は雑然としていて、顧客管理などはかなりルーズなのだろう。

「そうですか。ところでこのお店のお客さんで、波多野淳史という人物の登録はありますか。おそらく二〇代ぐらいの若い男性ですが」

「波多野淳史さんですか。ちょっと待ってくださいね」

店長がカウンターの奥のパソコンを操作し始めた。さすがに顧客の氏名はきちんとパソコンで管理されているようだ。

「えっと、波多野……何さんでしたっけ」

「淳史です。波多野淳史」

「波多野、淳史さんですか。いや、うちには登録はありませんね」

B

麻美のパソコンがランサムウェアに乗っ取られた後、すぐに麻美は浦野善治の名刺を探しはじめた。深夜一時にその番号に電話をするのは躊躇われたが、麻美にはもはや浦野に縋るしかなかった。

幸いにも浦野と連絡がつきパソコンを診てもらうことは快諾してくれたが、明日も明後日も仕事で麻美のパソコンを診る時間がないということだった。「誰か代わりの人間を当たってみます」と言って電話は切れたが、その数分後に「適任者がいないので、タクシー代を払ってもらえれば今からそちらに伺います」という電話がかかってきた。

こんな深夜に若い男を部屋に入れるのは抵抗がなくはないが、あの真面目そうな青年ならばそんな間違いも起こらないはずと麻美は思った。それに何しろ時間がない。こうしている間にも、犯人があのヌード画像をフェイスブックに上げてしまうかもしれないのだ。

「この前、富田さんのスマホを襲ったのと同じランサムウェアならば、復元ツールがありますからすぐに解除できます」

熱いコーヒーを淹れると、浦野はにっこり微笑んでそう言った。

「本当にこんな時間にすいません」

「いいんですよ」

そう言われたが、麻美には気になることがあった。もしもこのままパソコンのロックが解除されても、今回ばかりは解決とは言えない。犯人の手許にあの画像があり、麻美のフェイスブックが乗っ取られている以上、いつあの画像がばら撒かれるかわからないのだ。ここは正直に、浦野にすべてを話すしかないだろう。

「実は浦野さん、この前とはちょっと事情が違うかもしれないの。実はこういう脅迫メールが来てたんです」

『麻美隊長の恥ずかしい写真を持っています。今からこれをフェイスブックに投稿します』

麻美は浦野にそうディスプレイされているスマホを見せた。

「画像？　どういう画像ですか」

そう言われて麻美は一瞬躊躇したが、これも見せなければ何も解決しないだろうと思い、上半身だけ写っている一番無難なヌード画像を浦野に見せた。

浦野は目を丸くして、スマホのヌード画像と麻美の顔をまじまじと見比べる。

やがてその視線はピンクのTシャツに隠れている胸の隆起や、さらにもっと下の部分に移っていった。麻美が思わずその視線に耐え切れなくなって顔を伏せると、同時に頬が熱くなるのを感じていた。

「これは、……稲葉さんですよね」

浦野のその一言でやっと長い沈黙が破られた。

「そうなの。だからこのパソコンが復活すれば事件が解決するというわけでもないの。いっそ、三〇万円払っちゃったほうがいいのかな」

「この画像はどこで撮影されたものですか」

「富田君がわたしに内緒で撮影したの。でもまさかそれがこんな風に流出するとは」

本当は合意のもとだったが、浦野の手前、麻美はちょっとした嘘をついた。

「うーん、そうなると、このランサムウェアを送りつけた張本人が、どこかで富田さんからこの画像を手に入れたということですね」

「さあ、富田君と連絡が取れないんでその辺はわからないけど、警察に連絡したほうがいいのかな」

「まあ、それに越したことはないと思いますが、この画像を送りつけてきた人物に心当たりはないんですか」

そう言われて、麻美は小柳守に関する今までの経緯と、麻美のフェイスブックが乗っ取られてアクセスすらできないことを説明した。

「じゃあまだフェイスブックが、乗っ取られたことは通報していないんですか」

「うん」

「それは大変だ。いますぐフェイスブックに通報してください」

「だけど、ほら。これだから」

麻美はそう言って、人質になって全く反応しないパソコンを指差した。

「あ、そうでしたね。じゃあ、僕のパソコンをお貸ししますので、今すぐ、通報だけしちゃってください」

そう言って浦野は自分のパソコンを麻美のほうに差し向ける。フェイスブックから稲葉麻美と検索してみる。その中から自分のページを探り当てると、そこには武井と飲んだ時の画像が投稿されていた。そしてその最後の一枚は、帰り際に強引に武井にキスを迫られたときのものだった。しかしその写真からは、愛し合っている二人が人目を憚《はばか》らず抱擁しているだけにしか見えない。

「僕の言うとおりにやれば、すぐにフェイスブックに通報できますから」

浦野はこの写真の存在に気が付かなかったのだろうか。特にこの写真のことを触れないでくれたことに感謝しながら、麻美は浦野の指示に従ってパソコンを操作する。

「これで通報はできました。でもすぐにシャットアウトしてくれるというわけでもありませんが」

「そうなんだ」

さすがの浦野でもそこまでのテクニックはないらしい。

「ねえ稲葉さん。ひょっとして、このランサムウェアを送りつけたのが富田さんってことはありませんか。または富田さんが誰かとグルになって稲葉さんを陥れたとか」

浦野がそんなことを聞いてきた。

「まさか」

「でも稲葉さんのヌード画像を撮影したのは富田さんだったんですよね」

「それはそうだけど」
確かに富田と気まずくなってはいたが、こんな手の込んだ無茶をあのバカがすると
は到底思えなかった。
「富田さんとは連絡はつきましたか」
「いや、それがまだなの」
浦野は暫《しばら》く考え込んだが、すぐにキーボードを叩きだした。
「まずはこのパソコンを復活させましょう。身代金のリンク先はメモりましたので、
身代金を払うことはいつでもできます。しかしそのショートメールの発信元の電話番
号があれば、犯人の手がかりにはなると思います。それにお話を聞いていると、十中
八、九、犯人はその小柳という男でしょう」
「そうね」
「稲葉さん。目には目をじゃないですが、いっそこの発信元に違うランサムウェアを
送りつけてパソコンやスマホを人質に取るっていう方法もありますよ。それと交換条
件で画像の流出を止めさせるとか」
浦野は急に手を止めて麻美を見つめた。銀色のメガネごしのその眼差しが妙に自信
に満ちていた。
「でもそれって、かえって逆上しないかしら」

「まあ、それもそうですね。じゃあ稲葉さんが矢面に立つとまずいので、警察を装って大人しく画像を返さないと逮捕するぞっていうメッセージを送ってみましょうか」

「そんなことができるの」

「ええ。クラッカーはなまじ技術に頼っているだけに、自分より技術のあるハッカーやクラッカーには弱いんですよ。しかも警察の存在をほのめかせば、あっさり白旗をあげるかもしれません」

　この色白の成年はどんな技術を持っているのだろうか。

　その生真面目そうな横顔を見つめてみる。第一印象こそひ弱なオタク青年だったが、こうやって見ると随分頼りがいのあるいい男のような気もする。しかし恋愛対象となるとさすがに年齢差がありすぎるか。そんなことを思いながらその横顔を見つめていると、急に浦野が麻美に顔を向けたのでドキリとした。

「やっぱり、富田さんのスマホを襲ったのと同じ奴でしたね。待っていてください。すぐに復元させますから。麻美さんはこのパソコンのバックアップとかしていますか」

「ううん」

　スマホはもちろん、麻美はパソコンのバックアップなどしたことはなかった。

「じゃあ、また狙われた時に備えてバックアップしときますね。ところでどうします？　本当に身代金を払いますか」

どうしようか。犯人の手許にあの画像がある限り心配は尽きない。しかしそう言われたところで、ポンと三〇万円が出てくるわけでもない。そして何より、三〇万円払ったからといって、犯人がそれで諦めてくれるとは限らない。むしろこれは金づるになると思われて、第二、第三の要求をされてしまうのだろう。

「いや、だからといってお金もないし」

そう答えている間に、浦野はあっさりランサムウェアを解除してしまった。

「そうですか。じゃあ、身代金は払わないということでいいですね」

「はい」

「じゃあ、次に稲葉さんのフェイスブックを取り返しましょう。少なくともそこにあの画像が投稿されなければ、知り合いに見られることはないわけですから」

「確かにそうかもしれないわね」

そういう考え方もあるのかと思った。とにかく麻美の知り合いにあの画像が見られるのだけは避けたかった。

「じゃあ、後は僕に任せてもらえませんか。ちょっと考えがあるんで、上手くすれば犯人を特定できて、二度とこんなことはできないようにさせられるかもしれません」

そんな自信ありげな浦野の横顔を見ていると、この青年に任せておけばパソコンやスマホに関してはなんでも解決してくれそうな気がしてきた。

「本当に？」

「ええ。あと富田さんにその小柳って男に連絡を取ってもらって、事の真相を尋ねるように伝えてください」

A

稲葉麻美に送ったフィッシングメールを手がかりに、そのフェイスブックのパスワードは特定できていた。そうなるといつでも麻美のフェイスブックを乗っ取ることは可能だったが、それが最終目的ではない。男は今までもそうだったように、麻美のフェイスブックに忍び込んで、その人間関係や生活情報を丁寧にかつ大量に取得していった。

特に麻美の恋人、友人、家族、そして職場の人間関係は、入念に調べ上げる必要があった。所詮、派遣だったから、職場の人間関係はあっさりとしたものだった。派遣会社のチーフと派遣先の部長の連絡先を取得しておけば、欠勤などの日々の連絡は十分だった。職場はかなり若い女の子が多いらしく、ちょっと年齢が離れた麻美には特に親しい友人はいないようだ。

家族構成は鳥取に母親と妹がいるのはわかっていた。高校の同級生と偽って、麻美の実家に電話をかけてみると、ここ数年帰省していないことがわかった。しかも親子関係がしっくりしていない様子が母親の言葉の端々《はしばし》から感じられた。

恋人である富田は、スマホを拾われた段階で既に男の術中に嵌まっていた。加奈子は友人の一人に加奈子という女性がいて、その人物とは頻繁に会っていた。加奈子のやりフェイスブックをやっていたので、麻美のページに残された過去のメッセージのやり取りで二人の間の情報もかなり集まった。唯一、この友人だけが面倒だと思ったが、何かあったら、最悪殺してしまえばいいと思った。

しかし途中で武井とかいう男が現れたのは想定外だった。

武井にいくつかのマルウェアを送りつけてみたが、かなり厳しいセキュリティソフトを使っているらしく、ことごとく排除されてしまった。会社の個人情報の取り扱いも厳しいようで、「お中元を贈りたいので」と総務に電話をしても、会社気付で送るように言われ、自宅の住所すら特定することができなかった。

クラッキングは地道な努力の積み重ねだ。

男は覚悟を決めて、一週間会社帰りの武井を尾行することにした。

住所は初日にすぐにわかった。

わかった住所から彼の家族構成を調べ上げると、彼には既に妻子がいた。そのくせ武井は、平日の夜に頻繁に若くて美しい女性とデートをしていて、それらの女性とベイエリアのホテルに行くこともしばしばあった。

そんなある日、麻美と武井がデートをすることをフェイスブックを盗み見て知ることができた。二人を尾行すると麻布の韓国料理店に入っていった。やがてその店を出てきた二人はしばらくタクシーを探して歩いていたが、いきなり武井が稲葉麻美を抱きすくめた。そして路上でキスをした。男は尾行の時は必ず高性能カメラを携帯していたので、幸か不幸か偶然にもあの写真が撮れてしまった。

そうなれば、あとはこのキス画像をばら撒くだけだった。

満を持して麻美のフェイスブックページにログインすると、そのパスワードを変更した。そして武井の顔をタグ付けしてそのキス画像を全ての「友達」が見られるように投稿した。さらに他の女性との武井の密会写真や家族との写真も投稿し、いかにも麻美が武井に弄ばれたかのようなコメントを書き込んだ。

さらに男はダメ押しとして、このキス画像や数々の女とホテルに入っていく写真を武井の妻や上司あてに郵送した。

これで武井の社会的信頼は大きく失墜することだろう。場合によっては、離婚という事態に陥るかもしれない。そしておそらく武井は自分のフェイスブックページを閉鎖するだろう。そうすればこれで二度と武井は麻美に接触しないだろうし、麻美も武井に会おうとは思わないはずだ。

武井と麻美が怪しい関係にあることは、既に富田には刷り込んだ。その富田がこのキス画像を見てしまえば、二人の仲はさらに冷え込むはずだ。あとは仕上げとしてあの麻美の全裸画像をばら撒いて、富田との仲を決定的に裂けばいい。さすがにこの画像を富田がばら撒いたとは思わないだろうが、その原因を作った張本人を決して稲葉麻美は許さないはずだ。

しかし予期しないことが一つ起こった。

どうしてこんな動画がここにあるのか。

男はパソコン上で動くその悩ましい映像を見つめながら、大きく腕を組んで考えた。

C

「これだけ聞き込んでも有力な情報がないんですから、やはり波多野淳史はこの辺には出没していないんじゃないですか」

相変わらず毒島と加賀谷は小田原を中心に聞き込みを続けていた。レンタカー屋やネットカフェ、そして風俗店だけではなく、最近では登山用品、釣り道具を売っているショップなどにも、毎日、Nシステムと偽造免許証の写真を持って聞き込みを続けていた。

「でも他に何か重要な手がかりがあるわけでもないだろう」

「まあ、そうですが。腰が重かった斉藤本部長が、やっと波多野淳史を重要参考人として公開捜査したんで、きっともうすぐいい情報が飛び込んできますよ」

加賀谷が額の汗を拭いながらそう言った。アスファルトから照り返すもあっとした空気が、二人を包んでいた。

「だけど免許証のほうの写真だからな」

本部長は偽造免許証の写真で公開捜査に踏みきった。五人目の死体が発見されて以来、暫く新しい情報がなかっただけに、マスコミはこの情報に食いついた。そして案の定、本部には有象無象《うぞうむぞう》の波多野淳史情報が寄せられていた。

「ところで、結局、あの三番目の死体の身元はわかったのか」

「いや、それがよくわからないらしいんですよ。デリヘル店の店長はその死体こそ池上聡子だと譲らないそうですが」

毒島はハンカチを取り出すと額の汗を拭った。まるで梅雨明けをしたんじゃないかと思えてしまうほど、夏の陽が燦燦《さんさん》とふりそそいでいた。

「そう言えば、その店長が妙なことを言っているそうですね」

「何て言ってるんだ」

「池上聡子のスマホがまだ生きているって」

「池上聡子のスマホが生きている？　え、別におかしくはないだろう。池上聡子の実家だって、彼女と連絡が取れたんだから、スマホが生きているのは当然だろう」

「いや、それはわかりますが、デリヘル店の店長が生きていると言っているのは、池上聡子と名乗っていたデリヘル嬢のスマホですよ。死んだ人のスマホが何ヶ月も経つのに電源が切れていないのは変でしょう」

　駅前には客待ちをしているタクシーが二台あった。毒島は躊躇わずにそこに向かって足を進める。

「あの三番目の死体が本当にそのデリヘル嬢だったとすれば、それは確かに変だな。でもそれって、どこかで電源に繋がりっぱなしだという可能性もあるぞ」

「そんなことがありますかね。だってとっくの昔に、デリヘル嬢だった池上聡子のアパートは引き払われているんですよ」

　毒島は空車のタクシーの運転席の窓を叩いて、運転手に波多野の写真を手渡した。初老のドライバーは眼鏡を外してその写真を見たが、やがて首を捻って写真を返した。

「五人のガイシャのスマホや携帯は一つも見つかっていないんだよな」

「もちろんです」

毒島は後続のタクシーの運転手に声をかける。

「何か事情があってその北海道の実家で連絡が取れた池上聡子のスマホを、デリヘル嬢の池上聡子が借りてたんじゃないのか」二台目のタクシーの運転手に首を横に振られた毒島は、加賀谷にさっきの話の続きをする。「しかし殺される直前に、そのスマホを返却した」

「なるほど。そう考えると辻褄《つじつま》はあいますね。でも何でそんなことを？」

「さあ。だけど本部もとっくに池上聡子のスマホの位置情報は調べたんだろう？」

「はい。そうらしいです」

「それでそのスマホの持ち主が生きていると判断したんだろう。だからその線はあまり重要視されていないんじゃないか」

「まあ、そうなんでしょうね」

「あともう一つ考えられるのは、死んだ池上聡子のスマホはとっくの昔に解約されて、今はもう他の誰かがその番号を使っているだけっていうこともあるけどな」

B

「ごめん、今回の件は本当に申し訳ない。三〇万円は俺が払うから」

十何回目かの富田の謝罪を聞きながら、麻美はもはや怒る気力をなくしていた。そもそもこの男に写真を撮らせたのは自分なのだから、一方的に責めてばかりにもいかなかった。

「だけど、どうやって画像が盗まれたんだろうね」

「うーん、やっぱりあのカード詐欺事件あたりだろうね。何かのウィルスで根こそぎスマホのデータを持っていかれたのかもしれない」

以前なら、そんな富田を激しく叱責するところだが、今では麻美もランサムウェアに引っかかった張本人だ。サイバー犯罪は実に巧妙に人の弱みに付け込んでくる。本気で狙われたらどんなに気を付けていても逃れようがないと思った。

「さすがに新しいスマホに機種変更することにしたよ。アイフォンのほうがウィルスには強いらしいけど、電話番号って持ち越せるのかな」

今さら機種変更をしたところで時既に遅しだが、だからと言っていつまでも同じスマホを持たれるのも気味が悪い。また新たな流出事件が起きないとも限らない。

「できると思うけど、いっそ番号も変えちゃえば。ねえ、それよりも小柳さんに何か聞いてくれた」

麻美は氷で薄まってしまったアイスラテをストローで啜りながらそう訊いた。富田のアイスコーヒーは随分前に氷だけになっている。

「ああ。それなんだけどさ。小柳はそんなメールは送ってないって」

「本当に？」

「そもそもそんなメールどころか、フェイスブック自体ここ数ヶ月やっていないって。だからあさみんのことを話しても、なんのことだかさっぱりわからないって」

「嘘だ。だってもう何十回もフェイスブックでメッセージのやり取りをやってるんだよ。食事しようとまで言われたんだから」

「いや、俺もM商事の武井の件でメールもらってたから、そんなことは絶対ないと思ったんだよ。だけどよく見たら、俺のフェイスブックの友達に小柳守っていう奴が二人いたんだよ」

「え、どういうこと？」

「フェイスブックに小柳守という友達が二人登録されていて、その片方は確かに休眠状態で、人事の小柳守が言うとおりだった。一方で俺に武井雄哉があさみんと結婚するってチクってきたのは、もう一人の小柳守のほうだったんだ」

「そうなんだ」

二人の間に沈黙が広がった。

きっと休眠状態ではないもう一人の小柳守が、なりすましなのだろう。

麻美は犯人の狡猾さに舌を巻いたが、それとは別に気になっていることが一つあった。

富田は麻美のフェイスブックページに上がってしまった武井と麻美のキス画像を見ただろうか。本来なら大喧嘩になるところだが、富田のスマホから麻美のヌード画像が流出してしまったのだから、それどころではないと麻美は開き直っていた。

とにかく直近の問題は、その画像だった。

麻美のフェイスブックこそ取り返せたが、あの画像が犯人の手にあることには変わりはない。例えば小柳守のなりすましページであの写真を投稿される可能性だってあるはずだ。

今や世の中に、女性の裸など山のように流通している。麻美よりももっと美人でスタイルのいい裸だってたくさんある。そんな裸の大海に、麻美の画像が一滴紛れ込んでも世間的にはたいした影響はない。しかしそれが身近な人物に見られるとなると、麻美としては耐えられなかった。

「ねえ、もしもあの画像がフェイスブックとかに上げられたら、どうやって削除すればいいのかな」

「多分、削除依頼とかをするんだと思うけど、今度、調べとくよ」

「今度じゃなくて、今、調べて」

富田は慌ててスマホを取り出し、真剣な表情で画面をタッチしはじめる。

「多分、厄介なのはタグ付けってやつなのよ。わたしの顔はタグ付けされちゃってるから、頼んでもいないのにあの画像がアップされたら、私の知り合いにご丁寧に連絡が行ってしまうんじゃないかしら」

こんなに怖いことはなかった。

ハリウッドスターや人気キャスターのヌード流出は、それ自体が拡散してしまう価値があるから一度流出してしまうと、もう止めようがない。それと同様に麻美を知っている薄い繋がりの世界では、麻美のヌード画像はそれなりの価値があるはずだ。だからといってフェイスブックの「友達」は、麻美の本当の友達ではない。見て見ぬふりをするぐらいならばまだましだが、こっそり保存したり面白がって拡散する輩がいるはずだ。

「あ、あった。これだ。フェイスブックで写真のタグ付けを削除する方法」

「どうやるの」

「まず、プロフィールに移動して、カバー写真の下にあるアクティビティログをタップする。そして何かこのチェックマークみたいなのをタップして、どうのこうのするとタグは外れるらしい」

「早速、やってみて」

「うん。わかった。でもこれでタグは外れるけど、写真自体は投稿されてしまうので見れる人には見れてしまうんだって」

「じゃあ、人が上げた写真を削除するにはどうすればいいの」

「ちょっと待って。えっと、あ、これだ。他人が上げた写真自体を見れなくするためには、投稿したその本人に削除依頼をしなければならない」

A

男が初めて人を殺《あや》めたのは、宮本《みやもと》まゆというデリヘル嬢だった。

初めて自宅に宮本まゆを呼んだ時、その黒髪とぱっちりした瞳に引き付けられた。

しかし宮本まゆはどちらかというと、ぽっちゃり体型のちょっとダサい女の子だった。

年齢も三つ上で、まゆよりきれいな女の子は、正直そのデリヘル店にもたくさんいた。

しかしキャバクラでもそういう店でも、単にルックスが良いだけで人気が出るかといえば、そう単純なものでもない。宮本まゆは博多《はかた》の出身で、大らかで明るい性格をしていた。いつも包み込むような笑顔を絶やさず、男はそんなまゆに夢中になっていった。

「あなたは他のお客さんとは全然違うの。あなたと一緒にいると、田舎の弟といるみたいで本当に落ち着くの」

まだ初心《うぶ》だった当時の男は、まゆのそんな言葉を本気にした。

『嫌なことがあったらなんでもメールしてね』

『今度会ったらひざ枕してあげるね』

『ファイト。あなたは本当は才能があるから、きっと上手くいくよ』

『昨日は嫌なお客さんに会って、今日はちょっとブルーなの』

まゆから送られてくるメールの一文一文が、男の心を満たしてくれた。

男は決して異性としての宮本まゆに嵌まったわけではなかった。ネグレクトの母親に育てられた男は、まゆに初めて母性を感じた。小さい頃あれほど憧れたものを、デリヘル嬢の宮本まゆの中にやっと見出したのだった。

「ねえ、ママって呼んでいい」

マザコン丸出しのような男の願いにも、まゆは優しく同意してくれた。

やがてまゆは性的な対象ではなくなっていった。セックスなんかするよりも、自分を認めてくれるだけで嬉しかった。なんでも話を聞いてくれて、そして自分を肯定してくれる。二十数年間生きてきたが、それは男にとって初めての経験だった。

まゆにのめり込めばのめり込むほど、手持ちの金はなくなっていった。まだ本格的にサイバー犯罪に手を染めていなかった頃だったので、あっという間に日々の糧《かて》にも困るようになってしまった。しかしまゆに会いたい衝動は抑えられなかった。一分一秒でも長くまゆと一緒にいたいと思った。まゆと一緒であればもはや何もしなくても満足だった。そして遂に金もないのにまゆを自宅に呼んでしまった。

まゆの母性は、あくまで営利目的の母性にすぎなかった。

お金の為ならなんでも我慢できるまゆだったが、それが故に金銭的な対価がないということは、自分が侮辱されたような気分になった。

「ママ、ごめん。今日はお金持ってないの」

その一言でまゆの態度が豹変《ひょうへん》した。

「ママ、ママって気持ち悪りいんだよ、このマザコン野郎。金もねえのに呼ぶんじゃねえよ」

そしてすぐに家に怖そうな男がやってきた。

店のブラックリストに載せられて、まゆと一切連絡が取れなくなってしまった。何度電話をしても取り合ってもらえず、予約をすることはおろか、店のツイッターやフェイスブックからもシャットアウトされた。

男がもっとも忌み嫌ったのは人から無視されることだった。そして母親にネグレクトされ続けた苦い記憶が蘇った。

愛情と憎悪は紙一重だ。

好きな女から無視されるぐらいならば、いっそ嫌われたほうがましだった。しかし現実的には、嫌われる前に拒絶されてしまうので、男のストレスは日増しに強まっていった。そしてこのまま無視され続けるぐらいならば、いっそ自分の手で殺してしまおうという発想に到《いた》るのは、ストーカー殺人の例を見なくてもあきらかだった。

既にその頃、男には人並み以上のハッキング技術があったが、それを犯罪に利用するにはまだ躊躇いがあった。しかしこの時、男の中の何かのスイッチがオンになり、その冷徹な思考がより鮮明になった。

男はまず店のサーバーに潜り込み、まゆをはじめ店のスタッフも含めたその個人情報を盗みだした。

その後もＳＮＳで狂ったようにまゆの人間関係を調べ上げ、半年間かけてまゆの知人になりすました。「Ｔｏｒ」ネットワークの悪い友人と共謀して、大金を巻き上げるようになったのもこの頃からだった。そして最終的に言葉巧みにまゆを誘い出した。

隠れ家的な家を郊外に借り、男はまゆを一ヶ月間そこに監禁した。監禁してしまえば、まゆの生殺与奪のすべてを握ることができた。拷問をするのも食事や水を与えるのも、さらには排便排尿の自由まですべては男の気分次第だった。そうして男はまゆにとってなくてはならない存在になった。会えばまゆは必死に自分に命乞いをした。何でもするから命だけは助けてほしいと懇願した。

そしてその時、男は気付いてしまった。

人は多少の好意を示したぐらいでは、真剣に自分の方を振り向いてはくれない。しかし死ぬほどの恐怖を与えれば、二四時間自分のことばかり考えてくれる。

子供の頃、あんなに母親に受け入れてほしくて、泣いたり笑ったり良い子にしたりしてきたが、本当に自分に振り向いてほしかったら単純に恐怖を与えればよかったのだと。それでなくても最後は自殺してしまったママなのだから、どうせならいっそこの手で殺してあげればよかったのだと。

下腹部にナイフを突き刺しても人はすぐには絶命しない。

どうせならば、愛する女の苦しむ姿をなるべく長く見ていたい。実際にまゆが悶《もだ》え苦しみ、そして弱りながらも命乞いをするさまは、男が経験したことのない快感だった。その快感は性的なものをはるかに凌ぎ、それ以来、自分の中で人を愛することと殺すことは同義語となった。

殺した死体をどうすればいいかは、「Ｔｏｒ」ネットワークの住人たちが教えてくれた。どうやって効率よく穴を掘るか、埋めるべき穴の深さ、そしてどんなところに穴を掘るか。経験者たちが的確に教えてくれた。野生動物は三〇センチ程度しか穴を掘り起こすことができないと聞いていたから、死体が発見されたと知った時、男は本当に驚いた。

B

「稲葉さん、富田さん。事件はすっかり解決しました、安心してください」

席に着くなり、浦野はにっこり微笑んだ。

「解決？　本当に」

黒い制服に腰から下だけのエプロンをしたウエイトレスがオーダーを聞いて立ち去ると、麻美は半信半疑でそう訊ねた。

「はい、もう大丈夫です。犯人はもう二度と、稲葉さんを脅迫することはないと思います」浦野のその口調は自信に満ちたものだった。「ところで富田さん、確か数ヶ月前にスマホをなくしたって言ってましたよね」

ジーンズとTシャツ姿の富田に向かってそう訊ねた。休日なのに浦野は今日も紺のスーツに青いネクタイをきっちりと締めている。

「はい」

「犯人はその時に、富田さんのスマホのデータを抜き取ったようです」

「パスコードを設定していたのに、そんなことができるんですか」

「誕生日とか、なんか特定されやすいパスコードを使っていませんでしたか」

浦野の言葉に富田は無言で肯いた。

「だからだと思います。そして、例の小柳守さんでしたっけ、稲葉さんの近所に引っ越してきたフェイスブックのお友達」

「はい」

「あれになりすましていたのが、富田さんのスマホから稲葉さんのヌード画像を抜き取った犯人でした」

「そうなんですか」

そう言われても、麻美には全く実感が湧かなかった。あのハスキーボイスの持ち主が小柳守になりすまし、さらには麻美のフェイスブックまで乗っ取ったというわけなのか。自分はそんな危険人物に、自由が丘のコーヒーチェーンで会おうとし、さらに何度もフェイスブックでメッセージのやり取りをしていたのか。

その時ウエイトレスがホットコーヒーを持ってきた。湯気が立っているコーヒーカップと裏に伏せた伝票を置いてウエイトレスが席を離れると、浦野は二人にちょっと顔を近づけた。

「今度はわたしがそのページを乗っ取ってやりました。色んなパスワードを試してみたんですが、そのログイン用の電話番号と稲葉さんのスマホにランサムウェアを送りつけてきた電話番号が一致したんです」

「そんなことができるんですか」

「はい。結果的にうまくいきました。ちなみにお二人のページには、他にもまだ何人かなりすましっぽい人がいますから、あとでブロックしておいてください」

「何人もですか？」

二人は声を揃えてそう言った。

「ええ。何人もです」

「しかしフェイスブックで何人もの人間になりすましたりして、犯人はなんでそんな面倒くさいことをやったんですかね」

富田は怪訝な表情でそう訊いた。

「直接的には金銭目的でしょうね」

「そうなんですか」

「それにあとはやはり、稲葉さん本人が目的だったんだと思いますよ。あんなヌード画像を見つけてしまったんで、つい魔が差してしまったのかもしれませんね」

こんな場所でそんなことを言われて、麻美はとても浦野を直視できない。思わず頬を両手で覆いながら、机の上のコーヒーに視線を落とす。

「すべてはあの日、俺がスマホを落としたことが原因だったんだ」

富田はポツリそう呟いた。

「フェイスブックが乗っ取られて犯人が動揺しているところで、こちらが把握しているすべてのアドレスと携帯番号にランサムウェアを仕掛けてやりました。さらに犯人の電話番号から自宅の住所が特定できたので、これ以上やるとこちらにも考えがあると脅してやりました」

「住所までわかるんですか」

「ええ。違法スレスレですけどね」

どんな手を使ったのだろうか。麻美には想像もつかなかった。

「それで犯人は何て言ってきましたか」

「稲葉さんの画像は削除したし、もう二度とやりませんと詫《わ》びを入れてきました」

「大丈夫ですか」

麻美はちょっと心配になってそう訊いた。

「ええ。何しろその住所を警察にも通報しましたから」

「本当ですか」

「はい。もしも警察が動いていれば、今頃熱いお灸《きゅう》を据えられているはずです」

C

「大山哲司《おおやまてつじ》さんですね」

アパートの玄関から顔を見せた長髪の男に毒島が声をかけた。

「はい」

「大山さんは、波多野淳史さんとはどういうご関係ですか」

アパートの表札は確かに大山哲司で、波多野淳史ではなかった。

波多野淳史という偽名でネット詐欺をしている人物がいると、匿名の電話が松田《まつだ》警察署に入った。マスコミを通じた公開捜査がはじまって以来、波多野淳史に関する情報が集まりだしたが、その男の自宅が毒島の所轄だったので、急遽《きゅうきょ》その男の自宅に駆けつけることになった。

「はい？」

男の顔が明らかに強張った。もともと色白のその顔がさらに青ざめているように見える。通報によると、その人物は波多野淳史名義の偽造免許証を持っていると言う。ちなみに偽造免許証のことまでは、マスコミには公表されていなかった。

「警察ですが、ちょっとお時間をいただけませんか」

毒島は黒い手帳をちらりと見せる。

「できれば署まで、ご同行いただきたいのですが」

この男の安アパートの前に覆面パトカーを駐めておいた。毒島が促すように目線を車に向けると、男の視線もそれを追った。部下が運転席でエンジンをかけたまま待っている。

「すいません。手帳をもう一度、よく見せてください」

そう言われて、毒島は自分の写真が付いたページを開き、男の目の前に突きつけた。

「任意ですか、強制ですか」

「今日のところは任意です」

「ちょっと待っててください。すぐに準備をしますから」

そう言いながらドアが閉まった。そしてガタゴトと何かをしている音が、薄いドア越しに聞こえてきた。

その時だった。

「窓から逃げたぞ」

加賀谷の大きな声が聞こえてきた。

慌てて目の前のドアを開くと、窓が全開に開いていて中はもぬけの殻だった。

「加賀谷、追え」

毒島は焦って大声を出した。

そう言われる前から既に加賀谷は走りだしていた。

土地勘のあるその男は、細い路地へ逃げ込もうと必死に走る。ひ弱そうな印象だったが、意外と俊敏な動きをするので加賀谷でもなかなか追いつけない。もちろん毒島も続いたが、若い二人との距離はみるみるうちに開いていく。

路地から大通りに飛びだした男は、横切ろうとする車の前に身を投げだす。

急ブレーキと大きなクラクションの音が響いた。

一瞬、轢《ひ》かれたかと思ったが、ギリギリのところで男は転がりながらも無事に道路の向こう側にたどり着いた。男がこちらを振り返る。そして対向車線の車に邪魔されて渡れない毒島たちをちらりと見ると微かに笑って、さらにその奥の路地へと走り去ろうとする。もう数台、車が続いていたら見失うところだったが、すぐに加賀谷と毒島も道路を渡り男の背中を追いかける。

中年の毒島にはきつい追いかけっこだった。すぐに息が上がり、路地から路地へ逃げ回る男の後ろ姿を何度か見失いそうになる。しかしその一方で、若い加賀谷はじっくり着実に男との間合いを詰めていく。

最初こそ動きのよかった男だったが、さすがにスタミナはないようだ。

何度も何度も後ろを振り返るたびに、加賀谷との距離は縮まっていた。そして男が蹴躓《けつまず》きそうになり、足が縺《もつ》れて上手く走れなくなったところを加賀谷が猛然と飛びかかった。加賀谷は柔道で国体に出たこともある強者だ。タックルされた男はちょうどゴミ捨て場に突っ込み、二人がもんどり打って倒れるとゴミ袋の中のゴミが四散した。

「公務執行妨害で逮捕する」

加賀谷がそう言って男に手錠をかけようとした時に、やっと毒島が追いついた。

大きく肩で呼吸しながら男を見ると、涙と鼻水まみれのぐちゃぐちゃな顔でギョロリと毒島を睨《にら》んでいた。

B

事件は解決したが、麻美の心は晴れなかった。

武井が結婚していて、一〇年経ってもまた同じ男から騙されたのは腹も立ったが、別にそこまで好きだったわけではない。それよりもあのキス写真を投稿されたおかげで、富田との関係がさらにぎくしゃくしてしまっていた。

最近は会っても会話が盛り上がらないし、結婚を話題にすることもなくなった。純粋な気持ちから言えば、富田という男は好きだった。結婚しても構わないし、今でも向こうはその気持ちがあるようだった。しかし、だからといってこのまま富田と結婚していいとは思えなかった。それには麻美の良心が耐えられなかった。

もしもこれが武井だったら大丈夫な気がした。武井が本当に独身でプロポーズをしてくれたならば、きっと自分は首を縦に振っていただろう。なぜなら武井は、麻美と同じ臭いがするからだった。それに較べて富田は善人すぎる。だから自分はきっと富田を不幸にしてしまうような気がしていた。

自分は富田を愛している。だからこそ、富田とは結婚できない。でもそれで、誰かが幸せになれるのだろうか。

麻美は「イエス」とも「ノー」とも言えない答えを巡って悶々としていた。部屋にいても麻美の考えは堂々巡りをするだけなので、気分転換を兼ねて行きつけのバーのドアを叩いた。

部屋から歩いて五分のその店には、飲み足りない時などに稀に訪ねることがあった。カウンターの片隅でモスコミュールなんかを飲んでいると、暇な客や店員が話しかけてくる。今日みたいに煮詰まっている時は、意外とそんな人たちとの他愛のない会話に救われることもあった。

しかしさすがに、今日はそう簡単ではなかった。

麻美もいよいよ三〇歳だ。まだまだ焦るような年齢でないと思っていたが、一生独身を続けるのでなければいずれは人生の選択を迫られる。富田との関係を修復させるか、新しい出会いを求めるか。それともやっぱり一生独身を貫くのか。三杯目のカクテルを飲み干しても頭は冴《さ》えるばかりだった。

カウンターではちょび髭を生やしたマスターが、神妙な顔をしてシェーカーを振っていた。麻美は目の前のグラスを傾けるとその中身を一気に飲み干した。時計を見るともう深夜の一時だった。さすがにそろそろだと思った。

「マスター、最後にもう一杯同じやつ」

麻美はその最後の一杯を飲んで、今日はもう帰ろうと決意した。

「あれ、稲葉さんじゃないですか」

後ろからそんな声がしたので振り返る。

「あら、浦野さん」

意外な人物がそこにいた。ヌード画像流出を解決してくれたのは、つい数日前のことだった。

「稲葉さんは、このお店にはよく来るんですか」

「ええ、時々。浦野さんも？」

「僕は初めてです。たまたまさっきまで近所で友人と飲んでましてね。ちょっと飲み足りなかったんでふらっと寄ったんです。でもまさか稲葉さんがこんなところにいるとは、夢にも思いませんでしたよ」

浦野はそう言いながらカウンターの麻美の隣の席に腰かけると、マスターにジントニックをオーダーする。

「どうしたんですか、こんな夜中に。富田さんとは一緒じゃなかったんですか」

その名前を聞いてちょっとブルーな気分になる。

「今日は、富田君とは別なの。ちょっと悩み事があったんで、一人で頭を冷ましているところだったの」

「へえ、稲葉さんほどの美人でも、悩みってあるんですか」

「あら、意外とお世辞が上手いのね」

ブルーのスーツにきっちりネクタイを締めている浦野が、そんな軽口を言うとは思わなかった。

「お世辞じゃありませんよ。本心です。でも何なんですか悩みって、気になりますね」

「まあ、アラサーの独身女だからね。やはりそれなりの悩みはね」

「はは一ん。やはりそうですか。色んな人からプロポーズされて、答えが絞れなくて迷っているとか」

「そうだと良いんだけどね」

この若い男に自分の揺れる気持ちが理解できるだろうか。

「稲葉さん、麻美さんって呼んでもいいですか」

「どうぞ。そっちのほうがしっくりくるし、じゃあ、わたしは浦野君って呼んでもいい」

浦野が「どうぞ」と首を縦に振ると、オーダーしていたジントニックがテーブルに置かれた。二人でグラスを重ねると、カチンという硬質なガラスの音がした。

「ねえ、浦野君って、今いくつ」

「二四です」

「二四か。ねえ、男の人って、付き合っている女の過去ってどのくらい気になるもの」

せっかくだからこの若いエンジニアに色々相談してみよう。パソコンやスマホの問題を解決するみたいに、理路整然と今の自分の気持ちを整理してくれるかもしれない。

「過去ですか？」

「うん」

「どんな男と付き合っていたとか、初めての男が誰だったとかですか」

「気にはなりますけど、麻美さんほどの美人だったら、色々あるだろうなと覚悟はしますね」

「まあ、そうね」

「じゃあ、どんなことまでだったら耐えられる」

「例えば？」

「例えば、そうね。不倫をしていたとかは」

「それは問題ないですね。不倫相手が自分の直属の上司だったりしたら嫌ですけど。全然、自分と接点のない人だったら、まったく気にはしませんね」

「じゃあ、例えばかつて子供を堕ろしていたっていうのは？」

「うーん、それはちょっと重いですね。まあ自分と出会う前の話ならば、それを咎めるつもりはありませんが」

「じゃあもしも仮にそうだったとして、ここからは究極の選択なんだけど、そのことを正直に話されてから結婚するのと、結婚した後にそれを話されるのとどっちがいい？」

「うーん。どっちかを選べというのならば、前者ですね。前者は話してくれたという誠意は感じるけど、後者は裏切られたとしか思えないです。でも一番幸せなのは、絶対に自分にばれないようにしてもらうことですね」

「やっぱり、そうだよね」

麻美はにっこり微笑むと「ちょっとトイレに」と席を立った。

トイレの鏡の前で、麻美は自分の顔をじっと見つめた。

いっそ富田にすべてを話してしまおうか。それでも富田が麻美と結婚したいというのならば、麻美の気持ちは相当軽くなる。

『でも一番幸せなのは、絶対に自分にばれないようにしてもらうことですね』

さっきの浦野の言葉が蘇る。

富田もきっと同じことを思うだろう。本当に富田を愛しているならば、秘密は死ぬまで秘密にしておこう。やっぱりそれが正解だろう。いずれにせよ、麻美は自分が悪人に徹することを覚悟した。それはそれでしょうがない。自分はそれだけのことをしてしまったのだから。

それとこれとは別にして、自分が富田と結婚するか、他の誰かと結婚するか、それとも一生誰とも結婚をしないか。要はそれだけの問題だと麻美は思った。

麻美がトイレから帰ってくると、新しいグラスがカウンターに置かれていた。

「同じものを頼んでしまいましたけど、まずかったですかね」

「あ、いや、大丈夫よ。でもこれを飲んだら帰るわね」

「ええ、僕もこれが最後の一杯です」

浦野はそう言いながら褐色のグラスを持ち上げたので、麻美も軽くグラスを合わせる。古いジャズが流れる店内に、再びその硬質なガラスの音が小さく響く。

「しかし麻美さんの過去の秘密って何なんですか。気になりますね」

麻美が考え事をしながらモスコミュールを一口飲むと、浦野がそう訊ねてきた。

「まあ、たいしたことじゃないわよ。少なくとも子供を堕ろしたりはしていないわよ」

「そうですか。それを聞いて安心しました」

麻美はモスコミュールを一口飲んだ。ライムの香りが口の中に広まったが、さすがに五杯目となると味覚が少々怪しくなっている。

「麻美さんってR大学ですよね。あそこは美人の女子大生が多いって有名だし、昔からもてたんでしょうね」

「そんなことはないわよ。確かにキャンパスには可愛い子がいっぱいいたけど、わたしなんか田舎出身だったから全然垢抜けなくて」

「じゃあ、社会人になってからですか。麻美さんがそんなにきれいになったのは」

「うーん、まあ確かに、多少、お金に余裕ができたから、お洒落を楽しめるようになったわね。やっぱり洋服とか美容院とか、女にはある程度投資が必要だからね」

「そうですよね。麻美さんのそのきれいなストレートの髪なんかも、結構、お手入れが大変なんでしょうね」

「そうなのよ。こういうストレートパーマのほうが、毎日の髪の手入れとか結構時間がかかるのよ。美容院代もバカにならないし」

気が付くと浦野の顔がすぐ隣に迫っていた。

「麻美さんの髪の毛って、いい匂いがしますよね。何か特別なシャンプーとか使ってるんですか」

「別に、普通のシャンプーよ」

麻美はちょっと頭を引いてそう答える。

麻美はモスコミュールをもう一口飲むと、ちょっと苦い液体が喉元を過ぎていった。

「そろそろ帰らなくちゃいけないので、ここはわたしの奢《おご》りで良いかしら」

ランサムウェアの一件からさんざん世話になっているので、せめてそのぐらいはと思ったからだ。

「いやいや、割り勘にしましょう」

浦野はなかなか首を縦に振らない。そろそろ睡魔も襲ってきて、面倒くさくなってきた麻美は、結局、割り勘で同意してちょび髭のマスターに会計を頼んだ。

「ところで麻美さん。麻美さんはどうしてパスワードに、ｓａｙｕｒｉって名前を使うんですか」

「ｓａｙｕｒｉ？」

先日、パソコンを見てもらった時に、パスワードを打つのが見えてしまったのだろうか。

「麻美さんの過去の秘密って、やっぱりそのさゆりさんに関係あることなんじゃないんですか」

麻美はちょっと正気に戻って、銀縁の眼鏡をした青白い青年の顔を正面から見つめた。ひょっとして、何かに気付いてしまったのだろうか。

「麻美さんのフェイスブックのパスワードって、sayuri0118じゃないですか。一月一八日って麻美さんの誕生日ですよね」

浦野に誕生日を教えたことがあっただろうか。確かに稲葉麻美の誕生日は一月一八日だった。

「さゆりさんって、誰なんですか？　やっぱり美奈代さんのことですかね」

麻美は一瞬耳を疑った。

「どういうこと？」

「山本美奈代さんですよ。麻美さんのお友達で、かつてルームシェアをしていた山本美奈代さん。あの自殺したAV女優の渚《なぎさ》さゆりさんの本名ですよ」

「何であなたが、……その名前を知ってるの？」

麻美は心臓が止まったような心地だった。

「申し訳ないけど、パソコンのバックアップデータを見ちゃったんですよ。何で麻美さんみたいなきれいな女性がAVの動画を保存しているのかなと。最初は疑問に思ったんです。女の人も実はこういうのを見るのが好きなのかなって。しかしそんなにメジャーではなかった渚さゆりの作品ばかりあるのはおかしいと思って、過去の麻美さんのメールも見させてもらったんです。そしてネットで渚さゆりを検索していくうちに、なんとなくわかっちゃったんです。麻美さんと渚さゆりと、そして山本美奈代の過去の秘密が」

麻美は意識が朦朧としていくなかで浦野の声を聞いていた。

顔に似合わず、浦野はハスキーな声の持ち主だった。

そう言えばこの声。初めて会った時にもどこかで聞いたような気がしていた。どうして今の今まで気が付かなかったのだろうか。麻美は自分の迂闊《うかつ》さに呆れたが、なぜか強烈な睡魔に襲われていた。まさかさっきトイレに立った時に、浦野がモスコミュールに睡眠薬を入れていたとは知る由《よし》もなかった。

「あ、マスター、タクシーを一台呼んでもらえますか。それから、連れの女性が泥酔してしまったんで、一緒に運ぶのを手伝ってもらえますかね、多分、彼女、しばらくは起き上がれないと思うんですよね」

C

毒島たちが捕まえた大山哲司は、波多野淳史という名前の偽造免許証を持っていたが、その免許証には毒島が追っていたあの赤いレンタカーを借りた波多野淳史の写真はなかった。そこには青白い大山哲司本人の写真があった。記載された住所には、波多野はもちろん大山も住んだことはなかった。さらに大山は今年で二五歳になるが、免許証に書かれた生年月日は出鱈目だった。

「大山はいつ波多野淳史名義の偽造免許証を買ったんだ」

「一週間ぐらい前だそうです。闇金で借金を重ねてどうにも首が回らなくなっていたところに、いきなり格安で偽造免許証を販売してくれるというメールが届いたそうです。それでつい手を出してしまったと」

そうやって金を借りたことが詐欺行為に当たると思って、毒島に職質された時につい逃げ出してしまったと供述した。

「我々も完全に嵌められたということか」

毒島は唸《うな》るようにそう言った。

遂に関東地方も梅雨入りし、今日は朝から雨が降りっぱなしだった。今年の梅雨は例年よりも長く雨量も多くなりそうだと、今朝の天気予報が言っていた。

「そうですね。あの赤いレンタカーを借りた波多野淳史が、大山に同名の偽造免許証を握らせたんでしょうか」

「その可能性は大いにあるな。我々が波多野淳史を追っていることは、当然気が付いているからな」

偽造免許証の坊主頭と髭の写真とともに、波多野淳史を重要参考人として警察が追っていることは、マスコミで大々的に報じられていた。

「今や波多野淳史は日本で一番の有名人ですからね」

「ひょっとすると犯人は、自分ではない波多野淳史をたくさん作って、我々の捜査を攪乱《かくらん》しようとしているのかもしれない」

「その可能性もありますね」

毒島は椅子の背もたれに体を預け大きく腕を組んだ。

「大山に偽造免許証を販売するメールが届いたと言ったよな」

「はい」

「だったらそのメールを送りつけてきた奴を当たる手はあるだろうな」

「なるほど、それはありですね」

加賀谷はそう言いながら毒島の顔を見たが、毒島は窓ガラスに当たって流れ落ちる雨の長い水滴を呆然《ぼうぜん》と眺めている。

「もっとも、そのアドレスも使い捨てのフリーアドレスで、しかもネットカフェかなんかから送られたりしている可能性は高いけどな」

「そうでしょうか」

「ああ、場合によっては他人のパソコンを経由して送られているかもしれない。たとえそのメールを送りつけた人物が連続殺人犯じゃなかったとしても、偽造免許証を売る連中ならば、そのぐらいの用心はするだろうな」

B

しばらくは朦朧としていた。

その意識がなんとかはっきりしてきて、思わず立ち上がろうとした時に、麻美は上手く体が動かないことに気が付いた。

手足をがっしりと拘束され、ベッドにうつ伏せに縛り付けられていた。さらによく見るとSMの拘束具みたいなもので四本の手足を縛られ、それぞれが一〇センチぐらいの短い鎖で繋がれていた。だから手足が動く自由度は、その鎖の長さの一〇センチ程度しかなかった。部屋に灯りはなく遠くで何かが青白く光っていた。目を凝らしてよく見ると、浦野が作業をしているパソコンのディスプレイの光だった。

「お目覚めですか」浦野が気配に気付いて振り返った。「あの睡眠薬は即効性がある上に気持ちいいほど熟睡できるんです。あまりに眠りが深くっておしっこを漏らしちゃった人もいたんですよ」

「ここはどこ」

うつ伏せの状態で、ただ顔だけ浦野のほうに向けて麻美は言った。

周りを見渡すと部屋は古い倉庫のようなコンクリート壁で、生活感のない広い空間だった。その部屋の中央にベッドが置かれ、麻美の手足の拘束具はそのベッドの足元に繋がれていた。窓からは微かに動物の鳴く声が聞こえていた。

「僕の隠れ家みたいなもんです」

「これを解いて」

麻美は毅然と言ってはみたが、うつ伏せにさせられているせいで無残にも尻を突き出したままの状態で放置されている。ちなみに洋服は全て剝ぎ取られてしまい、今、麻美が身に着けているのは黒い薄手のショーツとブラジャーだけだった。

「あ、心配しないでください。会社のほうには部長さん宛てに病休する旨のメールを送っておきましたから。そして富田さんと加奈子さんには、少しの間、旅行に行ってくると伝えました。武井さんとはこのまま音信不通で良いですよね」

「なんであなたがそんなことを知ってるの」

「そりゃ、麻美さんのすべてを調べさせてもらったからですよ。この後麻美さんは、再来週ぐらいに家庭の事情で急遽実家に戻ることになります。他のお友達に何か伝えておくこととかあれば言ってください」

「あなた、わたしをどうする気？」

浦野はパソコンを閉じると麻美のほうを振り返った。

窓からうっすらと光が差し込み、その青白い顔がますます白く見える。浦野は二歩三歩とゆっくり麻美に近づきベッドに腰をかける。そして左手で麻美の尻をそっとなで、鼻をその尻に近づける。麻美は気持ちの悪さに身をよじるが手足の拘束が厳しくて思うように動けない。そのまま浦野の鼻は、尻から背中、そして最後は黒いロングヘアーごしに耳元へと移動して麻美の匂いを堪能する。

「うーん、やっぱり思ったとおりだ。麻美さんはいい匂いがしますね」

最後に浦野は麻美の黒いストレートヘアーを手に取り、口の中に入れて目を閉じる。

「なにをする気。わたしをどうしようっていうの」

麻美は大きく体をよじるが、情けないほど自由がきかない。浦野は恍惚《こうこつ》の表情を浮かべたままで、麻美のその質問に答える気配はない。そして再び耳元に顔を近づけると、麻美の耳の穴をペロリと舐《な》める。

「やめて、早くこれをはずしてよ」

そう叫ぶものの全身を拘束されてしまっている麻美は、首を捻るのがやっとだった。

その首すら男の力で押さえつけられてしまえば、満足に捻ることすらできないだろう。

きっとこのまま犯されてしまうに違いない。

「浦野君、お願い。これをはずして」

泣き声交じりでそう叫んだ。それでも何も答えない浦野が気味悪くなり、麻美は無理矢理首を捻ってその顔を見た。

しっかり浦野と目が合った。微かに笑っているようにも見えるが、もはや麻美にはこの男が何を考えているのか全くわからない。

「浦野君。一体、あなた、わたしに何をする気」

「何をする？　そうですね、何もかもですよ」

そう言うと何が可笑しいのか、浦野は一人で笑いはじめた。

狂っている。

麻美は目の前の人物が心底恐ろしくなった。

「なんで、お金が欲しいんじゃないの。それともわたしの体。でも命まで奪う必要はないじゃない」

「あなたの口座にあるお金はもはや事実上僕のお金です。もちろんこの体もたっぷり楽しませてもらいます。だけど僕はあなたそのものが欲しいんです」

「お願い。命だけは助けて」

「助けて？　冗談じゃない。あなたは制裁を受けなければならない女なんです」

浦野は右手にジャックナイフを手にしていた。

「制裁？」

「そうです。あなたみたいな売女《ばいた》がこのまま社会に紛れて生きながらえてはいけないのです。ましてや誰かと結婚したり、子供を産んだりしたらとんでもない不幸がはじまります。あなたにだって本当はわかっているはずです。自分は生きていてはいけない女なんだって。だから僕が代わりに、あなたに制裁を与えてあげるんですよ」

そう言いながら浦野は麻美を仰向けにすると、手にしたジャックナイフを麻美の頬に押し付けた。そしてまるで髭でもあたるようにその刃を立てたまま、ゆっくりナイフを喉元に移動させる。

「このナイフ、意外と良く切れますよ」

浦野はニヤリと笑うとそう言った。このまま喉もとをかき切られてしまうのだろうか。麻美は大きく唾を飲み込む。

レイプはされると思っていたが、まさかそこまで気が狂っているとは。

「助けて。なんでもするからお願い」

浦野は押し付けたナイフを下に下げ、麻美の体を弄ぶように胸の谷間に押し付ける。

「なんでもするから？　ふん、僕はあなたみたいな人たちの、そういうところが大嫌いなんです」

浦野の瞳に憎悪が灯《とも》った。無言でナイフを麻美の臍から下腹部に押し付ける。ひんやりとした感触がショーツの奥深くへ進んでいき、やがて水平だったナイフの刃が縦になる。

「わ、わたしを殺したらあなた殺人罪よ」

精一杯の強がりでそう言ったが、言葉にならないほど声が震えていた。

「わかってますよ。今までこうやって殺してしまった女も一人や二人じゃありませんから。だからもう何人殺そうとも、僕の死刑は確定なんです。だから死刑なんて全然怖くはないのです」

麻美は言葉を失った。

ナイフのエッジはますます鋭さを増し、麻美はもはや目を開けていることすらできなかった。次の瞬間、麻美は下腹部にナイフを突き刺されるのを覚悟した。

「麻美さん。残念ながらわたしはこれから出かけなければなりません」

「出かける？　どこへ」

「ちょっと穴を掘りに行かなければならないんですよ。今まで使っていたところがダメになってしまったんで、新しく探さなければなりません」

「穴？　何のために」

「決まってるじゃないですか。麻美さんを埋めるためですよ」

浦野の眼が怪しく光った。

「多分、半日ぐらいは帰ってこないと思いますが、それまで我慢できますか」

「何を」

その時下腹部のナイフに力が入り、麻美は全身を固くした。

「トイレですよ、トイレ。その恰好じゃ垂れ流しですからね」

いつの間にか麻美の黒いショーツが切り裂かれていた。

C

「そのデリヘル店を畳んだのは何年前ですか」

所轄内のデリヘル店すべてに聞き込みをしたが、目ぼしい情報は得られなかった。

毒島は既に潰れてしまったデリヘル店にまで対象を広げて、今ではソープのボーイをしているその元店長に時間をもらった。

「ちょうど一年前ですわ。店のナンバーワンの女の子がいきなり抜けてしまって、そこからどうやっても挽回できなくて」

「一年前ですか」

歓楽街のど真ん中にある古い喫茶店は、昼間ということもあり客はまばらだった。

向こうの席でサラリーマン風の中年男が退屈そうにスポーツ新聞を読んでいた。

「この写真の男に見覚えはありませんか」

そう言いながらもはやすっかり有名になってしまった、波多野淳史の偽造免許証の写真を見せた。

「ああ、例の事件ですか」

「はい」

「この写真が公表されて気にはなってたんですわ。ちょっとどこかで見たような気がして」

「本当ですか」

隣にいた加賀谷が思わず身を乗り出してそう言った。

「いや、でも勘違いかも。これだけ色々なところで報じられているから、何かのニュースで見たのを勘違いしているのかもしれないし」

実際、そういう情報は少なくなかった。公開捜査をすると情報そのものは大量に集まるが、その精度は格段に落ちる。

「こっちの写真はどうですか」

今度はNシステムの写真を見せる。

「これはさっきの人と同一人物ですか」

「そうかもしれませんし、そうじゃないかもしれません」

「うーん」

「どうですか？」

「なんか、どっかで見たような気はします」

割と確信めいた口調で元店長はそう言った。

「本当ですか」

「誰だったかな。どっかで見たような気はするんですけど」

「それはデリヘルのお客さんですか」

毒島が元店長の顔を覗き込みながらそう訊いた。

「どうだったかなー」

「店長は、デリヘルのお客さんと直接、会うこととかあるんですか」

「ええ。最初の登録の時は、お店のシステムを説明すると言って、なるべくわたしが会うようにしてたんですわ。本当はやばい客じゃないかを見極めるためにやってたんで、こんなヤクザっぽい客だったら絶対覚えているはずですわ」

「じゃあ、お客ではない誰かですかね」

「どうやったかなー」

　そう言いながらも元店長はしきりにその二枚の写真を見比べている。毒島は目の前のコーヒーをゆっくり飲みながら、元店長が何かを思いだすのをじっと待った。

「いやー、やっぱり思いだせまへんわ」

　さっきまでスポーツ新聞を読んでいた中年サラリーマンが会計をすませて出ていった。これで店内には毒島たち三人と、黒い制服を着たウエイターが一人ポツンと立っているだけだった。

「そうですか。ところで店長のお店で、急に女の子が失踪したりしたことはありませんでしたか」

　内心ちょっとがっかりしながらも、毒島は質問の方向性を変えてみる。

「うーん、こういう業界ですから。他店に引き抜かれたり、メール一本で辞めたりする娘《こ》はちょくちょくいましたわ」

「そうですか。それでも忽然といなくなったり、その後ぱったりと連絡取れなくなったりした娘はいませんでしたか」

「辞めていく娘は大半がそうですからね。メール一本くれる娘なんてまだちゃんとしているほうです」

「うーん。やっぱりそうですか」

諦めがちに加賀谷が唸った。

「店長。そういう娘たちの中で、黒髪の女の子はいませんでしたか？」

毒島がふと思いついてそう訊いた。

「黒髪？　そりゃいないんじゃないですかね。高級店ならば別だけど、うちのお店は茶髪とか金とか、髪を染めている娘のほうが圧倒的だったから。あ、でも……一人いた」

「誰ですか」

「だから、そもそもうちの店がつぶれるきっかけとなった人気ナンバーワンの女の子ですよ。地方出身の髪の毛が黒い癒やし系の女の子でね。オタクっぽい太いお客が何人もいましたわ。名前はまゆ。本名かどうかはわからないけど、店のスタッフには宮本まゆって名乗ってました」

「宮本まゆ。その娘がいなくなったのはいつごろですか」

「二年ぐらい前だったかな」

「二年……ですか」

毒島は思わずそう言って唸った。山の中から発見された五人の被害者は、全員ここ一年以内に殺害されていた。

「背は高かったですか」

「いや、小柄でしたよ。一四〇センチぐらいだったかな」

「一四〇センチ？　おい、加賀谷。発見された五つの死体の中で身長一四〇センチってあるか」

加賀谷は警察手帳に書き込んだメモを見た。

「いや、ありませんね。しかも死後一年以内の死体ばかりです。でも既に殺されていて、まだ発見されていないだけという可能性もありますが」

それもあり得るかと、毒島は思った。

「店長、もう一度、この写真を見てもらえませんか。この男が、その宮本まゆのお客の中にいたりはしませんか」

「うーーーん」

元店長は真剣にその写真を見つめる。

「このヤクザ風の男が変装してこのゴーグル型のサングラスの男になっている可能性があります。だとすると、目はこのヤクザ風の男だと思ってください。髭はないかもしれません。さらに頬に綿を含んでいるかもしれないんで、ほっぺたはもっとすっきりしている可能性があります。どうですか。何か思い出せませんか」

「でも鼻がちょっと違いますよね」

確かにそうなのだ。この二枚が同一人物に見えないのは、鼻の形が明らかに違うからだった。

「何かで細工しているのかもしれません」

「細工？」

元店長が怪訝な表情でそう訊いた。

「例えば整形したとか」

「ひょっとして何かの編集ソフトで修正した可能性もありますよね」

毒島の言葉を遮って、加賀谷が横から口を出した。

「そうです。だから鼻は実際に撮られたこっちのものだと思ってください」

毒島はNシステムが捕らえた写真を指さしそう言った。

「うーん。そう言われると、こういうオタクっぽい顔がまゆの客の中にいたような気もするけど」

「本当ですか」

「うーん、しかし今ひとつ自信がないですわ」

元店長は確かにこのような男を見かけた記憶はあるようだった。しかしそれだけでは、事件解決の突破口にはならない。

「おい、加賀谷。どこかから紙と鉛筆を持ってきてくれ」

「紙と鉛筆？　ですか」

「そうだ」

加賀谷は喫茶店のウエイターに、店に紙と鉛筆がないかを訊ねた。

「ちらしの紙しかなかったですけど」

ウエイターは裏が白紙のスーパーのちらしとともに、一本の鉛筆を持ってきた。

「十分だ。店長、よく見ていてください」

毒島はそう言うと、そのちらしをひっくり返してテーブルに置き、鉛筆でなにやら線を引きだした。

「顔の輪郭はこんな感じです。頰は少し痩せていて、顎はこの写真そのままです。髭はなかったものとしましょう。そして目ですがこのインテリヤクザ風の眼鏡をしていないとすれば、おそらくこんな感じだったはずです。そして鼻はこんな感じ」

そう言いながら、毒島は二つの写真の特徴をミックスした一枚の似顔絵を書きはじめた。

「毒島さん。お上手ですね」

「ああ。似顔絵講習で徹底的に鍛えられたからな」

モンタージュ全盛の時代でも、似顔絵捜査は確実に成果を上げていた。リアルにモンタージュ写真を作るより、顔の各部位を強調して書く似顔絵のほうが、上手く描ければ人々の記憶を呼び起こす。母親に絵の才能を発掘された毒島は、新人の頃に積極的に似顔絵講習に参加していた。

「問題は髪の毛です。もしもこの男が宮本まゆの常連に多いオタクっぽい男ならば、きっとこんな感じの髪型だったんじゃないですか」

そう言いながら、毒島は似顔絵に長めの髪の毛を書き込んだ。

「あ、山田太郎《やまだたろう》だ」

元店長は思わず大きな声を出した。

「山田太郎？」

毒島は鉛筆を動かす手を止めてそう訊き返した。

「山田太郎っていうのはもちろん偽名ですが、確かにこの男はまゆの常連客の一人でした」

「本当ですか。どうしてそう言い切れるんですか」

「ちょっとしたトラブルがありましてね」

「トラブル？」

「ええ。もともとはいい客だったんですが、ついに金がなくなってこの山田太郎が金もないのにまゆを呼びましてね。その後ストーカーっぽい行動を取るようになって、結局、出入り禁止にしたんですよ。だから覚えてます。この似顔絵の男はその山田太郎に間違いありません」

「本当ですね」

「ええ、本当です」

毒島と加賀谷は思わず目を見合わせた。

「でも刑事さん。刑事さんは、例の事件の犯人と被害者のことを言っているんですよね」

「はい。そうです」

「だったら宮本まゆは、死んでいませんよ」

「え、死んでない？　じゃあ、どっかで会ったんですか」

「いや、その後、まゆとは一度も会ってはいません」

「会っていない。じゃあ、何で生きているって言ったんですか？」

「彼女の携帯が」

「携帯？」

「ええ、宮本まゆの携帯はまだ繋がるんです。これって彼女がまだ生きていて、電話料金を払ってるってことですよね」

　そう言いながら元店長は自分のスマホをいじりだした。

「二年前の番号でしょ。とっくに他の誰かの番号に替わってるだけじゃないんですか」

　加賀谷がすかさずそう言った。

「いや、多分、昔の客を逃がさないようにと、きっと営業用にこの番号だけは残しているんですよ」

　そう言っている間にも元店長は電話をかけ、黒いスマホを毒島に渡した。

『……まゆです。いつもお電話ありがとうございます。今、ちょっと電話に出られませんので、メッセージを残してください。こちらから折り返し電話します』

　甘ったれた声の留守電メッセージが聞こえてくる。

「彼女が失踪してから、店長はこの電話で本人と話したことはあるんですか」

「いや、何度か留守電は残しましたが、逃げた店の店長ですからね。向こうから折り返してくることはありませんでした」

「なるほど、じゃあ俺や加賀谷が客のふりをして電話をかければ、きっと折り返し電話がかかってくるはずですよね」

「まあ、そうだとは思いますが」

B

「美しい麻美さんが糞尿《ふんにょう》を垂れ流すところは見たくありませんから」

男はそう言って、麻美の両手と両足の拘束具の間を三〇センチほどの余裕をもたせてくれた。これでなんとか座り歩きをしながらトイレに行けるようになり、便座にも座ることはできた。

しかし両手両足が拘束され、その間が三〇センチというのは、腰の曲がった老婆になったようなもので、ゆっくり移動するのがやっとという状態だった。特に一度倒れてしまうと起き上がるのが大変で、じっとそのままでいると腰が痛くなってきた。時間とともに体も強張り、想像以上に体の自由は奪われていた。拘束具が紐《ひも》でベッドに繋がれているので、部屋の外の様子を窺うこともできなかった。

拘束具をはずそうと努力をしてみたが、丈夫なラバーにがっちりと鎖で繋がれていて鋭利な刃物でもなければ切断することは不可能だった。鍵があれば手錠が外れるはずだが、おそらく浦野が持っていってしまっただろう。せめて机のあるところまで移動できればと思ったが、しっかり浦野が計算をしているのか、紐はそこまで行くことを許さなかった。それではと紐が括《くく》りつけられているベッドの脚を調べてみるが、こもしっかり鎖で固定されていた。紐自体も丈夫なロープのような素材でちょっとやそっとでは切断できそうもない。麻美は悔し紛れにその紐を齧ってみたが、歯が痛くなるだけだった。

浦野が出ていってもう何時間が経っただろうか。

外はもうすっかり明るくなっているはずだ。浦野が帰ってくる前に、なんとかここから脱出して助けを求めなければならない。

その後も麻美は拘束具の鍵を探したり、何度も紐をベッドから外そうとしたがまったく話にならなかった。おしっこで部屋を汚さずにできたぐらいで、最後はただ無力に部屋の中で横倒しになるだけだった。それほどこの手足の戒めは厳しかった。

絶望的な気持ちになってベッドに横たわっていると、なんとも惨めな気持ちになってくる。手足が自由にならず寝たきりのように無力にベッドに横たわっていると、とめどなく涙が流れてくる。しかし今の麻美には、その涙を手で拭うことすらできなかった。

『これが意外と役に立つんですよ』

麻美は出がけに浦野が言ったセリフを思い出していた。

浦野はそう言った後に、部屋にあった機械のスイッチを入れた。轟音《ごうおん》とともにそのドリルはぐるぐると回りだした。

『穴掘機っていうんですけどね、これがあれば五〇センチぐらいの穴だったら簡単に掘れちゃうんですよ。昔は全部人力でやってたんで大変だったらしいですが、ネットで探したらこれが二万円ぐらいで買えるんですよ。ネットの世界って本当に探せばなんでもあるもんですね』

あのドリルを使えば、確かに穴自体は一時間もあれば掘れるだろう。あとはどこにその穴を掘ってくるかだけで、浦野がここに戻ってくるのはもはや時間の問題に過ぎないと思った。

その時、麻美は何かの音が聞こえたような気がした。

最初は何の音だか気が付かなかった。しかし、どこかで聞いたことのある音だった。スマホの音かもしれない。

三回、四回……。

間違いない。あれはスマホのバイブレーション音だ。

麻美はなんとか体を起こして音の鳴るほうに体を向ける。パソコンが置いてある机のほうからその音は聞こえてくる。机の中からだろうか。いや、多分、机の脚元にあるボストンバッグの中でその微かな音は鳴っているようだった。

鳴っているのは誰のスマホだろうか。浦野は自分のスマホは持っていったはずだ。

だったら自分のスマホかもしれない。または他の誰かのスマホかもしれないが、とにかく電話に出られれば、そしてその相手が浦野でさえなければ、助けを呼べるかもしれない。

その瞬間、麻美は転げ落ちるようにベッドから降りてボストンバッグに向かう。しかし手足の拘束を忘れたその体の動きに麻美はバランスを大きく崩し、派手な音を立てて顔をしたたかに床に叩きつけてしまう。一瞬気が遠くなりそうになるが、なんとかその痛みに耐えて転がるように机に向かって体を動かす。

土足で踏み荒らされた床を、肩や膝を擦《す》り剝《む》きながら、必死になって体を動かす。九回、十回……、「どうか電話よ切れないで」と心の中で願いながら、麻美はなんとか鞄のところに移動しようとするが、その一メートル手前のところでベッドの脚に括りつけられた紐がピンと伸びる。

あともう一歩、このまま反転できればボストンバッグに体が届くというのに、無情にも紐はびくともしない。それならばベッドごと引っ張ろうかと力を込めるが、座りなおすのが精一杯でとても体重などかけられない。

麻美がベッドと非力な綱引きをしている間に、いつの間にかスマホのバイブ音は切れてしまった。

麻美は大きくため息をつく。

そして改めて振り返ってボストンバッグを見た。

せめて足の自由があればなんとかなったかもしれないが、とにかくミノムシのように転がるばかりで何もできない。棒や紐、何か使えるものはないだろうか。麻美は薄暗い室内を見回した。

その時、再びスマホのバイブ音がした。

麻美はもう一度ボストンバッグのほうに這っていく。しかし結果は同じだった。どんなに頑張っても重いベッドはびくともせず、自分の非力さを思い知るだけだった。手足の自由は奪われ裸同然の姿で、やがて浦野にレイプされ、そして殺されてしまうのだろうか。誰にも知られずに山の中に埋められて、そして誰にも探されずその存在を忘れられてしまうのか。

鳴っている電話は麻美のスマホだろうか。だとしたらかけているのは誰だろう。派遣先の同僚が何かわからないことがあってかけてきたのか。加奈子が何かを察したのだろうか。それともやっぱり富田か。

しかし誰がかけていようと、麻美はその電話に出ることができない。

麻美はわけもわからず涙が出てきた。寒くて惨めで哀れな自分に泣けてきた。

確かに人に言えないようなこともやってはきたが、ここでこんな風に殺されなければならないほど、自分は悪いことをやってはいない。

富田君、助けて。

この期《ご》に及んであの頼りない男の顔が思い浮かんだ。これは富田を軽んじてきた報いなのだろうか。

「富田君、助けて」

声に出して言ってみる。

しかしどんな大きな声を出したところで、その声が富田に届くはずもない。

「富田君、ごめん。でも助けて」

麻美は泣きながらもう一度そう叫んだ。

富田は頼りにはならないが、きっと助けには来てくれるはずだ。なぜか麻美は、今その電話をかけているのが富田のような気がしてならなかった。

「富田君、ここにいるわ。助けに来て。お願い」

麻美の声は涙に紛れてもはや声にならなかった。ただ薄暗い部屋の中で麻美の嗚咽《おえつ》だけが響いていた。

しかしそのバイブ音もいつしか途切れてしまった。

麻美は涙も枯れ果てて、ただただ放心したように膝を抱えて床にその身を横たえた。

麻美の残り少ない貴重な時間が刻一刻と過ぎていく。

富田がここに助けに来ない代わりに、やがて浦野がこの部屋に戻ってくる。そして惨《むご》たらしく殺された挙句、ゴミのように埋められるのだろう。もう抵抗するのはやめて、せめて痛くない方法で殺してもらおうか。あのトカゲのような目をした浦野が、この後自分にどんな仕打ちをするのか、考えただけでも恐ろしかった。

その瞬間、また鞄の中からバイブ音がした。

しかしすっかり諦めてしまった麻美は、今度は動こうともしなかった。すでに麻美は十分すぎるほどに力を振り絞ってしまってい、さらに体がガチガチに硬直していた。

富田君、もうどんなに頑張ったって、わたしがその電話に出ることはできないんだよ。

麻美は顔だけ鞄に向けて、心の中でそう思った。

「富田君、ありがとう」

せめて最後にその一言だけでも伝えたかった。

こんな気持ちになるんなら、あんなに虐《いじ》めなければよかったと麻美は思った。そう思うと、最後にあの素っ頓狂な声をもう一度だけ聞きたくもなる。まるでそんな麻美の気持ちに応えるかのように、鞄の中のバイブ音が鳴り続ける。

「富田君」

バイブ音は変わらず鳴り続ける。

「富田君！」

もっと大きな声で麻美は叫ぶ。

それに応えるかのようにバイブ音が鳴り響く。

「富田君……」

しかしその瞬間、ついにバイブの音が止んだ。

終わった。

本当にこれで、すべてが終わったと思った。

麻美の脳裏に富田とのこの一年間の思い出が走馬灯のように蘇る。出会い、初めてのデート、二人で行ったいくつかの旅行。富田とじゃれ合った思い出の日々。そして富田がスマホを落としてからのトラブルの数々。結局、富田が落としたスマホを浦野に拾われてしまったのが不運の始まりだった。やっと最近になって、富田はもちろん麻美も新しいスマホに替えはしたが、結局こんなことになってしまった。

新しいスマホ？

麻美は自分が大事なことを忘れていたことに気がついた。

机の隅のボストンバッグを見つめなおす。かなり頑丈そうな鞄だった。果たしてそんなことが可能なのだろうか。麻美はちょっと考える。そもそもあの鞄の中に自分のスマホは入っているだろうか。

しかし、やってみる価値はあると思った。

「シリー」

麻美は思い切ってそう叫んだ。

最新のスマホに買い替えた時に、ＣＭの真似をしたくてＳｉｒｉ、つまりｉＯＳ向け秘書機能アプリケーションを麻美は許可していた。

しかしボストンバッグからは何の反応もない。

「シリー！」

もっと大きな声で言ってみる。

しかし、やはり何も反応しない。やっぱり麻美のスマホはあのボストンバッグには入っていなかったのか。

麻美は絶望のあまり脱力し、体を床に横たえる。

もはや最後の望みも潰《つい》えてしまった。後は浦野に殺されるのを待つばかりなのか。

いや、待てよ。

ちょっと違っていたかもしれない。

麻美は再び体をむくりと起こすと、祈るような気持ちで声を出す。

「ヘイ、シリー」

疲労のせいか声がかすれる。

「ヘイ、シリー」

しかし何も起こらない。

まだ何かが間違っているのか。

それとも、ボストンバッグが丈夫すぎてやはり中まで声が届かないか。

「ヘイ、シリー!」

麻美は今まで出したことのない大きな声でそう叫ぶ。

『はい、聞いていますよ』

ちょっとアクセントが可笑しい優しい女性の声がボストンバッグの中から聞こえてきた。

「シリー、富田君に電話して」

C

「斉藤本部長。宮本まゆのスマホの位置情報を取得する許可をください」

「うーん」

「犯人は宮本まゆを殺害した後に、彼女のスマホを所持しています。その位置情報を手に入れられれば、簡単に犯人を逮捕することができます」

毒島は捜査本部にいた斉藤を直撃した。

「毒島。携帯のGPS情報の取得には、裁判所の令状が必要なんだ。それに本人に知らせるべきという世論もある」

「本人は死んでしまっているんです。それなのに馬鹿正直に連絡なんかしたら、みすみす犯人に逃亡のチャンスを与えるようなもんですよ。それでなくとも加賀谷ら若手署員に何回も電話をかけさせています。これ以上変な電話をすると、さすがに相手も不審に思ってスマホを破棄する可能性があります」

「本当の常連からの電話にしか、折り返ししないんじゃないか」

本部長が腕を組みながらそう答えた。腹が大きくせり出して紺のスリーピースがパンパンに膨れている。

「どうしてですか。わざわざ営業用に電話番号を残しているのに、そんな客を選ぶようなことをするわけがないじゃないですか」

確かにそうだなという表情で本部長は首を傾げる。

「だから位置情報。よろしくお願いします」

「うーん。でも宮本まゆが、死んでいるという証拠があるわけではないんだろ」

「でも犯人は二年前、宮本まゆの常連客でした。その後、出入り禁止になっていますから、宮本まゆを逆恨みしていた可能性は十分にあります」

「それはわかった。だけど五つの死体の中に彼女に該当するものはないんだろ。どこかで元気にやってるんじゃないか」

「そんなことはありません。宮本まゆは既に殺されていて、今はあの山のどこかで眠っているんです。間違いありません」

「おい、毒島。さすがにそれは論理が飛躍しすぎていないか。それじゃあ、俺がよくても裁判所がうんとは言わない。何かもう少し、客観的な事実はないのか」

「店が潰れてしまって、宮本まゆに関する資料は残っていないんです」

元店長は店の閉鎖と同時に、デリヘル嬢の履歴書や顧客の登録情報などすべての書類を処分してしまっていた。

「それじゃあ、難しいな。それにこの前の大山哲司、あれは完全な誤認逮捕だったよな」

あんな大立ち回りをやった挙句、実際の罪状はただの公文書偽造だった。

「あれは波多野淳史という名前が世間に出回ってしまったからです。犯人がこの所轄の小田原界隈に出没していたのは事実です」

「しかしおまえに言われて波多野淳史の名前と写真で公開捜査したが、かえって玉石《ぎょくせき》混淆《こんこう》の情報が寄せられて混乱してしまったぞ」

「それはもういいです。そんなことより、宮本まゆのスマホの位置情報を取得する許可をください」

「うーん。しかし裁判所が何て言うかな」

「宮本まゆは、山田太郎という偽名を使った男に既に殺されているんです。被害者の紛失したスマホの位置情報を求めるだけです。それなら裁判所に許可を求める必要もないでしょう」

「そうはいかない。日本は法治国家だ」

「殺害された被害者のスマホの位置情報ですよ。それでも裁判所はＮＯを出しますかね」

「だから殺されたという証拠がない」

「状況証拠だけでいいじゃないですか。なにも本当の裁判をやろうっていうわけじゃないんですから」

「うーん」

本部長はソファに背中を押し付けて大きく腕を組んで唸りはじめた。

「とにかく許可をください。死んでいるという前提ならば、許可はもらえるんでしょう」

「うーーーーん」

天井を仰いで背中がソファにさらに埋まると、斉藤の腹がますますせりだしてくる。

「本部長。ここは腹を括りましょう。なにかあったとしても、私と本部長の首を差し出せばいいだけじゃないですか」

「うーーーーーーーーーーーーん」

B

窓から差し込んでいた陽の光もすっかり落ち、部屋は真っ暗になっていた。

シリーが富田に電話を繋いでくれたおかげで、きっと富田は、ここに駆けつけようと思ったはずだ。

しかし一体、ここはどこなのだろうか。

麻美には移動中の記憶がない。時々聞こえてくる獣の声や、他の生活音がしないことから、ここがどこかの山奥だとは想像できた。仮になんとかこの場所がわかって富田が助けに来てくれているとしても、果たして富田がここに来るのが早いのか、それとも浦野が戻ってくるのが早いのか、麻美には全く想像がつかなかった。

ドアを叩く音がした。

「富田君？」

富田であって欲しいという希望から、麻美は思わずそう叫んでしまった。

「麻美さん、富田さんに電話をしたんですか」

そう言って入ってきたのは浦野だった。今の一言で電話をかけたことがばれてしまっただろうか、麻美は素知らぬ顔で目を逸らす。

浦野はボストンバッグに手を突っ込むと、いくつかのスマホを取り出した。一個、二個……、赤やピンク、そして様々なスマホケースに入れられたスマートフォンが取り出されたが、そのほとんどが女性向けだった。

「確かこれでしたよね」

浦野はその中から花柄のケースの麻美のスマホを取り上げた。そして麻美の右手を軽く捻ってその親指の部分をスタートボタンに押し付ける。

「いや」

麻美は口ではそう言ったが、麻美の指は素直にその認証に応えてしまう。

「わたしが死体になったら、そうやってスマホを使う気なのね。そのためにあの時に指紋認証を薦めたのね」

「やっと気が付きましたか。でももうバックアップは取ってあるんで、そんなことをしなくても、このスマホを初期化してもう一度復元すればいいだけです。あ、そうだ。いっそ、パスコードを教えてもらえませんか。麻美さんがいなくなっても、僕はこのスマホから麻美さんに代わって色々連絡しなければならないですから」

そう言いながらも、浦野は麻美の発信履歴を確認したようだった。

「パスコードなんか、絶対言わない」

強がる麻美の顔を、浦野の張り手がいきなり襲った。

「痛っ」

「麻美さんは、まだ自分の立場がわかっていないようですね」

その冷たい視線に背筋が凍る。

「わかってるわよ。ここで犯されて殺されるんでしょ」

麻美は横を向きながら、気丈にそう言い放ったつもりだが、声が明らかに震えている。

「やっぱり、全然わかっていない。これから麻美さんをどれだけ痛く、そしてどれだけ惨めに殺すかは、すべてこの僕の気分次第なんですよ。パスコードぐらいあっという間に吐いてしまいますよ」

そういう浦野の目が怪しく光る。

麻美は手荒くベッドに押し倒される。そしてうつ伏せにさせられて、固定されていた両手を摑まれる。

「最近の女の人はきれいに爪を伸ばしているから、剝ぐのはとっても簡単なんですよ」

がっちりと固定された麻美の右手から、人差し指だけを力ずくで伸ばさせられた。

そしてその爪の下にジャックナイフが当てられる。

「やめて」

「じゃあ教えてください。富田さんはここに来るんですか」

指先の爪が大きく反り返るが、当の麻美もなんて答えていいかわからない。富田は麻美を助けに来てくれるだろう。しかしそもそも富田には、この場所がわかるのだろうか。

「し、知らない。だってここがどこかもわからないし」

次の瞬間、麻美の人差し指に激痛が走った。

「残念です。たっぷり時間をかけて楽しもうと思ってましたが、あまり時間がないようですね」

浦野はそう言いながら麻美の黒髪を鷲摑《わしづか》みにして仰向けにひっくり返す。手足を戒《いまし》められている麻美は抵抗もできないどころか、もはや体がしびれて思うように動かない。人差し指の激痛もあって麻美の顔が苦痛にゆがむ。浦野は麻美の露わな下腹部を右手で一撫でするると、麻美の下腹部に顔を押し付け匂いを嗅《か》いだ。

「うん。やっとこの体が手に入った。最高です。麻美さん、もう僕は死んでもいいぐらいですよ」

麻美は声を出さずに身を固くする。ますます麻美の体に夢中になる浦野は、我を忘れて顔を下腹部に押し付けてくる。荒い鼻息が下腹部に当たり、気持ちの悪い感触が下半身から伝わってきた。そしてその時、浦野の頭越しに麻美は信じられない光景を見たが、あまりのことに声を出すこともできなかった。

「僕は上半身は刺さない。下腹部専門なんです」

浦野はジャックナイフを逆手に持った。

「本当はたっぷりと楽しんでからと思ってましたけど、富田さんが来るならばしょうがない。麻美さん。最初はちょっと痛いですよ」

ジャックナイフが麻美の腹部をめがけて高々と振り上げられた。

その瞬間、背後に回り込んでいた富田が、バットで浦野の後頭部を強打するのが見えた。

A

「鍵はどこだ」

後頭部をしたたかに打たれた男は、富田のその声でやっと意識を取り戻した。

「あの拘束具をはずす鍵はどこにある」

富田はそう言いながら、手当たり次第ポケットをまさぐっている。その問いに答えようと体を動かそうとすると、後ろ手に縛られていて体の自由がきかなくなっていることに気が付いた。

「ポケットにはない。鍵は、あの机の引き出しの中です」

「どの机だ」

「そのパソコンが乗っている机ですよ」

富田がすぐに机の引き出しを漁りだした。

「富田さん。どうしてここがわかったんですか」

「スマホのGPS機能だ。おまえにスマホを拾われた時に、俺と彼女のスマホの位置情報をパソコンに登録したんだ」

机の上に男のものとは違うもう一台のパソコンがあった。ランサムウェアを撃退した時にいじったので、それが麻美のパソコンであることはすぐにわかった。

「警察に連絡は？」

「さっき電話をした。もうすぐここに来るはずだ」

本当だろうか。しかしまだチャンスが全くなくなったわけではないと男は思った。

「富田さん。そして麻美さん、ここはひとつ取引をしませんか」

「取引だと。そんなことが言える立場か」

「もちろん、拘束具の鍵は渡します。だけどこの戒めだけはほどいてください」

「うるさい。そんな取引が成立すると思っているのか」

富田は胸ぐらを掴みながらそう叫ぶ。

「鍵は僕のパソコンの乗っている机の中にありますが、ちょっとわかりづらいところに隠してあります」

「どこだ。いいから早く、鍵の在処《ありか》を言え」

「鍵の在処はちゃんと言いますから、その前にその机の上の僕のパソコンを見てもらえませんか」

「パソコン？」

富田が机の上の二台のパソコンに目をやった。

「ええ、僕のパソコンの中に非常に興味深い動画があります。取引というのはその動画のことです。そのパソコンのデスクトップにある動画を再生してみてください」

「動画？」

「やめて」

叫ぶように麻美が言った。

「どうしたの、あさみん。このパソコンの中に何の動画があるの？」

「富田さん、その動画をクリックしてみればわかりますよ」

自分も麻美も拘束されて動けない。今、あの動画を再生できるのは、富田だけだった。

「やめて！」

「あさみん」

麻美のただならぬ様子に、さすがの富田も何かを察知したようだった。

「富田さん。早くクリックしてくださいよ」

「嫌！」

「あさみん、何が嫌なの。その動画が何だっていうの」

二人がそんな会話をしている間にも、時間は刻々とすぎていく。早く警察が来る前に、何とかここを脱出しなければならない。

「まあとにかく、その動画を見てください。そして僕はそのことを死ぬまで秘密にしておきます。だから富田さんと麻美さんもこの場をいち早く立ち去って、お互いにこのことはなかったことにするというのはどうでしょう」

「あさみん、どういうこと」

「やめて」

震える声で麻美が言った。

「動画を見なくても、ここで僕を解放してくれればいいですよ。それなら麻美さんも傷つかなくてすむでしょう」

悪くない提案だと思った。確かにそれならば、ギリギリ麻美の秘密は守られることになるからだ。

「そして僕はここを出ていきます。麻美さんの秘密は絶対に口にしません。それでお互いに二度と会うのはやめましょう」

「あさみん、どうする」

「やめて、でも……」

麻美は完全に思考停止のようだ。このまま殺人鬼を野に放つことと、自分の秘密を暴露されること、そのどちらも選べないに違いない。

「じゃあ、その動画を再生しましょうよ。富田さんも、そのことを知る権利があると思いますから。しかしこのまま動画を再生せずに警察に行ったら、僕は麻美さんの秘密を洗いざらい話しますよ」

「どういうことだ？」

富田は男にそう訊ねる。

「麻美さんだって、いつまでもその秘密を隠しておくのはフェアじゃないでしょう。まあ、とにかくその動画を見てみましょう。見たら富田さんの気持ちも変わるかもしれませんし」

「どうする、あさみん」

麻美は何も答えず下を向いたままだった。

「麻美さん。いつかはばれることです。いっそ、ここであれを見てもらったほうがいいんじゃないんですか」

麻美の顔が明らかに曇る。もう一押しだ。もう一押しで麻美もあの動画を見ることを拒絶できなくなるはずだ。

「あさみん」

富田も麻美の顔を見た。しかし麻美は悲しそうに下を向く。

「麻美さんも異論がないようですし、とにかくその動画を見てみましょうよ。そうしなければ何も説明できない。鍵の在処はそれを見たらすぐにお教えしますよ」

「どういうことだ。まったく意味がわからない」

富田が誰にともなくそう呟いた。

「それを見た後に、僕を警察に突き出すか解放するかを決めてください。いや、その動画を見た後に、どうぞ僕を警察に突き出してください」

あれだけ抗っていた富田もすっかり元気をなくしてしまった。富田の知らない麻美の秘密。この一言だけで二人の信頼関係はぐらぐらに揺らいでいるはずだ。

「いずれにしてもお互いあまり時間がありません。少なくとも警察が来る前に、その動画は見ておいたほうがお二人のためにもいいと思いますよ。証拠品として押収でもされたら、裁判で公開されちゃうかもしれませんから」

「あさみん、動画を再生しても大丈夫？」

麻美はなんとも言えず顔を伏せたままだった。

「いいから見てみましょうよ。富田さんが麻美さんと結婚するなら、絶対に知っておかなければいけないことですから」

しばらく訝《いぶか》しげに富田は考えていたが、やがて机の前に座り動画のアイコンをクリックした。すると、画面一杯に全裸の男女の卑猥《ひわい》な映像が流れ始めた。喘《あえ》ぎ声をあげる一人の女優の顔がアップで映しだされる。

「このAVがどうかしたのか」

富田は怪訝な表情で男に訊いた。

「髪形も変えてさらに整形もしたので、ちょっと印象が違って見えますが、その女優をよーく見てください」

富田がもう一度その動画をじっと見る。

「誰かに似ていると思いませんか」

富田が大きく唾を飲み込む音が聞こえた。

「ま、……まさか」

富田の表情がみるみるうちに変わっていく。

「顔だけじゃわからないかもしれませんが、そのAV女優の脚のつけねのほくろなら、富田さんも何度か見たんじゃないですか」

二人の視線がベッドの上の麻美の股間に集中する。

麻美は固く脚を閉じたが、そのつけねのほくろを隠すことはできなかった。富田から借りたジャケットを肩から羽織ってはいたが、麻美はまだ拘束されたままで下半身には何もつけていなかった。

「業界でそこそこ話題になったその渚さゆりという女優は、今から五年前に自殺しました。事実、戸籍上では彼女は確かに死んでいます。しかしその映像に映っているその女優は、今そこにいる稲葉麻美さんなんです」

「ど、どういうこと？」

「本当の稲葉麻美さんは既に死んでしまっていて、AV女優だったその人が稲葉麻美さんになりすましているってことです」

男は顎で麻美を指してそう言った。

「あさみん、本当なの？」

麻美は何も言わずに顔を伏せる。

「彼女の本当の名前は山本美奈代です」

「山本？　美奈代」

富田はそう呟いて麻美を見た。

男の自分にはよくわかる。最初こそあまりの驚愕に頭がパニックになって何の感情も湧かないだろうが、事の事実が理解できれば徐々にそれは軽蔑に変わるはずだ。

B

「麻美さんだって、いつまでもその秘密を隠しておくのはフェアじゃないでしょう。まあ、とにかくその動画を見てみましょう。見たら富田さんの気持ちも変わるかもしれませんし」

「どうする、あさみん」

富田にそう訊ねられたが、麻美は何も答えられなかった。

浦野が言うように確かにフェアではないと思う。しかしあの動画を富田に見られるのは耐えられない。あの動画を見られたら、すべてが終わってしまうだろう。

「麻美さん。いつかはばれることです。いっそ、ここであれを見てもらったほうがいいんじゃないんですか」

あの動画の存在を知られた以上、もう秘密は隠し通せないかもしれない。たとえこの場は切り抜けても、後で富田に詰問されたら、自分は何と答えればいいのだろうか。

「あさみん」

一瞬、富田と目が合った。麻美はその視線に耐えられず思わず目を伏せる。

「麻美さんも異論がないようですし、とにかくその動画を見てみましょうよ。そうしなければ何も説明できない。鍵の在処はそれを見たらすぐにお教えしますよ」

このままでは、あの動画を見られてしまう。麻美は必死に考えるが、しかし何をどうしていいのかわからない。

「いずれにしてもお互いあまり時間がありません。少なくとも警察が来る前に、その動画は見ておいたほうがお二人のためにもいいと思いますよ。証拠品として押収でもされたら、裁判で公開されちゃうかもしれませんから」

浦野が恐ろしいことを言い出した。もしもそんなことになってしまえば、麻美にはもう生きていく気力はない。

「あさみん、動画を再生しても大丈夫？」

万事休すか。

しかしすべては自分でやってしまった過ちなのだ。これは受けなければならない報いなのだろうか。

「いいから見てみましょうよ。富田さんが麻美さんと結婚するなら、絶対に知っておかなければいけないことですから」

まるで浦野に叱責されているようだった。麻美はただただ下を向くだけで、もはや何も言えなかった。

富田は遂に動画のアイコンをクリックしてしまった。

やがてパソコンのスピーカーから若い女の艶《なま》めかしい喘ぎ声が聞こえてくる。

「このAVがどうかしたのか」

「髪形も変えてさらに整形もしたので、ちょっと印象が違って見えますが、その女優をよーく見てください」

「誰かに似ていると思いませんか」

「ま、……まさか」

遠くで男たちが話していた。麻美は手足の拘束の辛さもあり、どんどん気が遠くなっていくようだった。

「顔だけじゃわからないかもしれませんが、そのAV女優の脚のつけねのほくろなら、富田さんも何度か見たんじゃないですか」

男たちの視線が自分の股間に集中する。

麻美の女子としての本能が脚を固く閉じさせる。しかし何の意味があるというのだ。あの動画を見られてしまった以上、もはや何もかもどうでもいいことのように思えていた。

「業界でそこそこ話題になったその渚さゆりという女優は、今から五年前に自殺しました。事実、戸籍上では彼女は確かに死んでいます。しかしその映像に映っているその女優は、今そこにいる稲葉麻美さんなんです」

「ど、どういうこと？」

「本当の稲葉麻美さんは既に死んでしまっていて、ＡＶ女優だったその人が稲葉麻美さんになりすましているってことです」

男は顎で麻美を指してそう言った。

「あさみん、本当なの？」

嘘でしょ。という顔をして富田は麻美を見つめていた。ごめん。富田君、本当にごめん。麻美は心の中ではそう謝ったが何も言わずに顔を伏せる。

「彼女の本当の名前は山本美奈代です」

「山本？　美奈代」

そう呟いた富田の目を覗き見る。あまりの驚愕に頭がパニックになってしまったような眼差《まなざ》しだった。しかし麻美はすぐに目を伏せた。なぜならそこに、少しずつ奇異と嫌悪と、そして軽蔑の色が差し出していることに気付いてしまったからだ。

麻美の目から大粒の涙が流れ出した。

富田にだけはそんな眼差しで自分を見て欲しくなかった。一番知られたくなかった富田に、自分の一番の秘密を知られてしまった。そしてこの時、麻美はもうすべてが終わってしまったことに気が付いた。

「山本美奈代という女性も可哀想な女だった。ＡＶ会社のスタッフが何気なくブログに上げた写真の中に彼女の個人情報が写り込んでいたんです。それであっというまにその素性がネットに広まってしまった」

黙り込む二人の間で浦野の言葉だけが響いていた。

「山本美奈代の友人はもちろん、彼女の実家や親せきにまでその噂は広がった。彼女の実の妹はそれが原因で結婚が破談になったらしいです。だから同居していた稲葉麻美が自殺した時、山本美奈代が稲葉麻美にすり替わろうと思ったとしても、それはそれで無理からぬことなんです」

降り注ぐ富田の視線が痛かった。麻美はその目をまともに見れず、ただ俯いて嗚咽を立てるばかりだった。

「富田さん。麻美さんを責めないでください。麻美さんも被害者なんです。大丈夫です。ぼくはこの事実を黙っておきます。あとは富田さんが騒がなければ、ことは丸く収まるんです」

「しかし……」

富田は何かを言いかけたが、あとの言葉が続かなかった。

「このまま僕を警察に突き出せば、僕は洗いざらいしゃべりますよ。きっとマスコミも大騒ぎをするはずです。そんなことになったら、麻美さんは一生世間に顔向けができずに生きていかなければならないんですよ。だけどこの鍵さえ外してくれれば、僕は死ぬまでこの秘密は守ります」

麻美にはもう何がなんだかわからなくなっていた。このまま浦野を逃亡させて自分の秘密を守ったほうがいいのか。それとも浦野を警察に突き出して、自分の過去を晒してしまうか。しかしもはやそんなことよりも、富田との関係が壊れてしまったことのほうがショックだった。

「じゃあ、交渉成立ですね。麻美さんの拘束具を解く鍵を出しますからこの戒めを解いてください」

富田はしばらく考えていたが、やがて無言で後ろ手に縛られた浦野のマジックテープを解きはじめた。

やがて両手の自由を取り戻した浦野は、約束通り富田に鍵を手渡した。

富田が拘束具の鍵を外そうとする。「あさみん、大丈夫」「もうすぐ外してあげるよ」「怖かっただろ」そんな言葉を期待したが、富田の口からは何も発せられなかった。麻美には何よりそのことが悲しかった。いっそこんな惨めなことになるなら、あのまま下腹部にナイフを突き刺されたほうが幸せだった。そう思うと、さらに涙がとめどもなく流れ出した。

鍵はなかなか外れなかった。

「その鍵の外し方には、ちょっとしたコツがあるんですよ」

富田がそう言われて、鍵に神経を集中させた瞬間だった。

富田の背後に気配を感じ麻美が涙で霞《かす》む目を上げると、浦野がバットを振りかざして立っていた。

「富田君！」

麻美の叫びよりも一瞬早く、浦野が振り下ろしたバットが富田の後頭部を痛打した。

富田はそのまま麻美の体の上に倒れかかる。

「富田君。大丈夫！」

麻美は必死に呼びかけるが反応はない。不自由な体を動かして富田を揺さぶってみるが、やはりピクリとも動かなかった。

「ひょっとして、死んでくれたかな」

浦野は麻美の体から富田を引き剝がして床に仰向けに転がした。

「ううーん」

微かに富田が呻く声が聞こえてきた。

「そのまま死んでくれたほうが、手間が省けてよかったんですけどね」

浦野はそう言いながら床に落ちていたジャックナイフを拾いあげた。

「まずは男のほうからです。その後すぐに麻美さんもやってさしあげますから、ちょっと待っていてくださいね」

浦野は無造作にジャックナイフを富田の喉に突きつける。しかしその動きが一瞬止まった。

「不思議なもんですね。女性を殺す時はあれほど興奮するのに男を殺そうとしても何の興奮もない。むしろちょっと気の毒な感じすらします」

浦野は麻美の顔を見ながらそう言った。

「やめて。だったらわたしだけを殺せばいいでしょ」

麻美は本気でそう思った。富田にあの秘密を知られてしまった以上、もう死ぬのは怖くはなかった。いっそこのまま刺されたほうがかえってすっきりするような気がしていた。

「まあでも、ここまで知られてしまった以上、生かしておくわけにはいきませんよ」

浦野が大きく振りかぶり、ジャックナイフを富田の喉に突き刺そうとした瞬間、耳をつんざく銃声が部屋に響いた。

「きゃあ」

麻美の悲鳴とともに窓ガラスがガシャリと割れる大きな音がした。

「警察だ。次は威嚇じゃないぞ」

正面の扉から中年男が飛び込んできた。真っ直ぐに腕を伸ばし、両手で握ったピストルの銃口はまっすぐ浦野と麻美に向けられている。

「近寄るな」

麻美は浦野に引き寄せられると、ナイフを喉元に突きつけられる。

「ナイフを置け」

中年男は銃口を向けたままそう言った。首を右に傾け銃を持った両手に顔が隠れているので、その表情まではわからない。

「それ以上動いたら、この女の喉元を掻っ切るぞ」

その言葉にもかかわらず中年男はじりじりと麻美たちに迫ってくる。喉元にはひんやりとしたナイフの冷たい感触がある。抱きすくめられた腕に力が加わり、麻美はもがくことすらもはやできない。

「抵抗するな」

低く冷静な声で中年男は言った。

「女が死んでもいいのか」

浦野もハスキーな声でそう応えた。

ピストルとナイフ、どっちが早く動いても麻美は無傷でいられそうもない。

ナイフがさらに喉元に迫り麻美は精一杯体を後ろに反らす。

「もう何人も殺してきた。あと一人加わったって、僕は別にかまわない」

ピストルの銃口が上下に揺れる。

麻美は思わず目を閉じた。

「加賀谷！」

中年男がそう言った瞬間、麻美は後ろからもの凄い勢いで押し飛ばされた。

床に顔面を強打しつつ体をよじると、ジャックナイフを浦野と若い男の四本の伸びた手が奪い合っている。

「毒島さん」

若い男がそう叫ぶと、中年男がナイフを握る浦野の手を思いっきり蹴り上げた。その勢いでナイフは麻美の体をかすめて部屋の奥に飛んでいく。なおも若い男ともがき合う浦野の手を取りつつ、中年男はポケットから何かを取り出した。

「殺人罪で逮捕する」

中年男はそう言うと、手錠を浦野の手に嵌めた。

C

「被害者の女性はどうなったんだ」

「すぐに救急車で搬送されました。顔と右手にちょっと怪我をしたみたいです」

「そうか。しかしなんとか斉藤本部長を言いくるめて、宮本まゆのスマホの位置情報こそ取得できたが、同時に富田という市民から通報があったので動きやすかったな」

「ええ。スマホの在処がわかっても、それだけで逮捕状は取れませんからね」

「ああ。しかしあの時、思い切って踏み込んでおいて良かったな」

「そうですね。もう少し遅かったら被害者がもう二人増えるところでしたからね」

宮本まゆの殺害も、犯人はあっさり自供した。やはり死体はあの山に埋められているらしかった。犯人のボストンバッグの中からスマホや携帯が一三個見つかったので、さらに被害者が増えなければいいがと毒島は思った。

「犯人の様子はどうだ」

覆面パトカーのフロントガラスに雨が絶え間なく降り注いでいた。ワイパーがせわしなく左右に動きゴムとガラスが擦《こす》れ合う音が聞こえている。

「ありがとうって、言ったそうです」

「ありがとう？」

「ええ。見つけてくれてありがとう。このまま止めてくれなかったら、もっと多くの女を殺さなければならなかったって」

交差点の手前で信号が黄色に変わり、加賀谷はゆっくりブレーキを踏む。そして同時に左のウインカーを点滅させる。

「取調べは順調にいっているのか」

「見つかった死体に関しては完全にゲロしたそうです。ちなみに犯人は結構やり手のハッカーで、殺人とは別にネット詐欺でも相当な金を騙し取っていたみたいです」

「ハッカーか。まあ、正確に言うとクラッカーだけどな」

「それがあまりにも上手くいったんで、リアルな犯罪にも手を染めてしまったんでしょうかね」

毒島は逮捕した時の犯人の顔を思いだしていた。

「現実と仮想の差がなくなってしまったということか」

「犯人はスマホやSNSを通じて被害者のことを徹底的に調べ上げたそうです。そして被害者を殺害した後は、本人になりすまして家族や関係者に連絡を取り続けていたんだそうです」

交差点を若い男が、傘を差して渡っていく。ワイパーのゴムの音とウインカーのチャカチャカした音が車内に規則正しく鳴っている。

「だから遺体が発見されても、捜索願が出ていなかったというわけか。しかしさすがにメールだけで本人になりすますのは、限界があるんじゃないのか。いつかどこかでばれるだろう」

「その辺は相当巧妙にやっていたらしいですよ。旅行先やイベント会場に行って本人が写っている写真を家族や知人に送ったり、SNSに投稿したりもしていたそうです」

「そんなことができるのか」

「最近の画像編集ソフトは凄いですからね。フォトショップとかいじったことがあれば、そのぐらいの合成写真を作ることは確かに簡単だと思いますよ」

「そうなのか」

「ええ。それにそもそも一人暮らしの地方出身者で、親が死んだり家族と疎遠になっている女性ばかりをターゲットにしていたみたいですから」

「優秀なクラッカーだから、そんなことを調べ上げるのも朝飯前っていうことか」

「あとはワーキングホリデーで海外に留学するとか偽って、だんだん連絡が取れなくなった体《てい》に装うのが常套手段だったそうです。地方から東京に出てくる女の人って、本当にそういう志向性がありますからね」

歩行者用の信号が点滅しはじめる。傘を持った女子高生の集団がキャーキャー言いながら走りだした。

「そうなのか」

「ええ。あと被害者の中にはキャバクラやデリヘル嬢などの風俗関係者が多かったそうです。そういう女性ならば失踪してもなかなか探されないだろうし、もともと家庭環境が複雑な子が多いでしょうしね」

「しかしどうやってそんな女ばかり調べ上げたんだ」

「それもSNSらしいですよ。キャバクラやデリヘル嬢は営業目的でブログとかSNSとかをやってますからね。犯人はそんな彼女たちの個人情報を、徹底的に調べ上げたみたいです。それに金さえ払えばいつでも会えますからね。天才ハッカーにしてみれば、造作もないことだったんじゃないですかね」

「ハッカーではなくクラッカーだけどな。まあ、地道な営業努力が仇《あだ》となったわけか」

「最初は彼女たちの弱みに付け込んで恐喝をしていたそうです。しかしそのうちだんだんとエスカレートしてしまい殺人に到ったみたいです」

「その結果がこの連続殺人か」

「ええ。最後は風俗とも関係なく、ネットで好みの女性を見つけていたらしいです。とにかく黒くてストレートヘアーの持ち主がタイプだったみたいですね」

歩行者信号が赤に変わり、前の白い車のブレーキランプが消えた。やがて信号が青に変わると、前の車がゆっくり走りだした。

「山で発見された死体に関しては、犯人は完全に犯行を認めています。あとは余罪がどれだけあるかですね」

「そうだな。わかっている殺人だけで六件、それに未遂が二件だからな」

「それにネット詐欺でも相当な金額を稼いでいたらしいですよ。少なくとも億は下らないと本部で言ってましたから」

「そりゃ取調べは相当混乱するな。この分じゃ、裁判もかなり後ろにずれ込むだろう」

加賀谷がアクセルを踏み込むと車はゆっくりと走りだした。左にハンドルを切ると徐々に車はスピードを上げ、その加速度で毒島の体もシートに押し付けられる。

「あと厄介なのが、犯人は自分の本当の名前をまだゲロしていないそうなんですよ」

「自分の本当の名前？」

「ええ、波多野淳史というのは偽名ですし、浦野善治というのも本名じゃないみたいです。偽造免許証も一〇〇枚ぐらい持っていたんで、あまりに色んなものになりすまして、本名が自分でもわからなくなっちゃったんじゃないですかね」

「まさか。きっとそこは本人の意地みたいなものがあるんじゃないか」

「そうですかねー。ねえ、毒島さん。本名黙秘のままでも裁判ってできるんですか」

「ああ、できるよ。万引きの罪で過去に名無しで刑務所に入れられた例はある。だけど名無しで死刑になった奴はいないかな」

毒島がそう言うと、フロントガラスに降り注ぐ雨がいっそう激しくなった。

B

なんでこんなことになってしまったのだろうか。

確かにブラック企業を辞めた後、生活は苦しくなる一方だった。街でAVにスカウトされた時、「みんなやってるから」とか「絶対にばれないから」とか言われた言葉に、自分はなぜか納得してしまった。そして契約書にサインしてからは、違約金がどうとかで断れなくなり、あっという間に撮影されてしまった。

しかしそこまでは覚悟の上だった。

「東京に行ったら、学費以外は一円も出せないからね」

大嫌いな母親からそう言われる前から、東京に行ったら自分の手で稼いで生きていかなければならないと覚悟していた。実際学生時代に、少々やばいアルバイトをやったこともあった。しかしまさかAV会社の不注意で、ネットに自分の本名が出回ってしまうとは思わなかった。それで実家からは絶縁されるし、昔の友達からは後ろ指をさされて当時は何度も自殺を考えた。

そんな自分の悩みを、同じ部屋に住んでいた麻美も当然知っていた。

そもそも彼女がうつ病で働けなくなって、その医療費を消費者金融で借りたのが不幸の始まりだった。

AV出演がばれ、誹謗《ひぼう》中傷《ちゅうしょう》の嵐の中で、ストレスから彼女にその不満をぶつけてしまったこともあった。しかし麻美はいつも「ごめんね」を繰り返すばかりだった。

そんなある日、一通の手紙とスマホを残して麻美が突然いなくなった。

『私の代わりに生きてください　麻美』

手紙にはたったそれだけしか書かれていなかった。

家を空けることすら珍しかったので、心配になって警察に連絡しようかと思っていたら、その警察から電話がかかってきた。

「一緒に住んでいる山本美奈代さんが、電車に飛び込み自殺をしました。身元を確認したいので、至急警察に来て下さい」

自分が電車に飛び込んだら、自分がここにいるはずがない。嫌な予感とともに指定された警察署の霊安室に行くと、そこには無残に変わり果てた麻美の亡骸《なきがら》があった。

麻美は一通の遺書とともに特急電車に飛び込んだと説明された。

『生きていくのが辛くなりました。皆さん、お世話になりました。さようなら。後のことは稲葉麻美さんにお願いします。　山本美奈代』

遺書にはそう書かれていた。

そして彼女のバッグの中から、本当は自分のものである山本美奈代の健康保険証が見つかった。

死体の損傷はかなり激しく、自分でもそれが麻美なのかがわからなかった。しかし着ていた洋服は自分のお気に入りのワンピースで、この服を着ているということは自分か麻美のいずれかしかあり得ないと思った。

死体が誰だかわからなかったのは、その髪の毛にも原因があった。どうやら麻美は自殺の前に、美容院であの自慢の黒髪を自分と同じ長さにバッサリと切ったようだった。しかも自分と同じ軽い茶色に染めてもいた。

それに気付いたとき、自分は覚悟を決めた。

麻美の命懸けのプレゼントを、一生をかけて受け取ろう。

「亡くなったのは、ルームシェアをしていた山本美奈代さんですね」

警察で訊かれたその質問に、自分は明確に「はい」と答えた。

そうやって山本美奈代名義の「死体検案書」はあっさり発行された。美奈代の実家にも連絡はいったが、案の定、家族は誰も来なかった。死亡届は「死体検案書」さえあれば同居人でも出せたので問題はなかった。遺骨は実家に宅配便で送りつけたが、さすがにそれは何も言わずに受け取ってもらえた。

その後、稲葉麻美に似せて何回か整形をして、彼女のトレードマークだった黒髪に変え長くストレートに伸ばした。だから一〇年ぶりに会った武井でも、麻美と美奈代のすり替わりには気が付かなかった。

あとは時間が解決してくれるものと思っていた。

もうあと五年もすれば、渚さゆりなんていう名前は誰の記憶にも残らない。日本では年間何千人と言う新しいＡＶ女優が誕生し、そしてまた消え去っていく。そもそもあと五年もすれば、ＡＶ女優をやっていたことなどなんのハンデにもならないような時代がやってくるかもしれない。今やキャバクラ嬢は、女の子の憧れの職業の一つだ。


麻美は病院を退院した後、どこに行こうかと考える。

どこかの地方都市にでも行って地道な仕事でも見つけるか。それともいっそ東京でまた別の派遣会社に登録するか。木を隠すならば森の中。意外と都会のほうが人ごみに紛れてこっそり暮らすことはできる。

病院で警察に事情聴取をされたが、戸籍のことは聞かれなかった。ばれれば公文書偽造、場合によっては詐欺罪も考えられたが、どうやら浦野は約束通りこのことはしゃべっていないようだ。

事件の後、富田とは顔を合わせることはできなかった。

あの秘密を知られてしまった以上、さすがに今までどおりに接することはできない。

武井とはこのまま音信不通でいいだろうし、あとは加奈子にどう説明するかが問題なぐらいだった。

警察に保護された直後はショックもあって、一瞬自殺をしようかとも思った。しかし今さら自殺するぐらいならばもっと早くやるべきだった。それに今、自殺をしてしまったら、あの世で本物の稲葉麻美に合わせる顔もない。

病院の自動ドアが開くと、かなりの雨が降っていた。

病院の入口には一台のタクシーが駐車中で、その運転手と目が合ってしまった。しかし余計な支出は慎まなければならないので、駅まで歩くことに決めていた。麻美は慌てて病院のコンビニで買ったビニール傘を開いたが、ちょっとだけタイミングが遅れてその黒髪を雨で濡らしてしまった。

傘が開くと途端に水滴がビニールにぶつかり小さな音を立てはじめる。

ハイヒールを濡らさないように気を付けながら、麻美は一歩足を踏み出す。

その時、麻美のスマホが小さく震えた。

『あさみん。新しい戸籍で俺と人生をやり直しませんか？』

気が付くと富田からのＬＩＮＥが着信していた。

麻美の頰を一筋の涙が流れ落ちた。

刊行にあたり、第十五回『このミステリーがすごい！』大賞最終選考作品「パスワード」を改題し、加筆修正しました。

この物語はフィクションです。作中に同一の名称があった場合でも、実在する人物・団体等とは一切関係ありません。

《参考文献》

『闇ウェブ』　セキュリティ集団スプラウト　文春新書　二〇一六年

『ハッカーの手口　ソーシャルからサイバー攻撃まで』　岡嶋裕史　ＰＨＰ新書　二〇一二年

『お金と個人情報を守れ！　ネット護身術入門』　守屋英一　朝日新書　二〇一四年

『フェイスブックが危ない』　守屋英一　文春新書　二〇一二年

『人生を棒に振る　スマホ・ネットトラブル』　久保田裕、小梶さとみ　双葉社　二〇一四年

『警察がひた隠す　電子検問システムを暴く』　浜島望　技術と人間　一九九八年

『ＦＢＩ心理分析官―異常殺人者たちの素顔に迫る衝撃の手記』ロバート・Ｋ・レスラー、トム・シャットマン著　相原真理子訳　ハヤカワ文庫ＮＦ　二〇〇〇年

『プロファイリング―犯罪心理分析入門』ロナルド・Ｍ・ホームズ、スティーヴン・Ｔ・ホームズ著　影山任佐監訳　日本評論社　一九九七年

〈解説〉無限の可能性を秘めた超新星の誕生に寄せて

五十嵐貴久（作家）

予言しておく。本書によって、日本のミステリーは劇的に変わる。

十年後、出版に携わる者、もちろん読者、そしてあらゆる階層の者たちが「志駕以前」「志駕以降」というタームで、ミステリーというジャンルを語ることになるだろう。

もうひとつ、警告しておく。

今、本書を手にしているあなたは、おそらく書店の棚の前にいる。レジで代金を支払い、自宅、もしくは読書のできる空間に移動するだろう。

頁《ページ》を開く前に、まず時計を確認しておくべきだ。少なくとも数時間、あなたは本書から目が離せなくなる。

ファーストシーンからクライマックス、そして驚愕と感動のラストシーンまで、食事、睡眠はおろか、トイレにさえ行けなくなる。

あなたの意識は作品世界の中に深く入り込み、抜け出せなくなる。それだけの時間が確保されているかどうか、それを確かめてから頁を開いた方がいい。

＊　　　＊　　　＊

本書『スマホを落としただけなのに』は、第15回『このミステリーがすごい！』大賞最終選考作品『パスワード』を改題し、加筆修正したものである。

ある男がタクシーの車内でスマホを拾ったことから、物語は始まる。男は鳴っていたスマホの待ち受け画面に、長い黒髪の美しい女性、稲葉《いなば》麻美《あさみ》が映し出されたこと、本来のスマホの持ち主が富田《とみた》誠《まこと》という男性であることを知る。男は麻美に強い興味を持ち、そこからストーリーが展開していく。

この設定を考え出した著者・志駕晃の非凡さには、驚倒するしかない。スマホをタクシーの中に置き忘れるという、誰にでも起こり得る圧倒的なリアリティ。スマホをタクシーでなくても、学校、会社、喫茶店、レストラン、居酒屋、その他あらゆるシチュエーションでスマホを置き忘れてしまったという経験は、ほとんどの人が共有するところだろう。

異常な状況で異常な事件が起きるタイプのミステリーは、誰でも書くことができる。凡庸な書き手でも、そういうシチュエーションは設定可能だ。

だが、志駕は違う。日常に起きるさりげない出来事を描き、そこからサスペンスを炙《あぶ》り出していく。この一点だけを取っても、作者のセンスがいかに鋭いかがわかる。

日常生活の中にこそ、真の恐怖が潜んでいることを、志駕は理解している。教わって身につく資質ではない。天性のセンスが細胞の隅々まで行き渡っていると、冒頭のワンシーンからでも読み取れる。

ここから、ストーリーは三つの視点によって語られていく。スマホを拾った男、その標的となった稲葉麻美、そして神奈川県の山中で白骨化した女性の死体を発見した刑事。

読者はこの三つの視点を同時に読み進めていくことになるが、ここでも志駕の手腕が冴《さ》え渡っている。複数の視点から語られているにもかかわらず、状況説明に過不足がない。その手際の良さは、熟練した外科医、あるいは優秀な数学者のようだ。

複数の視点から語られる小説は、どうしても説明が重複する。その場合、読者には既視感が生じ、ストーリーに集中できなくなる。リーダビリティは落ちる。

だが、志駕は一切の無駄を排除している。スピード感溢《あふ》れる文体、語り口が読者の興味を引き付けて離さない。

志駕は読者が飽きやすいことを知っているのだろう。集中力が途切れないよう、さまざまな工夫を凝らしている。混乱を避け、淀《よど》みなく物語を進行していく様は、快感を覚えるほど巧みだ。

早い段階で、スマホを拾った男が異常なサイコキラーであること、警察が発見した死体はこの男が殺害した女性であること、犠牲者が複数いること、そして男が次の標的を稲葉麻美に定めたことが読者にもわかる。警察は捜査を開始するが、証拠が一切残っていないため、なかなか進展しない。

これはあらゆるミステリーがそうであり、倒叙型を除けば犯人の正体は物語の最後まで不明だし、捕まることもない。その意味で、本作はミステリーの王道と言っていい。

エドガー・アラン・ポーが創始したこのスタイルのミステリーを、読者は繰り返し読み続けてきた。それだけの魅力があるジャンルなのも事実だ。

だが、それだけでいいのか、という思いはポー以降のあらゆるミステリー作家の胸中にあっただろう。更に面白く、よりスリリングに、もっとミステリアスな小説を書くことはできないのか。

その回答がここにある。志駕はサイコキラーとそのターゲットである麻美を、完全に無関係な二人として設定した。男が持っているのは麻美の恋人が落としたスマホ、そして麻美の顔写真と携帯番号だけだ。

男がどうやって麻美を探し出し、接触していくのか。この強烈な謎《なぞ》が、読者の心を鷲摑《わしづか》みにする。目が離せなくなる。

男が麻美を探し、追い詰めていく過程は、それだけで一冊の長編になり得るし、重厚なノンフィクションとして発表されても良かったかもしれない。男はクラッキング（志駕がクラッキングとハッキングの差異を明確にしていることに注目してほしい）によって、麻美の個人情報、人間関係、その他すべてを丸裸にしていくのだが、あまりにも具体的で恐怖さえ感じてしまうほどだ。

誰もがパソコン、あるいはスマホに依存している現実を、志駕は読者に突き付ける。そのセキュリティの脆弱《ぜいじゃく》さ、人間の心の弱さ、システムの盲点、インターネット攻撃とそれに対する無力さ、あらゆるリスクを容赦なく指摘していく。安全神話を信じて暮らしている人々の背後に、驚くほど深い落とし穴が待っていると警告している。

男が使う手段についての説明も、作者自身が実際にクラッキングしているのではないかと思えるほど、驚くほどにリアルだ。

もちろん、プロのミステリー作家であれば、ハッキングやクラッキングについての知識をある程度持っている。専門書も出版されているし、ネットからもその種の情報を入手することが可能だ。

だが、志駕はあらゆる情報を咀嚼《そしゃく》し、消化し、誰にでも理解できるように描写している。これはプロでも難しいテクニックだ。

専門用語を駆使し、羅列することで説明するのは簡単だが、それでは読者に伝わらない。かといって簡略に済ませてしまったのでは、理解を得られない。

志駕は見事なまでに完璧な手順で、必要最小限の説明をしている。書いてある通りにすれば、誰でもクラッキングができるのではないか。

そんな危惧さえ頭に浮かぶが、それほど実際的な記述だ。これもまた、作家としての才能の高さが窺《うかが》われる。

その他にも、志駕はさまざまな謎を用意している。なぜ人は、ネットの上では思ってもいないことを書いてしまうのか。なぜ〝いいね！〟を欲するようになるのか。承認欲求が生まれる理由。ミステリーとは言えないかもしれないが、興味深い謎をいくつも提示している。

当然のことだが、いわゆるミステリー的な謎も豊富に盛り込まれている。発見された死体の身元が警察の徹底的な捜査にもかかわらず、明らかにならない謎。あるいは、車で移動しているとしか考えられない犯人が見つからない謎など、アクロバティックな大技も使っている。

そして、ラストで待っている驚天動地のトリックには、誰もが目を疑うだろう。まさか、そんなことが。すべてが目の前に提示されていたのに、なぜ気づかなかったのか。

読者がもう一度本書を最初から読み直し、ため息をつくのが目に見えるようだ。

スピーディな語り口、多少皮肉交じりだが、ユーモアに満ちた文体、絶対に読者を楽しませるという決意さえ読み取れるエンターテインメント性、脳内に映像が自然に浮かんでくるイメージ喚起力、現代を切り取る同時代性、その他あらゆる魅力が本書には内包されている。

強引にジャンル分けすれば、本書は「ミステリー色の強いサスペンス小説」ということになるだろうが、それだけではない。ホラーとしても、ある種の近未来ＳＦとしても、青春小説としても恋愛小説としても読むことができる。

パニック小説の側面もあり、残虐でエロティックな匂いもする。どれだけのポテンシャルが秘められているのか、今は作者本人でさえもわかっていないかもしれないが、無限の可能性を持っていることは間違いない。

いったいどうすればこのような才能が生まれることになるのか。資質と断じてしまうのは簡単だが、環境によるところも大きいのだろう。

志駕晃は53歳、現在ニッポン放送のエンターテインメント開発局長という要職に就いている。入社したのは１９８６年、編成マンからスタートし、ディレクター、プロデューサーとして、さまざまな番組を担当し、辣腕を振るってきた。

私は出版社で20年以上編集者として働いていたが、その間同業の編集者はもちろん、数多くのテレビマン、ラジオマン、レコード会社のディレクター、新聞記者など、あらゆるマスコミ関係者と接してきた。

その経験から断言できるが、最も情報に敏感なのはラジオマンだ。今でもそうだが、他のマスコミ媒体と比較して、ラジオの番組は予算もかからないし、人手も少なくて済む。

フットワークが軽くなるため、他のメディアでは難しい実験的な番組作りが可能になる。ラジオでその才能を見出された者は、枚挙に暇《いとま》がない。

だが、実験や冒険をするためには、限りない好奇心と尋常ではない情報量が必要だ。それこそがラジオマンの資質であり、志駕はその両方を併せ持っていたのだろう。加えてリスナーを楽しませるエンターテインメント能力を身につけ、更に磨きをかけていった。

本書がとてつもなく面白い理由はそこにある。情報は情報を呼ぶ。情報の最前線で戦っている志駕が、現代的でスタイリッシュなミステリー小説を書くのは、必然と言うべきなのかもしれない。

無論、本書には弱いところもある。『このミステリーがすごい!』大賞最終選考で「捜査側の描写が雑」(大森望《おおもりのぞみ》)、「警察捜査にリアリティを欠く」(茶木《ちゃき》則雄《のりお》)と評されているように、その辺りはまだ厳しいかもしれない。

だが、最初から完成された作家などいただろうか。いたとしても、その作家に伸びしろはない。

その点、志駕は違う。指摘された問題点を克服していくだろうし、彼に内在している作家的才能は大河の如くであり、質量共に豊かだ。

選考委員の吉野仁《よしのじん》は「デビューすれば人気作家になる素質は十分にある」としているが、間違いなくそうなると断言できる。

もちろん、本書は映像化されるだろうし、作風から考えれば、次回作以降もその可能性は高い。

ここがカジノなら、と私は考える。志駕晃に、持っているチップをすべて賭ける。

ひとつの新しい時代を、地平を切り開くであろう作家が、今ここに誕生した。そのデビュー作の解説を書かせてもらう機会を与えられたことを、心から感謝したい。

二〇一七年二月

宝島社
文庫

スマホを落としただけなのに
（すまほをおとしただけなのに）

2017年４月20日　第１刷発行
2024年11月４日　第21刷発行

著　者　志駕 晃
発行人　関川 誠
発行所　株式会社 宝島社
〒102-8388　東京都千代田区一番町25番地
電話：営業 03(3234)4621／編集 03(3239)0599
https://tkj.jp
印刷・製本　中央精版印刷株式会社

ISBN 978-4-8002-7066-5

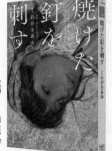

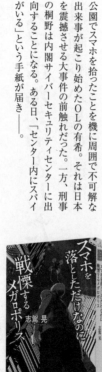